Thomas Sautner

Fremdes Land

atb aufbau taschenbuch

Thomas Sautner, geboren 1970, arbeitete als Journalist. Heute lebt er als freier Autor, Maler und Berater im nördlichen Waldviertel und in Wien. Neben zahlreichen Essays und Erzählungen schrieb er u. a. die Bestseller »Fuchserde« und »Milchblume«, die im Aufbau Taschenbuch vorliegen, ebenso wie seine Romane »Fremdes Land«, »Der Glücksmacher«, »Die Älteste« und »Das Mädchen an der Grenze«.

Mehr zum Autor unter www.thomas-sautner.at.

Jack Blind, ein politischer Idealist und Parteimitarbeiter, glaubt, die Welt verändern zu können. Als sein Chef zum Präsidenten gewählt wird, ernennt man ihn zum Stabschef. Doch letztlich muss er erkennen, dass die wahre Macht in den Händen anderer liegt. Gräfin Juno, eine ebenso elegante wie kluge Frau, hält als Spitzenbeamtin alle Fäden in der Hand. Sie ist es auch, die einem ausgefuchsten Lobbyisten, der nur »Der Vertreter« genannt wird, Zugang zum Präsidenten verschafft. Jack glaubt an das System – bis er gezwungen ist, eine neue Wahrheit zuzulassen.

Der Verlust unserer Freiheit: Thomas Sautner beschreibt in einem hochaktuellen Roman die nahezu gegenwärtig anmutende Vision einer Scheindemokratie in Zeiten des Sicherheitswahns. Seine Stilmittel: schwarzer Humor, böser Witz und bissige Satire.

THOMAS SAUTNER

FREMDES LAND

Roman

atb aufbau taschenbuch

MIX
Papier aus verantwortungsvollen Quellen
FSC® C083411

ISBN 978-3-7466-2864-6

Aufbau Taschenbuch ist eine Marke
der Aufbau Verlage GmbH & Co. KG

4. Auflage 2021
Vollständige Taschenbuchausgabe

Die Originalausgabe erschien 2010 bei Aufbau,
einer Marke der Aufbau Verlage GmbH & Co. KG
Umschlaggestaltung Originalcover hißmann, heilmann, hamburg
unter Verwendung eines Motivs von getty images
grafische Adaption capa, Anke Fesel
Satz Dörlemann Satz GmbH, Lemförde
Druck und Binden CPI books GmbH, Leck, Germany
Printed in Germany
www.aufbau-verlage.de

Julie und meinen Eltern.

»Niemand ist mehr Sklave,
als der sich für frei hält,
ohne es zu sein.«

Johann Wolfgang von Goethe

1.

Aus Jacks Mundwinkel rann Speichel, ein wenig nur. Sein Gesicht hatte den glücklich-selbstvergessenen Ausdruck eines Debilen. Leises Röcheln drang aus seinem Rachen.

Jack war nicht mehr von dieser Welt. Er war auf einer Reise in weit entfernte Sphären. Besonders mochte er den Beginn, die Phase des Hinübergleitens, das Hineingezogenwerden in den Schlummer, in den Traum.

Zehn Minuten später surrte der Wecker. Jack stellte ihn ab, um sich abermals dem Schlaf hinzugeben. Und wieder. Und noch einmal. So trieb er es oft die ganze Nacht. Er war süchtig danach.

Noch niemandem hatte Jack von seiner Angewohnheit erzählt, keiner wusste davon, nicht einer ahnte auch nur etwas von seinem Tick, seiner Gier nach den ersten Minuten des Schlafs, diesem Dämmerzustand, in dem unkontrollierte Gedanken materialisieren, die Raum-Zeit-Orientierung schwindet und in dem die Träume plastisch sind, direkt und voll ungezügelter Emotion: berauschend, vulgär, hemmungslos.

Es ist ja nichts Böses, sagte sich Jack, niemandem tue ich etwas zuleide damit. Lediglich Träume sind es. Und dennoch: Irgendwie war ihm seine Angewohnheit peinlich. Er behielt sie für sich.

Damals gab es viele wie Jack. Traumjunkies. Es war ein Trend, beinahe ein Massenphänomen. Doch niemand sprach offen davon, und so blieb es unerkannt. In den Medien kamen keine Beiträge darüber, Mediziner wie Psychologen schienen sich nicht dafür zu interessieren, in I-Blogs blieb es unerwähnt, und auch anderswo war es kein Thema. Selbst die Betroffenen machten sich keine großen Gedanken.

In dieser Nacht tat es Jack an die zwanzig Mal. Danach war die Müdigkeit zu drückend. Danach sagte er zum Stimmdecoder nicht mehr »Weiter«, sondern »Aus«. Und so gab das u-Phone irgendwann Ruhe. Hörte auf, immer und immer wieder Alarm zu schlagen, stets 600 Sekunden nachdem die Sensoren anhand seiner veränderten Atem- und Pulsfrequenz Jacks Schlaf festgestellt hatten.

»Schönen, guten Morgen«, begrüßte ihn eine weiche, herzliche Stimme zur endgültigen Aufwachzeit um 7 Uhr 30. »Schönen, guten Morgen, Jack!«

Jack streckte sich im Bett, gähnte. »Guten Morgen.«

»Musik oder Nachrichten?«, fragte die Frauenstimme.

»Nachrichten.«

»Nach persönlichem Interessensprofil?«

Jack rieb sich die Augen. »Allgemein und persönlich.«

»Vorab die allgemeinen Nachrichten«, sagte eine sachliche Männerstimme, »Schönen, guten Morgen, Jack! Es ist 7 Uhr und 31 Minuten. Montag, 23. März unserer Zeit.«

2.

Jack klatschte sich einen Schwung Wasser ins Gesicht. Beim Ausatmen bespritzte er den Spiegel mit Wassertropfen. Das ärgerte ihn ein wenig. Gleich darauf fand er es lächerlich, sich geärgert zu haben, was neuerlichen Ärger hervorrief. Er strich sich die Haare nach hinten, besah die Ränder unter seinen Augen und warf die Zahnputzbrausetablette ein. Während sie ihre Wirkung tat, rasierte er den Wochenendbart, stellte sich unter die Dusche.

Später glitt er in eines seiner blauen Hemden, wählte den hellgrauen, nicht den dunkelgrauen Biofaseranzug, klippte eine seiner schwarzen Instant-Krawatten an und öffnete den Kühlschrank. Ordnung herrschte hier – eine durch und durch praktische Ordnung. Eine Ordnung, die Unwägbarkeiten ebenso ausschloss wie Überraschungen. Eine Ordnung, die Sicherheit gab; auch in der Wohnung, die dem Kühlschrank in ihrer sachlichen Konzeption ähnlich war. *Mut zur Nüchternheit*, bewerteten Designer wohlwollend den von ihnen geschaffenen Stil. An einem entsprechend getexteten Plakat, gleich ums Eck, hatten Spaßvögel das Wort *Nüchternheit* überschmiert. Nun wurde nicht mehr für *Mut zur Nüchternheit* geworben, sondern für *Mut zur Volltrunkenheit*. Jack hatte im Vorbeigehen nur Kopfschütteln übrig für derartige Vandalenakte und auch dafür, dass die Kontrollen in seinem Distrikt offensichtlich zu lax waren.

In der Türlade seines Kühlschranks stand ein Frühstückssaft neben dem anderen. Sieben Saftflaschen aneinandergereiht, die Etiketten ordentlich nach vorne ausgerichtet. Schön sah das aus und irgendwie beruhigend. Ein kleines Lager voll. Sieben Saftflaschen. Exakt so viele hatten Platz in der Lade, und wie praktisch, genau so viele Sorten gab es von Jacks Lieblingsmarke. Für jeden Wochentag eine. Sieben Gemüse-Obst-Getreide-Mischungen. Damals war beinahe die Zeit überwunden, in der vorwiegend richtige Früchte, richtiges Obst und richtiges Getreide verwendet wurden. Viele Menschen hatten erkannt, dass das aufgrund der Umwelteinflüsse ganz einfach nicht gesund sein konnte. Zudem unmoralisch, wegen des hohen Energie- und Wasserverbrauchs. Verrückt ferner wegen der weiten Verkehrswege. Und letztendlich auch zu teuer. Hersteller mit dem neuen Gütesiegel verkauften nur noch Produkte, die mittels Nanotechnologie aus einem Vitamin-, Mineralstoff- und Enzymgemisch fabriziert worden waren. Rein natürlichen Vitaminen, Mineralstoffen, Enzymen freilich, das war auch auf den Packungen vermerkt. Lebensmittel jedenfalls waren sicherer und gesünder als früher. Auch kalorienärmer, billiger, moralischer, länger haltbar, intensiver, besser, wertvoller.

Über der Getränkelade mit den Frühstückssäften befand sich ein Fach, dessen Höhe – Zufall oder nicht – die perfekte Dimensionierung zum Einstellen der Dosen für die Feelgood-Pillen hatte. Vierzehn Dosen gab es im Internethandel. Für jede Stimmungsdissonanz eine. Und siehe da: In der Lade hatten vierzehn Dosen Platz, exakt vierzehn. Das hatte Jack nach langer Resistenz veranlasst, sämtliche Sorten zu kaufen und gewissenhaft einzuordnen. Vor kurzem noch hatte er lediglich zwei Varianten verwendet. Doch nun, da er alle besaß, galt es, sie der Reihe nach zu testen. Im schlimmsten Fall würden die Pillen nichts bewirken, aber auch nicht schaden. Allesamt waren sie behördlich zugelassen, eine Überdosierung war medizinisch ausgeschlossen, und weder Abhängigkeitsgefahr noch Nebenwirkungen standen zu befürchten. Also, was war schon dabei?

Jack griff nach dem ersten Saft in der Reihe, wählte wie üblich die Feelgood-Pillen *Easy* und *Tolerance* und entschloss sich der Einfachheit halber, die nächststehende Sorte als Erstes zu probieren: *Friendliness*. Er legte alle drei Pillen auf die flache Hand, katapultierte sie in den Mund und stürzte den Frühstückssaft hinterher. Angenehm harmonisch und sinnlich aromatisch schwappte die verdickte Flüssigkeit seine Kehle hinab.

Vier Minuten später versicherte sich Jack vor dem großen Spiegel noch einmal seines tadellosen Aussehens. Er tat es nicht aus Eitelkeit. Er tat es aus Bedachtsamkeit. Jack wollte nicht unnötig Aufsehen erwecken bei den Securities, wollte nicht behelligt werden von ihnen. Anzug, Hemd und Krawatte saßen perfekt, die Schuhe glänzten, das struppig schwarze Haar war gebändigt, mit Haarfluid nach hinten gekämmt.

»Passt«, sagte Jack. Dann ging er. Hinter ihm schloss die Automatik die Wohnungstür. Das metallene Surren des Verriegelungsmechanismus vermittelte ihm ein angenehmes Gefühl.

Jack wohnte in einer geräumigen Dachterrassenwohnung eines Hauses aus dem vorvorigen Jahrhundert. Die Wohnungen unterhalb waren dunkel, waren klein, teils auch feucht. Bewohnt ausschließlich von Menschen aus der untersten sozialen Schicht: Arbeitslose, Job-Hopper, Patchworker, Leiharbeitskräfte, Mindestrentner, Studenten, Sozialarbeiter, Selbständige, alleinerziehende Mütter und anderweitig Bedürftige. Es war keine schlechte Gegend, in der Jack wohnte.

Es gab schlechtere, viel schlechtere – freilich auch bessere. Mit der U-Bahn konnte er in einer halben Stunde in der City sein, an seinem Arbeitsplatz, der Parteizentrale des Volksbündnisses.

Als Jack im Erdgeschoss aus dem Aufzug trat, kam Tom geradewegs auf ihn zu. Beide erschraken. Tom war der einzige Nachbar, den Jack persönlich kannte. Vor Jahren war er ihm beim Transport eines neuen Fitnessgeräts behilflich gewesen. So waren sie ins Gespräch gekommen. Tom war in Jacks Alter, um die Fünfunddreißig, hager, arbeitslos, geschieden, frustriert, oft ungepflegt, und manchmal roch er auch aus dem Mund. Nach Alkohol roch er dann. Hin und wieder, wenn sich die beiden über den Weg liefen und Jack nicht recht wusste, was er reden sollte, schenkte er Tom eine kleine Dose Feelgood-Pillen. Tom lehnte stets ab, aus Höflichkeit und aus Scham. Doch Jack tat freundschaftlich, drängte, und so nahm Tom die Dose doch jedes Mal. Aus Höflichkeit. Und aus Scham. Die Pillen halfen ihm ein wenig; doch, doch, ein wenig halfen sie.

Jack fand Gefallen an Toms zurückhaltender, beinahe devoter Art. Und dennoch, in letzter Zeit ärgerte er sich, wenn er ihm begegnete. Es erinnerte ihn daran, dass sein Bündnis die anstehende Wahl verlieren würde, und zwar wegen Tom und seinesgleichen. Sein Nachbar nämlich war das Paradebeispiel eines *Grundlers*. So wurde in konservativen Kreisen, nicht ohne Zynismus, jene Bevölkerungsgruppe genannt, die von der Grundsicherung profitieren würde: einer wöchentlichen Basisabfindung für all jene, die weniger verdienten als das ehemals offizielle Existenzminimum. Die Einführung der Grundsicherung (im Prinzip eine uralte, doch bisher unrealisierte Idee) wurde vom Wahlgegner, dem regierenden Sozialbündnis, versprochen. Die Ankündigung war ein gelungener Coup gewesen, und der alles entscheidende Grund, warum das Sozialbündnis die Wahl gewinnen würde und nicht das Volksbündnis. Alle Umfragen sagten das voraus. Kein Wunder, die Grundler stellten gut ein Drittel der Bevölkerung.

»Guten Morgen, Jack«, sagte Tom, etwas verlegen, wie meist.

»Hallo!« Jack zuckte mehr mit der Hand, als dass er sie hob.

Tom lächelte.

Und Jack lächelte. »Tja, verrücktes Wetter heute.«

»Ja, verrückt.« Tom nickte.

Und auch Jack nickte. Nickte nochmals. Befühlte seine Sakkotasche. »Hm.«

Er hatte seine Feelgood-Pillen für unterwegs liegenlassen, sein Gesprächsthema für Tom hatte er vergessen.

»Entschuldige, ich hab's ziemlich eilig. Du weißt ja«, seufzte er, »die Arbeit.« Dem arbeitslosen Tom seufzte er das zu, merkte es, sagte in Gedanken Idiot zu sich.

Tom nickte.

Fünf Minuten später war Jack bei der U-Bahn. Er lief, weil sein u-Phone Signal gab, dass gerade ein Zug in die Station einfuhr. Als er ins Abteil sprang, blickte er aus Gewohnheit auf das Insert im Wageninneren. Es zeigte an, dass sich eine Person ohne Fahrberechtigung im Waggon aufhielt. Das kam selten vor. Meist wagte es niemand, die U-Bahn zu benutzen, ohne zuvor ein Ticket auf die P-Card geladen zu haben. Lange konnte es nicht dauern, dann würden Securities kommen, um Kontrollen durchzuführen. Jack sah sich im dicht besetzten Waggon um, er wollte den Schwarzfahrer ausfindig machen. Darin war er gut, fand er. Jack besah die Gesichter der Fahrgäste, schweifte über die meisten nur kurz hinweg, ließ seinen Blick auf manchen länger haften und fixierte einige wenige regelrecht. So konnte er feststellen, ob sie nervös wurden. Es war ein harmloser Sport, viele machten es so. Argwöhnische Blicke rundum.

Jack hatte drei Verdächtige ausgemacht: einen jungen Burschen mit ausgewaschenem Sweatshirt, einen Mann mittleren Alters ohne ordentlichen Anzug, und ein nachlässig gekleidetes, pubertierendes Mädchen. Diese drei waren in der engeren Auswahl. Sie muss es sein, dachte er schließlich. Ja, sie, wiederholte er für sich, nachdem er das Mädchen quälende Sekunden lang gemustert hatte. Ihre Ohren waren dabei glühend rot geworden, und sie starrte verdächtig auf den Boden. Sehr gut, sie steigt aus, dachte Jack, gleich ist klar, ob sie es ist. Würde das Schwarzfahrer-Insert von 1 auf 0 springen, sobald sie die Sensorschranken durchschreitet, hätte er recht gehabt, wieder einmal. Das Mädchen stieg aus, die Anzeige sprang auf 0.

»Yes!«, triumphierte Jack, nicht nur in Gedanken. Das Wort war ihm tatsächlich über die Lippen gerutscht. Und nicht nur ihm. Den meisten, die richtig getippt hatten, war ihre Freude anzumerken. Ein Gefühl des Triumphs war im Waggon zu spüren. Ein Triumph, der die Menschen verband, ja beinahe einte, der Wildfremde zu Verbündeten machte, der gemeinsam erlebte Freude bereitete. Die Stimmung glich dem Jubel nach einem Treffer der Heimmannschaft. Verhaltener freilich.

Schön ist diese gemeinsame Freude, dachte Jack und schmunzelte einem Gleichgesinnten zu. Ja schön, gerade in dieser doch leider gefühlskalten Zeit.

Eben drohte die wunderbar erhöhte Stimmung abzuebben, da blinkte das Insert auf, und rhythmisches Warnsummen setzte ein. Jack zuckte zusammen. Erst einmal hatte er

Terrorvorwarnung in der U-Bahn miterlebt und war dabei gewesen, als jemand ohne P-Card den Waggon betreten hatte. Das war kein Delikt wie Schwarzfahren, das war eine schwerwiegende Gesetzeswidrigkeit. Ein nervöses Kribbeln erfasste Jack, ein Kitzeln im Zwerchfell, irgendwie spannend, irgendwie interessant, doch da war auch ein mulmiges Gefühl, ehrlich gesagt war da sogar Angst. Freilich musste es nicht gleich ein Terrorist sein, der den Alarm ausgelöst hatte. Beim letzten Mal war es ein verwirrter Pensionist gewesen, der seine P-Card schlichtweg vergessen hatte. Doch das konnte wirklich nur Altersdebilen passieren. Schließlich diente die P-Card nicht nur als Pass und Ausweis, sondern auch als CashKarte, KreditKarte, ClubmitgliedsKarte, VorteilsKarte bei allerlei Handelshäusern, Internetforen, Firmen und Institutionen, zudem als ZugangsKarte, VersicherungsKarte, KrankenkassenKarte, TelefonKarte, ParkKarte, FahrKarte. Bei vielen Unternehmen und Privaten war die P-Card auch schon als Schlüssel in Gebrauch. Einfach jeder musste sie bei sich tragen, alleine aus praktischen Gründen. Ein simples Vergessen der Karte konnte de facto ausgeschlossen werden, zumindest bei halbwegs normal tickenden Mitbürgern. Ja, und eben bei allen, die redlich waren. Wenn jemand ohne Karte aufgegriffen wurde, hatte er sie, das stand wohl außer Zweifel, ausschließlich deshalb nicht bei sich, weil er keine besaß, also ein Illegaler war, oder weil er seine Identität nicht preisgeben wollte. Bürger jedenfalls, die nichts zu verbergen hatten und integer waren, trugen die P-Card stets bei sich. Ohne Ausnahme. Überall.

Dank P-Card musste kein Dutzend Karten in ausgebeulten Geldbörsen mitgeschleppt werden, schwere Schlüsselbunde durchwetzten weder Hosensäcke noch Sakkotaschen, und kein steinzeitlich kompliziertes Bargeld nervte. Die

Karte war ganz einfach praktisch und viel sicherer als Cash, die alten Karten und die Schlüssel von früher. Bei allen relevanten Verwendungszwecken nämlich, vom Einkaufen über das Aufsperren der Wohnungstür bis zum Eintritt in sensible Zonen, wurden sowohl Karte als auch dazu passender Fingerprint abgefragt. Bei besonders heiklen Abwicklungen wurde zudem die DNA-Kompatibilität geprüft. Somit war die P-Card hundertprozentig diebstahls- und verlustgesichert. Eine geniale Sache. Selbstredend war sie auch fälschungssicher, dank der auf ihr erfassten biometrischen Daten. Und was im Krieg mindestens ebenso wichtig war: Die Karte war ein enorm wichtiges präventives Mittel gegen den Terrorismus. Da war es wohl nicht zu viel verlangt, dass sich jeder Bürger, sobald er in der Öffentlichkeit unterwegs war, aber freilich auch zu Hause, mit seiner P-Card ausweisen können musste. Jeder redliche und vernünftige Mensch hatte auch rasch Sinn und Nutzen der Karte sowie Sinn und Nutzen der Pflicht erkannt, sie stets bei sich zu führen.

Jack spürte sein Herz hämmern. Noch immer blinkte das Insert, und das dezente, doch bedrohliche Warnsummen dauerte an. Wo blieben die Securities so lange? Möglichst unauffällig wischte er sich Schweiß von der Stirn. Die Türen verriegelten. Die nächste war seine Station. Gott sei Dank, er holte tief Luft. Gleich würde er da sein. Als die U-Bahn in die Station einfuhr, bremste, quälend langsam zum Stehen kam, endlich die Türen aufsprangen, machte Jack keine Bewegung; er atmete flach, stieg nicht aus, blieb sitzen. Die Neugier war zu groß – und der Kitzel, live dabei zu sein, wenn der Illegale verhaftet werden würde. Etliche Fahrgäste hielten ihre u-Phones bereit, um die bevorstehende Festnahme zu filmen und den Mitschnitt an eine TV- oder Internetstation zu verkaufen. Da kamen sie: Drei breitschultrige

Securities, martialisch anzusehen in ihren schwarz gepanzerten Karbonfaseranzügen. Jeder schritt durch eine andere Waggontür. Mit gegrätschten Beinen, die Waffen im Anschlag, nahmen sie Stellung. Da verstummte mit einem Mal der Signalton, und das Warnblinken erlosch. Stille. Sekundenlang. Und dann: aufatmen, aber auch enttäuschtes Raunen im Waggon. Im Tumult des Ein- und Aussteigens musste es dem Illegalen gelungen sein, die U-Bahn zu verlassen. Jack spürte noch immer sein Herz pochen. Langsam, langsam nur beruhigte es sich.

Zwei Stopps danach trat er aus dem Waggon und nahm eine U-Bahn zurück. Als er bei seiner Station ausstieg, hatte er sich wieder gefasst, dachte schon an andere Dinge und marschierte auf die wenige hundert Meter entfernte Parteizentrale zu, den Sitz des Volksbündnisses, den Sitz der Opposition, Jacks Arbeitsplatz, von dem aus sein Chef und er an die Regierung gelangen wollten.

3.

Jack bog um die Ecke und sah bereits das gläserne Hochhaus mit dem Logo des Volksbündnisses an dessen Fassade, da fiel ihm eine Menschentraube bei der Estate-Bank auf. Er ging näher. Medienleute von TV, Radio und Internet standen herum. Jack grüßte einen Videojournalisten, er kannte ihn vom Job.

»Worum geht's denn?«

»Nichts Besonderes. Der letzte Geldautomat wird abmontiert. Kleine, nette Story.«

Jack schüttelte den Kopf. »Ich hab gar nicht gewusst, dass noch welche in Betrieb sind.«

»Ja, stimmt.« Der Reporter zuckte mit den Schultern. »Völlig unnötige Dinger.«

Tatsächlich gab es beinahe niemanden mehr, der mit Bargeld zahlte. Und es gab beinahe niemanden mehr, der Bargeld annahm. Zu gefährlich, wegen der Fälschungen und der Taschendiebe. Und furchtbar unpraktisch.

Das Abbauen der Geldautomaten war eine der Maßnahmen zur endgültigen Etablierung des bargeldlosen Systems. Nun mussten sich die letzten Nostalgiker ihr Cash beim Bankschalter besorgen, was mit dem Ausfüllen eines schier endlosen E-Formulars verbunden war. Bald aber würde völlig Schluss sein mit der antiquierten Albernheit Bargeld, bald würde auch in den Geldinstituten die Ausgabe von Geld eingestellt werden. War ja auch wirklich nicht mehr nötig. Bezahlt wurde mit der P-Card und kassiert mit dem E-Casher. Für Private gab es den Casher längst integriert im u-Phone, alles keine Zauberei mehr.

Jack beobachtete im Langsam-Weitergehen die Techniker, wie sie am Geldautomaten hantierten. Plötzlich ließ ihn eine energische Stimme hochfahren: »Sicherheitskontrolle!«

Ein untersetzter, annähernd glatzköpfiger, sehr korrekt und dennoch geschmacklos gekleideter Mann streckte Jack seinen Ausweis entgegen. »Bürger-Security Nr. 22763«, wies er sich aus, forderte mit misstrauischem Blick »Ihre P-Card bitte.«

Jack atmete durch, den Schrecken abzuschütteln. Er hasste diese Kontrollen. Die offiziellen Securities, in Ordnung, das musste sein, aber die lizenzierten privaten Wichtigmacher gingen ihm gehörig auf die Nerven.

»Gerne«, sagte Jack, hielt dem Mann die P-Card entgegen und wunderte sich über seinen überaus freundlichen Ton. An die vor einer halben Stunde eingeworfene Feelgood-Pille *Friendliness* dachte er nicht. Ohne dass der Bürger-Security ihn hätte auffordern müssen, presste Jack den rechten Daumen gegen das Touch-Feld. Zwei, drei, vier Sekunden vergingen. So lange brauchte der Apparat, um Jacks Fingerabdruck mit seinen P-Card-Daten zu vergleichen. Ein Piepston, der Mann sagte: »Identisch.« Dann nickte er nachdenklich und besah noch einmal Jacks Gesicht, noch einmal das Anzeigefeld des ID-Checkers. Schließlich nickte er abermals. »Identisch, Herr Dr. Blind.« Und als hätte das Gerät ein gegenteiliges Ergebnis ausgespuckt, kniff er die Augen zusammen und musterte Jacks Gesicht. Musterte es. Besah Jack ohne jede Scham. Als wäre er ein Affe im Zoo. Als befände sich Jack hinter einem falschen Spiegel, was es dem Beobachter auf der anderen Seite erlaubte, ihn unbemerkt und auf das Unanständigste anzustarren. Und weil der Mann also keine Anstalten machte, ihm seine P-Card zu retournieren, entschied sich Jack für eine Frage.

»Was ist eigentlich so furchtbar verdächtig an mir?«

»Nichts, wieso, mein Herr?«

Jack ärgerte sich bereits, eine Frage gestellt zu haben. Und stellte noch eine: »Seien Sie doch bitte so freundlich, und sagen sie mir, warum sie mich angehalten haben.«

Der Mann lächelte, zufrieden lächelte er. »Wenn Sie es unbedingt wissen möchten, Herr Blind. Nun, ich dachte, Sie sind Moslem. Haben Sie arabische Wurzeln, Herr Blind?«

»Nein, habe ich nicht!«, reagierte Jack energisch. Die Frage war ihm schon häufiger gestellt worden. »Aber wenn ich welche hätte, ginge Sie das auch nichts an.«

»Natürlich, natürlich«, beschwichtigte der Mann, sah zu Boden und schielte Jack kurz darauf verschwörerisch an. »Aber Sie wissen doch, Herr Dr. Blind, die Zeiten des Appeasements sind, Gott sei Dank, vorbei. Hätten wir schon früher nicht gekuschelt und gutgemenschelt mit den Moslems, sondern gehandelt, wäre der Krieg längst vorbei. Zu unseren Gunsten vorbei.«

Jack verbat sich jede Reaktion. Er wollte sich nicht zu weiteren Aussagen oder Fragen verleiten lassen, wollte sich nicht auf eine Diskussion mit diesem Bürger-Security einlassen, der ihn mit erwartungsvollem Gesicht von unten her ansah. Und ansah. Und ansah. Um plötzlich, etwas enttäuscht, wieder aufrechte Haltung anzunehmen und zu sagen: »Nun, Herr Blind, ich belasse es diesmal mit einer Abmahnung. Ansammlung vor einem öffentlichen Gebäude, Sie wissen schon.« Mit abfälliger Geste streckte er ihm die P-Card entgegen.

Jack griff danach, sagte: »Danke, auf Wiedersehen«, und

hörte im Davongehen die klar artikulierten Worte »Viel Glück bei der Wahl, Sie werden es brauchen«.

Als Jack über die Schulter sah, hatte sich der Mann bereits abgewandt und ging davon.

Das Erste, was er und sein Chef tun würden, sollten sie an die Regierung gelangen, wäre die Auflösung der Bürger-Security. Die willkürlichen Kontrollen dieser Wichtigtuer waren ja nicht zum Aushalten. Offiziell aber war der Plan nicht, denn die Mehrheit der Bevölkerung befürwortete die Bürger-Security, fühlte sich sicherer dank ihr. Und die Leute waren wie verrückt danach, als private Securities anerkannt und registriert zu werden. Obwohl sie nichts dafür bezahlt bekamen – nichts. Wahrscheinlich reichte der Ausweis, mit dem sie prahlen konnten, die kleine Macht, die sie damit in Händen hielten. Gut, manche handelten wohl tatsächlich aus Verantwortungsgefühl, aus Dienst am Gemeinwohl.

Die Befugnisse der Bürger-Securities waren in den letzten Jahren stetig erweitert worden, wegen der *guten Erfahrungen*. Die Privaten durften mittlerweile nicht nur Personenkontrollen durchführen und im Notfall von der Betäubungspistole Gebrauch machen. Sie waren bereits für den Großteil der Eintragungen in die Verfehlungsregister der Bürger verantwortlich. Erwischten sie jemanden etwa bei einer Verkehrsübertretung, setzte es vier bis sechs Maluspunkte (je nach Schwere); bei Verunreinigung durch Wegwerfen von Müll oder durch Spucken: drei Punkte; bei grober Unhöflichkeit oder unangebrachter Aufregung: zwei bis fünf Punkte; Verweigern der Hilfe für Schwächere: ein Punkt; Lärmen: drei Punkte; sonstiges unbotmäßiges Verhalten: einen bis sieben Punkte; Belästigung durch Entweichenlassen von Körpergasen: drei Punkte. Und so weiter und so fort. Es gab Handlungen sonder Zahl, die Strafpunkte im persönlichen E-File zur Folge hatten. Und es gab beinahe ebenso viele Nicht-Handlungen, also unterlassene Handlungen, die Bürgern angelastet werden konnten.

Ja, es bestand eine schier unermessliche Anzahl von Vergehen, die begangen werden konnten, eine unübersichtliche Zahl von Regeln, die es zu beachten galt. Und so tat man gut daran, sich nicht gehen zu lassen, tat gut daran, konzentriert zu sein und nicht auf irgendwelche ausgefallenen Ideen zu kommen. Am wenigsten Probleme kriegen konnte man in den eigenen vier Wänden; ja, die Öffentlichkeit möglichst zu meiden, war am ratsamsten. Gut, zwei, drei Maluspunkte im Vergehensregister hatten noch keinerlei Konsequenzen, aber zehn Punkte waren, gab man nicht Acht, rasch angesammelt, und die entsprechende Finanzstrafe war beträchtlich. Abgesehen davon wurden die Vorfälle im zentralen Register gespeichert, Punkt für Punkt. Gutes Gefühl hatte man da keines. Noch dazu, da sich doch alle, die es interessierte – Nachbarn, Bekannte, Kollegen –, ins System einloggen konnten, um nachzusehen, welcher Verfehlungen man sich schuldig gemacht hatte.

Einsprüche gegen leichtfertig verhängte Strafpunkte wiederum waren den Nervenaufwand nicht wert, führten bloß zu noch mehr bürokratischem Getue, rückten einen nur noch weiter in schlechtes Licht, lenkten nur weitere Aufmerksamkeit auf einen.

Eines allerdings musste doch zugegeben werden: Seit dem dichtmaschigen und großflächigen Einsatz der Bürger-Security war die Stadt – und auch das ganze Land – tatsächlich sicherer geworden. Die Menschen verhielten sich freundlicher, schimpften nicht mehr, benahmen sich gesitteter, waren irgendwie ruhiger geworden, bedächtiger. Ja, ruhiger war es schon geworden im Land. Bei aller gebotenen Skepsis war das dem Einsatz der Bürger-Security zu verdanken, freilich auch jenem der Überwachungskameras.

Jack zog seine P-Card durch den Schlitz der Zugangskontrolle, presste den rechten Daumen gegen das Touch-Feld. Das Drehkreuz entriegelte, und er betrat die Bündniszentrale. In der obersten Etage trat er aus dem Lift.

»Guten Morgen, Jack!« In den Augen seiner Assistentin war ein herzlicher Schimmer.

»Hallo, Ronja.« Er lächelte höflich, warf sein Sakko über den Sessel, ging durch die offene Tür ins Büro des Chefs.

»Verrückt, dieses Wetter«, begrüßte ihn Mike Forell. »Dreißig Grad im Schatten. Und das im März!«

»Stimmt. Und erinnere dich, vor einer Woche hatten wir noch Minusgrade.«

»Schau dir das an.« Forell ließ seinen mächtigen Körper im Lederfauteuil nach vorne kippen, wies mit dem Finger auf eine Zahlenkolonne seines e-Laptops. »Die Stromrechnung von gestern – der pure Wahnsinn! Die Klimaanlage von diesem Glaspalast frisst mehr als im Winter die Heizung. Verdammter Jahrtausendwendebau! Absolute Strohköpfe damals, die Architekten. Und nur eine Frage der Zeit, bis die Medienmeute mir unterstellt, dass ich nichts von Wirtschaft verstehe, wenn ich die Parteizentrale in so einem Bau belasse.« Forell biss die Zähne aufeinander. »Aber weißt du was, Jack?« Er grinste. »Ich glaube, die sind ohnehin zu blöd, drauf zu kommen.«

»Und wenn wir ehrlich sind, ist die Stromrechnung nicht gerade unser größtes Problem. Nur noch zwei Monate bis zur Wahl, und wir liegen elf Prozentpunkte hinten. Elf!«

»Weißt du, woran das liegt? Es liegt daran, dass die Masse so primitiv ist. Das ist unser Problem.« Wieder grinste Forell. »Aber es ist auch unser Glück. So, wie sie jetzt in die Hände des Sozialbündnisses torkeln, werden sie, sobald der Wind dreht, zu uns umschwenken. Was wir brauchen, ist eine Windmaschine, Jack.« Er ballte die Fäuste. »Irgendeine große, sehr große Windmaschine.«

»Ja, etwas Großes, das sie sofort begreifen.«

»Richtig. Etwas, das zu ihnen passt.« Forell strich über sein kantiges Kinn. »Etwas Primitives.«

Sein Bürochef nickte nachdenklich. »Wir müssen aufhören, an Dutzenden kleinen Schrauben zu drehen. Das bringt uns nicht weiter. Gegen die Grundsicherung geht alles unter.«

Forell hatte die Ellenbogen auf den Tisch gestützt und sein Gesicht in beide Hände gelegt. Behutsam massierte er seine breite Stirn. »Und was ist«, er blickte zwischen seinen Fingern hindurch, als sei ihm die Idee selbst nicht geheuer, »was ist, wenn wir auch die Grundsicherung versprechen?« Ohne Jacks Antwort abzuwarten, schlug er mit den Handflächen auf den Tisch. »Nein, natürlich nicht. Dafür sind wir uns zu schade.«

»Sogar wenn wir es machen, können wir damit nicht gleichziehen. Die Leute verbinden die Grundsicherung mit dem Sozialbündnis. Wir brauchen was anderes. Und Mike«, Jack konnte seine Vorfreude, obgleich er es sich vorgenommen hatte, nicht verbergen, »Mike, ich glaube, ich habe was anderes.«

»Und?«

»Was ist derzeit im Trend?«, begann Jack Blind und genoss die Neugier im Gesicht des Chefs. »Was wollen alle, alle haben, aber nur wenige können es sich leisten?«

»Hm. Den neuen Nano-BMW?«

»Nein.« Er bewegte den Zeigefinger hin und her.

»Ein völlig energieautonomes Haus?«

»Nein.« Wieder bewegte Jack den Zeigefinger. »Viel zu langweilig.«

»Okay, jetzt hab ich's. Dieses Klon-Dings, diese Ganzkörper-Frischzellenkur, du weißt schon, bei der du als klappriger Greis in die Röhre geschoben wirst und als Athlet wieder rauskommst.«

»Schon besser, aber: Nein.«

»Ha!«, schrie Forell: »Die Atomverseuchungsprophylaxe!«

»Nein!« Jack schüttelte sich.

»Jetzt sag schon!«

»Okay. Was ist allen Umfragen zufolge der wichtigste Wert in unserer Gesellschaft?«

»Sicherheit.«

»Richtig. Und was liegt uns Menschen seit jeher am nächsten?«

»Wir selbst.«

»Mike!«

»Hm. Unsere Kinder?«

»Bingo!« Mit großer Geste breitete Jack Blind die Arme aus. »Die Sicherheit unserer Kinder. Das ist das Wichtigste. Und deshalb«, er zelebrierte seine Worte, »deshalb versprechen wir, verspricht das großartige, das wunderbare, das geliebte, das phantastische Volksbündnis den Fit&Secure-Chip für jedes Kind! Tamtamtamtaaam!«

Der Fit&Secure-Chip war der Traum aller verantwortungsbewussten Eltern – der zumeist unerfüllbare Traum. Denn die Anschaffung des Chips verschlang das halbe Jahreseinkommen eines durchschnittlich verdienenden Bürgers. Nur wenige zehntausend Kinder begüterter Familien hatten ihn bisher implantiert bekommen. Familienväter, die nicht gut verdienten, es aber durch selbstloses Sparen und Schuften geschafft hatten, ihrem Kind zu einem Fit&Secure-Chip zu verhelfen, fühlten sich als Helden, waren stolz bis über beide Ohren. Der Chip – oder korrekt: die Chips, denn es handelte sich um ein Sicherheitspaket von sechs Chips – dienten ursächlich der Früherkennung von Krankheiten. Implantiert wurden sie in einem knappen, völlig schmerzlosen und ungefährlichen Verfahren ins Herz, in die Niere, die Lunge, die Leber, den Kopf und in den Magen. Schon im Alter von drei Monaten, versicherten die medizinischen Fachleute, konnte das Fit&Secure-System implantiert werden. Der über Funksignal verbundene Computer kontrollierte Dutzende Gesundheitsparameter, etwa Herzfrequenz, Blutqualität und Virenauftreten. Sobald ein Risiko oder eine beginnende Krankheit festgestellt wurde, warnte das System per SMS oder E-Mail und empfahl die adäquate Behandlung. Das Fit&Secure-System alarmierte mittlerweile aber auch bei Alkoholgehalt im Blut oder bei Drogenkonsum, hatte somit auch erzieherischen Wert. Und dank der integrierten Ortungsfunktion konnten sogar Lawinenverschüttete rasch gefunden werden oder Entführungsopfer. Entführungen nämlich gehörten mittlerweile zu den häufigsten Delikten. Die Entführer hatten dazugelernt. Sie verlangten keine Millionenbeträge mehr, sondern begnügten sich mit etwas Schmuck oder anderen Wertgegenständen. Sie wollten raschen Profit machen. Kinder waren ihre häufigsten Opfer. Wurden die aber vom Fit&Secure-System geschützt, konnten Sonderkommandos sie orten und bei einem Zugriff unbeschadet befreien – meistens. Da die Chips in lebenswichtigen Organen implantiert waren, war es den Entführern zudem unmöglich, sie mittels operativer Eingriffe zu entfernen. Ein ausgeklügeltes System.

Mike Forell ließ sich in seinen Bürosessel zurückfallen, verschränkte die Hände hinter dem Kopf und wippte bedächtig vor und zurück. Er schien nachzudenken. Jack fand, der Wahlkampfclou mit den Fit&Secure-Chips rief bei seinem Chef nicht die ihm gebührende euphorische Reaktion hervor.

»Gute Idee«, sagte Forell endlich, »aber wie sollen wir das finanzieren?«

Jacks Gesicht erhellte sich wieder.

»Vorige Woche hatte ich einen Termin mit dem Chef von Fit&Secure Enterprises. Komischer Kauz! Anfangs war er unkonzentriert, wie abwesend, ich habe wie ins Leere geredet. Dann rief ihn seine Sekretärin. Er entschuldigte sich wegen einer wichtigen Angelegenheit und ließ mich alleine in seinem Büro zurück. Nachdem er zurückgekehrt war, wirkte er wie ausgewechselt, plötzlich voller Interesse. Er sagte, ich solle ihm meine Idee doch bitte in jeder Einzelheit noch einmal erzählen. Als ich fertig war, konnte er sich kaum halten vor Begeisterung, war auf einmal wie verrückt danach. Was soll ich dir sagen: Er hat zugesichert, uns achtzig Prozent Rabatt zu geben. Allerdings unter der Auflage strengster Verschwiegenheit. Als er merkte, dass ich ihm seine Großzügigkeit nicht abnahm, rückte er mit der Wahrheit heraus. Herr Blind, hat er gesagt, wenn wir diese enorme Menge an Chips implantieren, werden die Herstellung und das operative Procedere nicht nur wesentlich günstiger. Wenn Sie an die Regierung kommen und als erstes Land Fit&Secure-Pakete an alle verteilen, als staatliche Maßnahme, werden andere Länder Ihrem Beispiel folgen. Das Geschäft, das sich daraus ergebe, könne ich mir wohl vorstellen. Und dass er deshalb gerne bereit sei, uns bei dieser revolutionären Idee, das waren seine Worte, bei dieser revolutionären Idee, zu unterstützen. Klingt gut, habe ich geantwortet, und da hat er mich irgendwie keck angesehen und gemeint, dass da noch eine Kleinigkeit sei. Und zwar, habe ich gefragt. Da hat er zu lachen begonnen und gemeint, ach nichts, gar nichts, er habe nur sehen wollen, wie ich reagiere. Wie gesagt, komischer Kauz.«

Jack war bei seiner Schilderung von der Sache abgekommen. Als er es merkte, klatschte er in die Hände und rief: »Jedenfalls, Mike! Bei achtzig Prozent Rabatt ist die Sache aus dem Budget zu finanzieren. Und ich sage dir was: Damit gewinnen wir die Wahl. Damit schlagen wir sie!«

Forell wackelte nachdenklich mit dem Kopf. »Was du über diesen Typen erzählst, gefällt mir nicht. Wer weiß, ob er Wort hält.«

»Er muss ja nicht unser Freund werden. Und er ist ausdrücklich bereit, einen Geheimvertrag aufzusetzen. Stell dir doch vor, Mike, wie das einschlagen wird. Ich sehe schon die Wahlwerbung.« Jack hob den Kopf und beschrieb mit den Händen einen wuchtigen Schriftzug: »*Fit&Secure-Chips für alle. Damit unsere Kinder gesund und sicher aufwachsen. Volksbündnis.*«

Das helle Eilt-News-Signal erklang – dreifach: aus Mike Forells e-Laptop, aus seinem u-Phone und aus Jacks u-Phone. Forell drückte eine Taste am e-Laptop: »Terroranschlag in der U-Bahn«, meldete eine sachliche Frauenstimme. »In der Station Rathaus explodierte vor drei Minuten eine Bombe. Der Zeitzünder riss mindestens acht Menschen in den Tod. Dutzende wurden verletzt. Es handelte sich nicht um eine atomare Mini-Nuke, sondern um herkömmlichen Sprengstoff.«

Über Forells Gesicht ging ein Zucken. Zwei Sekunden betrug seine Reaktionszeit, dann rief er: »Das müssen wir nutzen, Jack! Mach eine Mediameldung, so à la Sozialbündnis kann Sicherheit des Landes nicht gewährleisten. Volksbündnis fordert mehr Securities, härtere Strafen, bietet Opfern Hilfe an, du weißt schon, die ganze Palette, auch das Menschliche. Beileidsbekundungen, Betroffenheit und so weiter. Was ist mit dir, Jack? Was stehst du so rum? Der Anschlag kommt doch wie gerufen!«

»Heute Morgen«, er starrte an seinem Chef vorbei, »bin ich zu weit gefahren. Vor einer halben Stunde war ich selbst noch in der Station Rathaus.«

»Um Himmels willen!« Forell machte einen Satz aus seinem Lederfauteuil und tätschelte Jack die Schulter. »Aber so was passiert nun einmal«, setzte er nach. »Das wirft meinen Jungen doch nicht um. Na komm, Jack, die Meldung muss raus.«

4.

»Wir weisen Sie darauf hin, dass dieses Telefonat aus Sicherheitsgründen und zur Verbesserung der Servicequalität aufgezeichnet und gespeichert werden kann.«

»Heb schon ab«, sagte Blind, nervös, weil er meinte, es eilig zu haben. Da meldete sich Tina – Tina Fux, Chefin der Werbe- und PR-Agentur, die das Volksbündnis betreute. »Hallo, Jack, entschuldige, dass du kurz warten musstest.«

»Überhaupt kein Problem. Ich werde immer ganz sentimental, wenn ich eure Ansage höre. Außer euch bringt niemand mehr den Mitschneidehinweis.«

»Ich weiß, Jack, du hast es das ein oder andere Mal bereits erwähnt.«

Da war ihr Zynismus wieder, aber gehaucht mit rauer Stimme, was auch andere kühne Mutmaßungen zuließ, und deshalb wusste Jack schon nach ein paar Gesprächssekunden nicht mehr, wo ihm der Kopf stand.

Tina hatte ihm vom ersten Moment ihres Kennenlernens an eine aufregende Nervosität in die Magengegend gezaubert. Und so mit ihrer Agentur den Pitch gewonnen, den das Volksbündnis vor zwei Jahren ausgeschrieben hatte.

»Was kann ich Gutes für dich tun, Jack?«

Blind hörte, dass sie rauchte. Er glaubte Tabak zu riechen und auch etwas von ihrem Duft. »Ich brauche schnell eine Kampagne, Tina. Wir haben eine neue Idee. Hast du Lust, mit mir zu deinem Lieblingsitaliener essen zu gehen?«

»Dem haben die Behörden vorige Woche das Restaurant dichtgemacht. Sind ihm draufgekommen, dass er ein geheimes Extrazimmer hat, in dem er Alkohol ausschenkt. Ich glaube, er war der Letzte in der Stadt. Oder kennst du noch irgendein Lokal?«

»Sorry, Tina. Du weißt ja, ich trinke nicht.«

»Ja, ich weiß. Immer korrekt und ordentlich.«

Sie trafen einander in Tinas Agentur, nur drei Straßen vom Volksbündnis entfernt. Die hohen Räume waren dank der großen Dachfenster lichtdurchflutet, und wenn Jack auf den Balkon trat, seine Arme gegen das Geländer stemmte und den Blick schweifen ließ, kam es ihm vor, als sähe er von hier aus weiter als vom deutlich höher gelegenen obersten Stockwerk des Volksbündnisses. »Von dir aus hat man einen viel besseren Ausblick, wie gibt's das?«, hatte er einmal gefragt, und Tina lapidar zu antworten gewusst, dass es in der Bündniszentrale nicht einmal möglich sei, die Fenster zu öffnen. Zudem habe die Qualität des Ausblicks auch mit der Blickrichtung zu tun. Das war keine hinreichende Erklärung, hatte Jack gefunden. Dennoch hatte er sich damit begnügt.

Sie aßen japanischen Fisch. Tina hatte extra viel Ingwer bestellt. Sie trug ein Businesskostüm: enganliegende weiße Bluse, die obersten Knöpfe offen, und einen dunklen, figurbetonten Rock, knielang. Nachdem sie das letzte Sashimi zwischen ihren Lippen hatte verschwinden lassen, lehnte sie sich, Jack gegenübersitzend, zurück in die Couch, überschlug die Beine, Knie an Knie, Wade an Wade, und Jack gab sich Mühe mit dem Briefing.

»Fit&Secure-Chips für alle«, resümierte Tina Fux, lange Sekunden nachdem er den letzten Satz beendet hatte.

Jack sah sie an. Je länger er das tat, desto mehr schwand seine Hoffnung, sie beeindruckt zu haben, schwand seine Hoffnung, lässig-souverän ihre Hochachtung entgegennehmen zu können.

»Fit&Secure-Chips für alle«, wiederholte sie.

Für Jack klang es immer mehr wie ein Vorwurf.

»Gefällt dir nicht?«, fragte er leise.

»Also ich«, ihr Gesicht drückte blanke Verachtung aus, »würde mir diese Dinger nicht um alles in der Welt implantieren lassen. Damit bist du ja ein wandelndes High-Tech-Ersatzteillager. Und weiß Gott, wer alles auf den zentralen Med-Computer Zugriff hat. Chips in Kopf, Nieren, Lunge, Leber, Herz und Magen. Nein, danke!« Sie war dabei, sich wunderbar in Rage zu reden, und wurde noch energischer. »Für hin und wieder Alkohol trinken zahl ich schon höhere Krankenkassenbeiträge, dito für meine nicht ganz taufrischen Lungen. Wenigstens mein Herz soll noch mir allein gehören. Wenigstens das und mein Kopf sollen Privatsache bleiben. Ist ohnehin das Letzte, was uns noch geblieben ist. Weißt du, was als Nächstes passiert? Als Nächstes reden sie uns ein, es sei vernünftig, unsere Gedanken anzapfen zu lassen.«

»Du übertreibst.« Jack bemühte sich zu lachen, schüttelte den Kopf. Aber Tina war noch nicht fertig und sein Einwand blieb unbeachtet.

»Nein! Nicht mit mir! Niemals!« Sie nahm einen tiefen Zug. »Was genug ist, ist genug!«

Mit einem heftigen Atemstoß blies sie Rauch aus ihrem Mund. Eine Zeitlang stand er zwischen ihr und Jack.

»Na toll, du rätst uns also von der Idee mit den Chips ab.« Jack ließ sich ins Sofa zurückfallen. Es sah so aus, als würde es ihn einsaugen.

»Ich rate euch überhaupt nicht ab. Mich würden keine zehn Pferde dazu bringen, mir diese Dinger implantieren zu lassen. Aber«, sie hob das Kinn und blies die Rauchwolke diesmal über Jacks Kopf hinweg, »aber es ist eine gute Wahlkampfidee, eine sehr gute. Die Leute werden drauf abfahren. Es wird funktionieren.«

Ihr Gesicht hatte sich verändert. Keine Gefühlsregung war darin zu erkennen.

»Bist du sicher?« Jack richtete sich auf. »Ja wirklich? Glaubst du, dass es funktioniert?«

»Ich bin sicher. Die Masse ist primitiv genug. Die Leute werden euer Wahlzuckerl dankbar schlucken. Und ich werde es ihnen verabreichen.«

Weder Ironie noch Überheblichkeit war in ihrem Ton, am ehesten noch ein Anflug von Traurigkeit, von Resignation. Tina beugte sich vor, dämpfte ihre Zigarette aus, stand auf und begann im Raum umherzugehen. Blind blieb aufrecht sitzen, heftete seinen Blick an sie, hörte zu.

»Der Slogan, den du mir vorgeschlagen hast, ist herzig, Jack, aber zu wenig effizient. Wie wäre das? *Fit&Secure-Chips für alle. Damit unsere Kinder gesund und sicher aufwachsen. Volksbündnis.* Nein, das ist nichts. Wir müssen die Botschaft personalisieren. Keine Massenwerbung. Wir spielen nur die grobe Idee über die Medien, die nehmen das sowieso. Ist eine gute Story. Aber keine Schaltungen, weder TV noch Radio, noch Internet. Nur Individual-Inserts, Direct Mailings, SMS, Special Interests und die gute alte Zusendung.«

Tina hatte begonnen, bei jedem ihrer Schritte mit den Fingern zu schnippen. Gemeinsam mit dem Klang ihrer Absätze ergab das ein fein komponiertes Schnipp-klack, Schnipp-klack. *»Fit&Secure, damit Ihr Kind sicher aufwächst.*

Fit&Secure, damit es ihr kleiner Engel besser hat. Und so weiter. Nein!«, korrigierte sie sich und blieb kurz stehen. »Nein, wir machen es noch individueller: *Fit&Secure. Damit es Ihr kleiner Patrick besser hat. Fit&Secure. Paul, das haben Sie sich verdient.* Ja, so ungefähr werden wir das machen. Es wird funktionieren.«

»Großartig!«, rief Jack. »Aber dauert es nicht zu lange, die Individualdaten zusammenzubekommen? Wir müssen rasch starten.«

»Kein Problem.« Tina machte eine Handbewegung. »Mach dir deswegen einmal keine Sorgen.«

Jack nickte. »Darf ich dich etwas Privates fragen, Tina?«

Sie sah auf. »Hm?«

»Wieso machst du die Kampagne, obwohl du die Sache so furchtbar findest?«

Sie zündete sich eine neue Zigarette an, machte den ersten Zug, legte dabei den Kopf in den Nacken, sah dann zu Jack. »Weil ich zwar zu den neunundneunzig Prozent der Menschen gehöre, die wahnsinnig stolz darauf sind, Überzeugungen zu haben. Aber nicht zu dem einen Prozent derer, die stark genug sind, auch danach zu handeln.«

»Tina, du machst dich schlechter, als du bist. Ich finde, du bist ein toller Mensch.«

»Jack, sei nicht so scheinheilig. Ich bin genauso wenig ein toller Mensch wie du einer bist.«

Plötzliche Trockenheit an Jacks Gaumen.

»Sei doch wenigstens ehrlich, Jack. Wir verkaufen unsere Ideale an den Bestbietenden. Unsere Ideale von gestern sind unser Pragmatismus von heute. Das gestehen wir uns aber nicht ein, sondern lügen uns zum Trost irgendwas vor. Alle machen es so. Und wir beide sind noch dazu im Idiotenbusiness. Ja, Jack, du und ich, wir sind im Idiotenbusiness. Hast du das noch nicht bemerkt? Wir machen die Leute zu Idioten. Wenn du jemanden wie einen Idioten behandelst, wird er irgendwann auch einer. Wir sind im Idiotenbusiness, so ist es nun einmal. Und je länger wir das sind, desto mehr schaffen wir Rahmenbedingungen, die uns selbst nur noch Idioten sein lassen.«

»Hm«, brummte Jack Blind. Beinahe wäre es wahrhaftig geschehen, dass er ins Grübeln über sich verfallen wäre. Doch da rief Tina Fux: »So, und nun Ende mit der tristen Stimmung. Lass uns wieder fidele Arschlöcher sein und unseren Untergang betreiben!«

5.

Plötzlich standen zwei junge Männer in der Tür. Militärischer Haarschnitt, schwarze Anzüge, ernster Blick. »Dr. Jack Blind, wir müssen Sie vorläufig festnehmen, Terror-Sonderschutzgesetz, Paragraph zwölf.«

»Entschuldige, Jack! Entschuldige bitte!« Ronja versuchte verzweifelt, über die Schultern der Männer Jack zu Gesicht zu bekommen. »Die Herren sind einfach mit ihren Karten durch die Sicherheitsschleuse und, ohne zu fragen, zu dir rein.«

Er hatte nichts verbrochen, das wusste Jack. Dennoch tobte sein Herz. Er fühlte, wie es ihm bis zum Hals schlug. Und sein Gehirn arbeitete auf vollen Touren, prüfte alle Möglichkeiten, alle Eventualitäten. Wo habe ich mir was zuschulden kommen lassen? Wo nur? Wo, wo, wo?

Ihm fiel nichts ein.

»Was habe ich angestellt?«, fragte er möglichst überrascht und wie scherzhaft, mit heiterem Gesicht.

»Es geht um den Anschlag gestern Vormittag in der U-Bahn. Bitte begleiten Sie uns unverzüglich.«

Jack war klar, dass er den beiden zu folgen hatte. Sie hatten das Recht, ihn im dringenden Verdachtsfall sogar unter Anwendung körperlicher Gewalt mitzunehmen. Aber wie, verdammt noch einmal, überlegte er, hat es passieren können, dass ich, ausgerechnet ich, dringend verdächtigt werde?

Gut eine Viertelstunde später, nach rasanter Fahrt in einem geschlossenen Wagen fand sich Jack in einem Raum wieder, dessen Art er bisher nur aus Filmen kannte. Vielleicht fünf Mal fünf Meter groß, in der Mitte ein am Boden vernieteter Tisch mit abgerundeten Kanten und einem integrierten Detektor darauf. Zwei Metallsessel, ebenfalls am Boden fixiert. Keine Fenster. Wände und Boden dunkelgrau gestrichen mit wasserabweisender Dispersion. Und an der Decke Kugelkameras, in jeder Ecke eine.

Vor dem Betreten des Raums war Jack durchsucht worden. Er hatte alle metallischen und spitzen Gegenstände abgeben müssen und dann auf dem ihm zugewiesenen Sessel Platz genommen. Daraufhin verließen die beiden Männer, die ihn festgenommen und hierhergebracht hatten, ohne weiteren Kommentar den Raum.

Jacks Nervosität hätte nicht größer sein können. Es war eine unbestimmte Angst, die von ihm Besitz ergriffen hatte, die in ihn gekrochen war und nun jede Pore besetzt hielt, gespannt bis zum Äußersten. Er wusste nicht, wovor genau er Angst hatte. Alles kam in Betracht, und so fürchtete er sich vor allem. In ihm war Angst, bar jeder Grenze, offen in alle Richtungen. Mit dem Zeigefinger wischte er sich Schweiß von der Oberlippe. Ich habe doch nichts getan, wiederholte er für sich. Ich hab nichts getan. Er atmete flach. Also, was sollen sie mir schon tun? Was?

Dann sagte er sich, dass gleich ein Beamter kommen würde, um ihn zu verhören. Damit versuchte er sich zu beruhigen. Doch es kam kein Beamter. Sicher zehn Minuten waren nun schon vergangen. Genau wusste er es nicht, ohne Uhr. Aber zehn Minuten waren es sicher. Vielleicht schon eine halbe Stunde. Keine Ahnung, wie lange genau er hier schon saß. Viel zu lange jedenfalls. Die Zeit pochte in seinen Ohren. Mit jedem Herzschlag tat sie das, pochte in seinen Ohren. Sonst war nichts zu hören. Kein Laut. Einsame Stille.

Je mehr Zeit verstrich, desto beängstigender gerieten Jacks Phantasien. Und so wuchs in ihm das Gefühl, hier völlig isoliert zu sein, weggesperrt. Alleingelassen. Nicht nur in diesem Raum alleine, sondern im ganzen Gebäude. Wie das aussah und in welchem Stadtteil es lag, keine Ahnung. Der Wagen, in dem er hergebracht worden war, war fensterlos gewesen. Den Aufzug, in den er eskortiert worden war, hatten sie über die Tiefgarage betreten. Jack überlegte, und da wurde ihm bewusst, dass sie die ganze Zeit über nie jemanden angetroffen hatten. Die beiden Beamten waren mit ihm einen schmalen Gang entlanggegangen, dann hatten sie den Aufzug genommen – auch der war leer gewesen – und waren ins Stockwerk X gefahren, wobei Jack keine Ahnung hatte, wofür X stand. Er vermochte, so merkwürdig ihm das jetzt selbst schien, auch nicht zu sagen, ob sich der Aufzug nach oben oder nach unten bewegt hatte. Seinem Gefühl nach konnten es nur ein oder zwei Stockwerke gewesen sein, denn nach wenigen Sekunden schon hatte sich die Tür geöffnet. Jetzt kam ihm vor, als sei der Aufzug weder nach oben noch nach unten gefahren, sondern habe sich um die eigene Achse gedreht. Aber das war ja unmöglich, und als Jack das einsah, ärgerte er sich über sich und sagte leise: »Unsinn.«

Je länger er über seine Situation nachdachte und über die tausendfachen Varianten, die sich daraus machen ließen, desto panischer wurde er. Als er es merkte, versuchte er sich zu beruhigen. Mit einem Atemstoß blies er alle Luft aus seinen Lungen und entschied sich, wieder zur Vernunft zu kommen. Er befand sich in einem Rechtsstaat, die Beamten hier machten nur ihren Job, sein Verhalten wurde über die Kameras beobachtet, das war ganz normal, ganz selbstverständlich in so einem Fall. In so einem Fall? Egal, in jedem Verdachtsfall. Je gelassener er sich verhalten würde, desto rascher würde er auch wieder gehen können, sein ganz normales Leben weiterführen. Er hatte nichts angestellt, ganz sicher nicht. Jack lehnte sich zurück, verschränkte die Arme und überschlug die Beine. Basta, dachte er.

»Guten Tag, Herr Dr. Jack Blind.« Die Tür des Raums hatte sich nicht geöffnet. Und obgleich die sachliche Männerstimme klang, als käme sie von einem Menschen, der direkt vor ihm stand oder saß, war niemand im Raum. Jack war alleine, nach wie vor. Er sah nach oben. Hinter der Entlüftung oder hinter dem Licht an der Decke sind Lautsprecher, überlegte er.

»Vielen Dank, Herr Blind, dass Sie uns für ein Gespräch zur Verfügung stehen«, sagte die Männerstimme, nicht freundlich, wie es zum Inhalt des Satzes gepasst hätte, sondern wie auswendig gelernt, wie abgelesen.

»Bitte seien Sie so freundlich und nehmen Sie im Sitzen eine aufrechte Körperhaltung ein. Unterlassen Sie jegliches Zwinkern und schieben Sie beide Hände flach in den Schlitz des Gerätes vor Ihnen, die Handflächen mit sanftem Druck nach unten.«

Jack atmete durch. Er überlegte, ob er sich weigern sollte, doch dann nahm er eine aufrechte Haltung ein und schob seine Hände in das Gerät.

»Vielen Dank«, sagte die Stimme. »Bitte äußern Sie laut und deutlich, dass Sie einverstanden sind zu beginnen.«

»Ich bin einverstanden«, sagte Jack und räusperte sich. Beinahe hätte ihm die Stimme versagt.

»Herr Blind«, fragte die Männerstimme, und wieder wunderte sich Jack, wie nahe sie klang, »weshalb sind Sie gestern, Montag, am 23. März um neun Uhr und zwei Minuten unserer Zeit nicht wie üblich bei der U-Bahn-Station Estate-Bank ausgestiegen, um in Ihr Büro in der Zentrale des Volksbündnisses zu gehen?«

Jack atmete auf. Natürlich! Deshalb wurde er verhört. Natürlich, das war es. Weil er gestern ausnahmsweise weitergefahren war als sonst, und zwar bis zur U-Bahn-Station, in der später die Bombe detonierte. Nun war alles klar, natürlich! Das beruhigte Jack.

»Um ehrlich zu sein«, sagte er wie befreit, »bin ich weiter gefahren, weil das Terrorwarnungs-Signal einen Fahrgast ohne P-Card angezeigt hatte. Ich wollte seine Verhaftung miterleben.«

»Und warum«, hörte Jack die Männerstimme, »sind Sie danach nicht gleich wieder retour gefahren, sondern haben eine U-Bahn ausgelassen und sind erst dann wieder zurück?«

»Das habe ich nicht.« Jack versuchte sich zu erinnern. »Nein, das habe ich nicht, ich habe gleich die nächste U-Bahn genommen und bin zurückgefahren.«

»Herr Blind, sowohl unserern Kameraaufnahmen zufolge als auch zufolge unserer elektronischen Daten sind Sie um neun Uhr und sechs Minuten in der Station Rathaus aus dem U-Bahn-Waggon gestiegen, haben sich kurz auf die Bank gesetzt, unter dessen Sitz später die mit einem Zeitzünder versehene Bombe explodiert ist, haben im Sitzen eine U-Bahn zu Ihrem Arbeitsplatz ausgelassen und sind erst dann in den nächsten Zug gestiegen.«

Jack wusste nicht, was er sagen sollte. Es konnte schon sein, dass er sich kurz hingesetzt hatte, um die Aufregung wegen der Terrorwarnung abklingen zu lassen. Und vielleicht war ihm dabei auch entgangen, dass er eine U-Bahn verpasst hatte. Ja, womöglich, das konnte schon sein.

»Ich kann mich nicht mehr genau erinnern.«

»Gehören Sie einer terroristischen Organisation an, Jack Blind?«

Ein greller Lichtimpuls fuhr in seine Augen.

»Nein!«, schrie Jack.

»Sind Sie Einzeltäter?«

Abermals ein Blitz.

»Nein, um Himmels willen!«

Panische Angst und Aggression kollidierten in ihm, führten zu einer Reaktion, die er nicht geplant hatte. »Verdammt!«, brüllte er. »Ich bin der Bürochef von Mike Forell, dem künftigen Regierungschef! Ich bin kein Terrorist! Und ich will sofort raus hier. Verflucht noch einmal! Zeigen Sie mir ein Video, auf dem ich einen Zeitzünder deponiere oder lassen Sie mich hier sofort wieder raus! Sofort!«

»Vielen Dank für ihre Kooperation, Herr Dr. Jack Blind«, sprach die Männerstimme mit unverändert sachlichem Ton.

Die Metalltür des Raums ging auf, und die beiden Securities, die Jack verhaftet hatten, gaben Zeichen zum Aufstehen und Mitkommen.

6.

»Kommst du wenigstens zum Geburtstag von Vater nach Hause?«

Jacks Schwester Gwendolyn war am u-Phone. Er betrachtete ihr Gesicht am Screen. Angriffslustig hatte sie den Kopf zur Seite geneigt. Jack musste lächeln. »Freilich komme ich.«

»Versprochen?« Ein Schimmer glitt über ihre Augen.

»Hoch und heilig.« Jack streckte zwei Finger vor die Kamera.

Ihr Vater war vor drei Jahren in den Ruhestand gegangen. Er war damals zwar erst siebzig gewesen, hatte aber nicht warten wollen, bis er achtzig war, hatte lieber die Abschlagsquote von fünfzig Prozent in Kauf genommen, fünf Prozent für jedes Jahr. Das sei zwar hart, aber was soll's. Schließlich bräuchten er und seine Frau nicht viel, die beiden Kinder seien längst aus dem Haus, und das Wichtigste heutzutage sei ohnehin Zeit. Das sei der wahre Luxus. Zeit. Und: »Die Abgeschiedenheit von dieser wild gewordenen Welt.«

Gwendolyns und Jacks Vater verstand nicht, dass seine erwachsenen Kinder freiwillig in der Großstadt lebten, in der man doch jeden Moment fürchten musste, in die Luft gejagt zu werden von irgendwelchen Terroristen oder weiß Gott wem. »Und diese Menschenmassen! Alle müssen irgendwohin, und das sofort und ohne Unterlass. Sie *wollen* nicht irgendwohin, nein, sie *müssen*. Das sagen sie. Ich muss dort und dort hin. Als ob es nicht ihr freier Wille wäre, der sie rennen und hetzen lässt, sondern irgendeine geheime Macht. Und kaum sind sie dort, wo sie hin*müssen*, *müssen* sie auch schon wieder weg, weil sie für den Weg zurück viel Zeit einkalkulieren *müssen*, da ja doch so viele Menschen unterwegs sind.« Der Ort, meinte der Vater, an dem sich die Menschen der Stadt am dauerhaftesten aufhalten würden, sei der Ort zwischen den Orten, sei das Dazwischen. Dort würden sie ihr Leben verbringen. Auf dem Weg irgendwohin.

Und obwohl die Menschen auf diese Weise ständig aneinander vorbeirennen würden, sei vielleicht gerade das ihre Gemeinsamkeit: das Rennen und Nie-dauerhaft-Ankommen. Daher rühre es wohl auch, dass die Leute der Stadt auf eine eigentümliche Weise alle gleich aussähen, einer wie der Nächste, alle mit dem gleichen maskenhaften Gesichtsausdruck. Gruselig sei das. Als ob sich die hektische Oberflächlichkeit ihres Alltags, das Verstellen zum Schutz und zum persönlichen Vorteil, das Schauspielen, das permanente Versteckthalten, in ihre Gesichter gegraben hätte, für sie unbemerkt, passiert mit der Zeit, und nun nicht mehr wegzudenken.

Vermutlich falle ihnen dieses bedrückend Maskenhafte gar nicht auf, meinte Gwendolyns und Jacks Vater. Ahnen allerdings, ahnen dürften sie ihre Schleierhaftigkeit, und wenn nicht ihre, dann die der anderen. Denn in der Stadt würde sich zwar niemand um den Nächsten scheren, dafür aber würden alle von allen beobachtet, insgeheim. Wie ein arglistiges Rätsel würden die Menschen einander beäugen, wie ein Geheimnis, das es gelte, Schicht für Schicht offenzulegen, um an den wahren Kern zu kommen, der da doch stecken müsse, wenn auch noch so tief verborgen.

Wenn Jack seinen Vater nach derartigen Ausführungen milde lächelnd ansah und fragte, ob er ihm noch ein Stück

Kuchen bringen solle, mischte sich für gewöhnlich seine Schwester ein, die bis dahin nur ruhig dagesessen hatte. »Vater hat schon recht. Die Menschen sind merkwürdig«, sagte sie einmal, »und sie werden es mehr und mehr. Sie haben verlernt, sich zu freuen, natürlich zu sein, spontan und ausgelassen.« Dann schnitt Gwendolyn eine Grimasse und röchelte mit tiefer Stimme: »Aber kein Wunder, dass sie nicht ausgelassen sind, als Eingesperrte.«

»Wenn alles so furchtbar ist«, hatte Jack nach mattem Lächeln geantwortet, »dann seid ihr genauso Teil davon, mit eurer Schwarzmalerei. Und dass die Leute in sich gekehrt sind und misstrauisch, ist doch kein Wunder im Krieg.«

Der Mutter waren derlei Themen unangenehm. Sie versuchte sie zu verscheuchen, mit Sätzen wie »Wir sehen einander so selten, haben wir denn nichts Besseres zu besprechen?«. Daraufhin herrschte für gewöhnlich Stille, und alle stocherten in ihrem Kuchen.

Jack drückte den Start-Button des Autos, dann die Memory-Taste für sein Fahrziel, das Haus seiner Eltern am Land, und überließ dem Autopiloten das Steuer für die enge Ausfahrt aus dem untersten Deck der Tiefgarage. Als er nach draußen ans Licht kam, bemerkte er, taggeträumt zu haben. Seine Gedanken kreisten noch immer um seine Verhaftung und sein Verhör vor wenigen Tagen. Die Angelegenheit ließ ihm keine Ruhe, raubte ihm den ohnehin spärlichen Schlaf, dominierte auf unangenehmste Weise seine Träume und machte ihn unkonzentriert.

Bei einer der ersten Kreuzungen übersah er das Rotlicht der Ampel. Das Safety-Control-System bremste den Wagen ab und die sonst freundliche Frauenstimme des Bordcomputers sagte in strengem Ton: »Rote Ampel, Jack! Zweite Ermahnung.«

»Verdammt!« Jack schlug mit beiden Händen aufs Lenkrad. Er wusste, das System hatte recht, es war das zweite Mal innerhalb kurzer Zeit, dass er als Fahrer zum Sicherheitsrisiko für sich und andere geworden war. Beim nächsten Mal, der dritten Ermahnung, würde ihm für drei Monate die Fahrlizenz entzogen werden.

»Entschuldigung«, sagte Jack.

Im Laufe der dreistündigen Fahrt beruhigte und entspannte er sich zusehends. Gewissenhaft machte er jene Atemübungen, die Autofahrern von der Versicherungsgesellschaft dringend angeraten waren. Das Safety-Control-System jedenfalls musste nicht mehr eingreifen. Nicht einmal wegen leicht überhöhter Geschwindigkeit oder zu geringem Abstandhaltens. Jacks Fahrt war tadellos.

In der letzten Kleinstadt vor dem Elternhaus ertönte ein kurzes Signal, und die freundliche Frauenstimme des Bordcomputers wies darauf hin, dass der Wagen nach der Ortstafel, beim Abbiegen von der Hauptstraße, die Safety-Traffic-Zone verlasse. Jack wusste, nun war er auf sich alleine gestellt, ab sofort waren am Straßenrand keine Sensoren mehr installiert. Er würde nicht mehr gewarnt werden, wenn Rehe oder streunende Hunde Richtung Fahrbahn liefen, wenn die Straße gefährlich verschmutzt war, hinter einer Kurve ein breiter Transporter daherkam.

Jack war es völlig unverständlich, dass es noch immer Autos gab, die ohne Safety-Control-System unterwegs waren. Schlicht unverantwortlich fand er das und geriet deshalb auch regelmäßig mit seinem Vater in Auseinandersetzungen, der sich, altmodisch wie er war, strikt weigerte, das System in seinen alten Wagen einbauen zu lassen. Lieber zahlte er eine horrende Risikoprämie, anstatt ganz einfach sicher unterwegs zu sein. Aber lange würde das ohnehin nicht mehr toleriert werden, kommendes Jahr lief die Übergangsfrist aus, dann war das System endlich Pflicht. Obwohl Jack nichts mit der entsprechenden Verordnung zu tun gehabt hatte, empfand er gerade so, als sei sie sein ganz persönlicher Triumph im Kampf gegen die Sturköpfigkeit des Vaters.

Nun, da er die Safety-Traffic-Zone verlassen hatte, saß Jack Blind angespannt im Wagen, hochkonzentriert. Er hatte, um nicht abgelenkt zu sein, das Radio abgestellt und fuhr zur Sicherheit noch langsamer. Mit Spannung im Magen steuerte er das Auto durch einen Mischwald über eine kurvenreiche Straße, zweispurig, noch immer nicht besser ausgebaut. Sonnenstrahlen blitzten durch die Baumkronen. Rasch aktivierte Jack den Lichtschutz der Frontscheibe.

Eine Viertelstunde später bog er von der Landstraße in den alten Güterweg, und kurz danach lenkte er den Wagen auf die Wiese, vor den Gartenzaun des Elternhauses.

Längst hätte er aussteigen können. Doch Jack wartete noch auf etwas. Auf ein Gefühl wartete er. Eigentlich hätte sich jetzt doch eines einstellen sollen. Am besten geeignet wäre Vorfreude, überlegte Jack, Vorfreude auf die Eltern und Gwendolyn, die schon vor zwei Tagen mit dem Shuttle angereist war. Ja, das wäre schön gewesen. Vorfreude hätte er sich gewünscht. Oder zumindest ein nervöses Kribbeln. Doch nichts. Nichts als ein gedämpftes Dröhnen im Kopf. Jack ärgerte sich. Er fühlte sich betrogen. Alles, was er bei größter Konzentration in sich ausmachen konnte, waren Überlegungen, profan und mehr lästig als hilfreich. In der Art, wie das Treffen wohl werden würde, da sie sich doch lange nicht mehr gesehen hatten, was er sagen könnte, wenn zu lange Gesprächspausen entstünden, wie sich herauswinden, wenn

Mutter danach bohren würde, ob er endlich eine feste Freundin habe, in seinem Alter!

Unvermittelt verriegelten die Türen des Wagens. Jack zuckte zusammen. Die Frauenstimme des Bordcomputers warnte: »Vorsicht, rasch näher kommende Person.«

Im Rückspiegel sah Jack Gwendolyn. Sie huschte hinter dem Auto vorbei, barfuß und springend wie ein übermütiges Kind. »Mein großer Bruder, juhu!«, jauchzte sie, zog am Türgriff und bekam vom Sicherheitssystem des Wagens einen Stromstoß versetzt. Mit schmerzverzerrtem Gesicht schreckte sie zurück.

Gwendolyn war vier Jahre jünger als Jack, sah mit ihren einunddreißig noch immer aus wie ein Mädchen. Zierlich, stupsnasig, sommersprossig war sie. Und auch ihre Wesensart schien immer jung, kannte kein allzu langes Ernstsein, schien stets positiv, gleich, was geschehen mochte. Diese Veranlagung, die Jack ebenso fremd wie unerklärlich war, verblüffte ihn jedes Mal aufs Neue. Und hätte er es nicht besser gewusst und wäre er sich nicht lächerlich dabei vorgekommen, hätte er sie gern einmal gefragt, am besten wie im Scherz, ob ihre heitere Natürlichkeit einer Feelgood-Pillensorte zu verdanken sei und welcher denn genau.

Er selbst fühlte allzu oft eine Last auf seinem Gemüt. Nichts Konkretes, nichts, von dem er zu sagen gewusst hätte, was es war. Alles, was er wusste, war, dass er sich schwertat, unbeschwert zu sein. Im Job war es nicht so schlimm, aber im Privatleben, wenn er etwa, was selten genug vorkam, abends ausging und Bekannte traf. Fast immer begleitete ihn dann dieses drückende Gefühl. Es war, als würde eine fremde Macht seinen Kopf umfassen, ihn gefangenhalten in dicker Watte. Zudem waren seine Glieder, sein Hals und sein Rücken steif. Er musste sich anstrengen, einfachste Gedanken zu formulieren, verteidigte sich, wo kein Angriff gewesen war, und brachte es nicht zuwege, herzlich zu lachen, wenn endlich einmal Grund dafür gewesen wäre. Jack fragte sich, ob es anderen ähnlich ging, konnte dafür aber keinerlei Anzeichen erkennen. Darüber reden wollte er nicht, hätte auch nicht gewusst, mit wem. »Ich schaffe es nicht, ich selbst zu sein«, hätte er sagen müssen. »Wie bist du denn selbst?«, wäre er dann wohl gefragt worden. Und hätte darauf nichts zu sagen gewusst, nicht einmal ansatzweise.

Würde das Volksbündnis – und damit er – an die Macht kommen, könnte er etwas tun gegen dieses immer wieder lästig auftauchende Gefühl. Ja, dann würde er die derzeit noch verbotenen Neuro-Pillen zulassen. Und die Sache wäre aus der Welt.

7.

Gwendolyn machte sich Sorgen um ihren Bruder. Ihrer Meinung nach war er nicht im Einklang mit sich selbst, jagte bloß oberflächlichem Ansehen nach und richtete sich sein Leben ausschließlich um seinen Job ein. Wahre Leidenschaft zeigte Jack, wenn er die Interessen des Chefs zu den seinen machte. Dann, nur dann schien er ganz er selbst zu sein.

Jack machte sich Sorgen um seine Schwester. Seiner Meinung nach hatte sie im Job keinerlei Erfolg gehabt und daraufhin, ersatzhalber, den *tieferen Lebenssinn* und die *wahren Werte* für sich entdeckt. Ihre augenscheinliche Lebensunfähigkeit nannte sie Unangepasstheit. Und ihr naives, weltverbesserndes Schattenboxen Courage.

Die Geschwister hatten sich, obwohl beide in derselben Großstadt wohnten, beinahe aus den Augen verloren. Nur noch die raren Besuche bei den Eltern, draußen am Land, brachten sie zusammen. Zu ungleich waren sie für mehr.

Jack schien allzeit zielsicher, allzeit konsequent. Gwendolyn schien stets voller Zweifel.

Jack dachte an sich. Gwendolyn dachte nach.

Jacks Leben verlief erfolgreich, Gwendolyns Leben verlief.

Niemals etwa vergeudete Jack Zeit. Das Wirtschafts-Jus-Studium hatte er in der Mindestdauer erledigt, daraufhin in einer angesehenen Anwaltskanzlei gearbeitet und anschließend beim Volksbündnis Karriere gemacht, es rasch bis zum

Bürochef des Bündnisobmanns gebracht. Zu verdanken hatte er das seiner Entschlossenheit. Die war ihm offenbar naturgegeben. Jedenfalls musste er sich unpraktische Gedanken und zeitraubende Ausschweifungen nicht verbieten – sein Geist brachte ihn zumeist erst gar nicht in Verlegenheit. Abwegiges war ihm fremd. Niemals hielt er sich lange mit Nebensächlichkeiten auf.

Gwendolyn hingegen hielt sich beinahe ausschließlich mit Nebensächlichkeiten auf. Ihr Leben bestand sozusagen aus Nebensächlichkeiten, und Jack irritierte der Gedanke, dass seine Schwester folglich ein nebensächliches Leben führte. Sie tat nichts, das sie weiterbrachte, vielmehr halste sie sich eine Schwierigkeit nach der anderen auf, was ihr Dasein schwer und schwerer machte. Dass sie dennoch – und das verblüffend häufig – vergnügt war, schrieb Jack in brüderlich-überheblicher Nachsichtigkeit ihrem kindlichen Gemüt zu.

Das Soziologiestudium hatte Gwendolyn nach fünf Semestern abgebrochen, noch bevor es kurz darauf, gemeinsam mit zig anderen Studienzweigen, mangels Wirtschaftsrelevanz ohnehin abgeschafft worden war. Anschließend jobbte sie als Kellnerin, hielt es in keinem Lokal länger als zwei Monate aus und begann stattdessen in einer Werbeagentur. Doch bald wurde ihre Anstellung einvernehmlich aufgelöst – ihr wollten keine Texte für fragwürdige Produkte und Unternehmen gelingen. Danach gründete sie eine Tierschutzvereinigung, durchlief Malkurse, lauschte Vorträgen irgendwelcher Gurus, demonstrierte für die Rechte afrikanischer Arbeiterinnen, verinnerlichte Ernährungsregeln und besuchte literarische Schreiblehrgänge. Später diskutierte sie über Platon, nahm zur Aufarbeitung ihrer Kindheit und zur Festigung ihrer Persönlichkeit an Gruppentherapien teil, erwog kurz darauf, selbst Psychotherapeutin zu werden, und bekehrte zumindest einige ihrer rasch wechselnden Freunde dazu, strikte Veganer zu werden. Sie töpferte, malte, sang, und da sich all diese Engagements und Fertigkeiten nicht in Jobs ummünzen ließen, war sie schließlich gezwungen, für eine Vereinigung zu arbeiten, die sie im Grund ihres Herzens ablehnte, ja zutiefst hasste: die Kirche – die doch, ihrer gefestigten Meinung zufolge, mehr Menschen auf dem Gewissen hatte als jede andere Verbrecherbande dieser Welt. Im Haus der Barmherzigen Schwestern arbeitete Gwendolyn – als Altenbetreuerin – und als Mädchen für alles. Seit Jahren tat sie das nun schon, zwölf Stunden täglich, für ein Taschengeld.

»Wie geht's dir, Gwendolyn?«, fragte Jack, als sie gemeinsam mit den Eltern am Küchentisch saßen.

Drei senkrechte Falten schoben sich in Gwendolyns Stirn. Doch nur kurz, dann nickte sie, so, als müsste sie sich einen kleinen Ruck geben, und gleich darauf lächelte sie, ehrlich und entspannt. »Gut. Mir geht's gut.«

Und nach einer Pause: »Und du, Jack, was hast du für Träume?«

Das war das Gefährliche an ihr. Sie stellte nicht die Fragen, auf die man vorbereitet war. Das tat sie nicht aus Böswilligkeit. Sie tat es, weil sie etwas gegen konventionelles Verhalten hatte. Denn das, fand Gwendolyn, berühre nur die Oberfläche des Lebens, die äußerste, sichtbare Hülle. Nicht aber das, was darunter lag. Gerade das aber, was sich darunter verbarg, war das Leben. Und Gwendolyn wollte nicht einsehen, dass ausgerechnet über das Leben geschwiegen werden sollte und gesprochen lediglich über die Hülle, die es verdeckte.

Wenn Gwendolyn jemanden kennenlernte, stellte sie nicht jene Frage, die üblicherweise gefragt wird, als Einstieg ins Gespräch, als erstes Herantasten. Sie fragte nicht: »Und was arbeitest du?« oder »Welchen Job hast du?« Das unterließ sie, denn sie fand, dass der Beruf über einen Menschen meist nicht viel mehr aussagte als etwa die Haarfarbe. Statt nach dem Beruf sollte doch besser gleich nach der exakten Hierarchiestufe sowie dem Kontostand gefragt werden. Das entspreche zumindest der Motivation der Frage nach dem Beruf und sei somit immerhin von direkter, ehrlicher Neugier.

Menschen, deren Job tatsächlich ihren Lebenstraum widerspiegelte, gab es nicht, behauptete Gwendolyn. Und wenn doch, dann waren das in ihren Augen äußerst seltene Glückspilze (wie ihr Yogalehrer) oder Bedauernswerte (wie Jack), die sich mit Hilfe ihres Berufs und ihrer Arbeitswut darüber hinwegtäuschten, ansonsten leer zu sein, nichts als wichtig glitzernde Hüllen.

Sie blickte ihrem Bruder ins Gesicht. Er arbeitete an einer Antwort für ihre Frage. Welche Träume habe ich? Welche Träume? Verdammt! Zuerst fielen ihm jene ein, die er nächtens eigens herbeiführte, durch ständig wiederholtes Sich-wecken-Lassen. Ja, an seinen Spleen dachte er, wenn er über die Frage nach Träumen nachsann. Aber Träume dieser Art meinte seine Schwester nicht. Und wenn, hätte er sie nicht preisgegeben, natürlich nicht.

»Ich habe den Traum«, sagte er und nickte dazu, »dass ich mit dem Volksbündnis an die Regierung komme und es besser mache für das Land und die Menschen.«

»Schön!«, rief seine Schwester.

Sie schien mit der Antwort zufrieden zu sein, was Jack Erleichterung verschaffte. Als er sich gegen die Holzbank lehnen wollte, fragte Gwendolyn: »Und was genau willst du mit deinem Volksbündnis besser machen – was *genau* ist dein Traum?«

Jack war überrascht. Nicht über die Frage, sie war naheliegend. Überrascht war er, dass die Antwort ihm Schwierigkeiten machte. Schließlich beschäftigte er sich tagein, tagaus mit nichts anderem als damit, Programme, Ideen, Vorschläge auszuarbeiten und Gegenrezepte zur aktuellen Regierungsarbeit des Sozialbündnisses zu erstellen. Jack sah das offene, erwartungsvolle Gesicht seiner Schwester, und in diesem Moment hätte er es sich eingestehen können. Die Wahrheit nämlich war: Sein Traum war keineswegs, es *für das Land und seine Menschen besser zu machen*. Sein Traum war: zu jener Handvoll Menschen zu gehören, die das Land regieren. Das war sein Traum, das war das Ziel. All die politischen Ideen, sozialen Programme, wirtschaftlichen Vorschläge waren bloß Mittel zum Zweck. Wenn er an ihnen arbeitete, sie zum alles beherrschenden Inhalt seines Lebens machte, hatte er stets vor Augen, wohin diese Arbeit ihn (und nicht das Land und seine Menschen) bringen würde. Dann sah er sich in einem pompösen Ledersessel, sah bewundernde Augenpaare auf sich gerichtet, sah sich in elitärem Zirkel staatstragende Themen besprechen, sah sich Journalistenfragen souverän beantworten, sah sich, sich, sich.

Damit war er freilich nicht alleine. Anderen ging es gewiss ähnlich, Menschen in der Wirtschaft etwa, Abteilungsleitern, Projektverantwortlichen, Direktoren, Verkaufsleitern, Konzernchefs. Ihnen war doch allen nicht, wie sie vorgaben, die Sache von Bedeutung, nicht der Job ihr Herzblut, sondern ihr Erfolg im Job, welcher auch immer das sein mochte. Denn genauso gut hätte sie das Schicksal ja anderswo absetzen können, auf die Seite der Konkurrenz etwa. Dann wäre plötzlich dieser Standpunkt der richtige, würde eben dieser Job zum Zentrum aller Überlegungen, zum Sprungbrett für das Ego. Und würde dieser Job, schleichend, aber gründlich, die persönliche Meinung definieren. Aber sei das nicht ganz normal?

Jacks Irritation, die durch die Frage nach seinem *Traum* heraufbeschworen worden war, ruhte rasch wieder dort, wo sie keinen Schaden anrichten konnte: abseits seiner Gedanken. Und so wusste er sich und seiner Schwester überzeugend Antwort zu geben, wie er die Welt im Allgemeinen und *das Land und seine Menschen* im Besonderen in eine prächtigere Zukunft führen wolle.

»Wir werden die Sicherheit erhöhen.« Er gestikulierte, als sei er auf einer politischen Veranstaltung, spreche zu potentiellen Wählern. »Die Verdichtung der Satellitenüberwachung, kombiniert mit der Quantencomputerspeicherung und der flächendeckenden Erkennung sämtlicher Verhaltensauffälligkeiten, wird es möglich machen, die Mehrzahl der Verbrechen im Vorfeld, noch bevor sie geschehen sind, im Keim zu ersticken. Wir werden auch die Energieversorgung revolutionieren, das Land endlich völlig unabhängig vom Erdöl machen, und zwar mit einer Erweiterung der Kernspaltung sowie einer Verdoppelung der Wasserstoffreaktoren. Und: Wir werden das Safety-Verkehrssystem auf das ganze Land ausdehnen, bis in den letzten Winkel.«

Jack war stolz. Das waren beachtliche Pläne. Zufrieden lehnte er sich zurück.

»Was ist mit mehr Rechten für die Bevölkerung?«, fragte Gwendolyn.

Jack verstand nicht. »Was heißt mehr Rechte?«

»Die arbeitende Bevölkerung wird ausgebeutet, sie braucht mehr Rechte, mehr Schutz.«

»Wovon redest du, wir leben in einem völlig freien Land, jeder kann arbeiten, wo er will und was er will. Welche Ausbeutung?«

»Die Menschen werden ausgebeutet, indem die Kapitalisten ihnen immer mehr abverlangen, aber nicht den Wert ihrer

Arbeitsleistung bezahlen, sondern nur eine Bagatelle und den Mehrwert als Profit kassieren. Diese Ausbeutung vernebeln sie dann mit Argumenten wie Konkurrenzkampf und Gesetze des Marktes.«

»Bist du jetzt Marxistin geworden?«

»Es ist doch so, Jack. In Wirklichkeit sind wir Sklaven. Welche Freiheit ist uns denn noch geblieben? Welche Freiheit haben wir noch, außer jener, unsere Versklavung zu erkennen oder die Augen davor zu verschließen. Uns ist doch Stück für Stück und wie unbemerkt alles genommen worden. Die einzige wirklich freie Entscheidung, die uns die Ökonokratur noch zugesteht, ist die Wahl, wie wir unser Verdientes zu ihren Gunsten wieder ausgeben. Wir sind keine Menschen mehr, wir sind Konsumenten!« Gwendolyn hatte sich in Rage geredet. Und je heftiger ihre Rede geriet, desto überzeugter war sie von ihren Worten. »Wenn wir es genau nehmen, wurde die Sklavenhaltung nicht abgeschafft, sondern ausgedehnt, auf Europa und alle anderen Dienstleistungsländer.«

»Du spinnst ja.« Er schüttelte den Kopf. »Deine versklavten Angestellten sind längst selbst Aktionäre, bekommen einen Teil ihres Gehalts als Beteiligung ausbezahlt und profitieren vom Unternehmenserfolg.«

»Mitarbeiterbeteiligung?«, fauchte Gwendolyn. »Die ist doch nur dazu da, dass die Leute der Beschneidung ihrer eigenen Rechte zustimmen.«

Jack hob die Hand vor die Augen, den Unsinn, den sie von sich gab, mit einer Geste zu beantworten.

»Mama, Papa, wieso sagt ihr nichts? Es ist doch so, die Reichen werden immer reicher und die Armen immer ärmer. Und die Kapitalisten, die sich alles leisten können, brauchen ihr Geld nicht einmal, weil sie die Privilegierten sind, die

Prominenten, von denen man sich ein Entgegenkommen erhofft und die deshalb eingeladen werden, die alles geschenkt und zugeschoben bekommen. Die Armen aber kriegen nichts. Nichts! *Sie* müssen alles bezahlen, von dem was übrigbleibt, nach den Einziehungsaufträgen zugunsten der Kapitalisten.«

»Weißt du eigentlich«, versuchte es ihr Bruder auf die sachliche Art, »dass das Volkseinkommen zuletzt wieder Jahr für Jahr gewachsen ist?« Jack gelang ein souveränes Lächeln. »Weißt du, dass auch das Bruttoinlandsprodukt pro Einwohner im Vorjahr erneut gestiegen ist?«

»Schön, klingt gut. Aber weißt *du*, Jack, was die Wahrheit hinter diesen Statistiken ist? Die Wahrheit ist, dass Bruttoinlandsprodukt und Volkseinkommen gestiegen sind, weil die Kapitalisten, und zwar ausschließlich die Kapitalisten, noch mehr verdient haben. So kommen diese Statistiken zustande. Und wir sollen dann auch noch stolz sein darauf, dass die Wirtschaft tolle Aufträge bekommen hat wegen ihrer Konkurrenzfähigkeit, also unserer billigen Arbeitskraft.«

Gwendolyn sah die Resignation in Jacks Gesicht, und entschied, es mit einem gutgemeinten Vorschlag zu versuchen. »Wenn ihr an die Regierung kommt, solltet ihr den Kapitalisten Solidarität abverlangen und etwas für die einfachen Leute tun. Ihr könntet ja argumentieren, dass ihr die Wirtschaft motivieren wollt, wieder mehr Freude ins Leben der Menschen zu bringen, und dass das allen was bringt.«

Jack sah mit plötzlich wachem Blick auf. »Die Wirtschaft«, er verschränkte die Arme, »sorgt schon jetzt für Menschlichkeit und Freude. Denn das, was die Menschen von sich aus kaum mehr tun, nämlich nett und zuvorkommend sein, schafft die Wirtschaft systematisch. Denk nur an das Bemühen der Unternehmen, ihre Kunden zufriedenzustellen, sie positiv zu überraschen. Gäbe es den bösen, bösen Kapitalismus nicht, gäbe es vielleicht überhaupt keine Freundlichkeiten mehr.«

»Jack, das kannst du nicht ernst meinen! Die freundlichen Mails der Unternehmen, die automatisiert grinsenden Gesichter der Vertreter, das sind doch nur Fratzen, aber keine natürliche Freundlichkeit.«

»Immerhin. Es *ist* Freundlichkeit.«

Weil er seiner Schwester beweisen wollte, dass er wahrhaft vorhatte, mehr Fröhlichkeit herbeizuführen, verriet er ein weiteres Vorhaben.

»Eine unserer ersten Marketingmaßnahmen nach Regierungsantritt wird es sein, Jugendliche und Bündnismitglieder auszuschicken, vielleicht auch die Bürger-Securities, und zwar«, er legte eine Pause ein, »und zwar mit Aufklebern, die ein mürrisches Strichgesicht zeigen, darüber ein rotes Verbotszeichen und die Aufschrift *Sei kein Miesling, lächle!* Diese Buttons bekommen dann alle Passanten aufgeklebt, die nicht lächeln. Na, was haltet ihr davon?«

»Hm«, machte der Vater.

Weil niemandem am Tisch mehr dazu einzufallen schien und er doch ihr Sohn war, sagte die Mutter: »Ich finde, das ist eine nette Idee. Es ist zumindest gut gemeint und ein Anfang.«

»Merkst du eigentlich, was du da vorhast?« Seine Schwester hatte wieder zu sich gefunden. »Du willst Freundlichkeit und gute Stimmung administrativ verordnen!«

Jack warf die Serviette auf den Tisch.

Das Schweigen, das den Raum zu füllen begann, wurde immer intensiver, und weil diese Stille beim Vater ein bedrückendes Gefühl auslöste, entschloss er sich, seinem Sohn einen Vorschlag zu unterbreiten. »Wenn ihr an die Regierung kommt und etwas für die Verbesserung der Stimmung machen wollt, gäbe es eine einfache Möglichkeit.«

»Und zwar?«

»Ihr könntet die Securities anweisen, weniger oft und nicht ohne jeden Grund Personenkontrollen durchzuführen. Das würde die Freiheit und das Sicherheitsgefühl der Menschen erhöhen.«

»Weniger Security-Kontrollen würden das Sicherheitsgefühl erhöhen?« Jack schüttelte den Kopf. »Das ist doch absurd.«

Im Grunde entsprach das, was sein Vater eben gesagt hatte, durchaus auch seiner Meinung. Jack fühlte sich jedoch wegen des bisherigen Gesprächsverlaufs in eine Verteidigungshaltung gedrängt. Die Krallen waren entsprechend ausgefahren und ließen sich so rasch nicht einziehen. Obendrein drängte ihn der Vater schon wieder mit einem seiner berüchtigten vernünftigen Argumente in die Enge.

»Wenn du den Leuten durch die Securities nicht ständig signalisierst, dass ihr Leben in Gefahr ist, sind sie auch nicht mehr pausenlos in innerem Alarmzustand. Somit sind sie entspannter und sicher auch besserer Stimmung.«

»Das halte ich für eine gewagte These«, erwiderte Jack. »Und sogar wenn sie zutrifft: Würde ich diesen Vorschlag machen, wäre das womöglich mein letzter Tag als Bürochef. Stell dir vor, wir reduzieren die Kontrollen, und kurz danach passiert ein Anschlag.«

Da sein Vater nicht widersprach, hatte Jack die Möglichkeit, ihm entgegenzukommen. »Obwohl mir deine Idee im Grunde nicht unsympathisch ist«, sagte er. »Die Securities übertreiben es manchmal wirklich. Letztens haben sie sogar mich verhört.« Das war ihm jetzt herausgerutscht. Eigentlich wollte er nicht über den Vorfall sprechen. Doch nun war es zu spät, und so erzählte er, widerwillig und in möglichst groben Zügen, die Szene seiner Verhaftung. »Wenn wir erst an der Regierung sind«, bemühte er sich um ein versöhnliches Ende, »passiert mir so was ohnehin nicht wieder. Dann werden die Typen es nicht wagen, mich festzunehmen. Und wenn, zeige ich meinen Regierungsausweis, und die Sache ist erledigt.«

Seine Schwester starrte ihn an. »Wenn du das für die Lösung hältst, solltest du die ganze Bevölkerung mit Regierungsausweisen ausstatten.«

»Und die Moslem-Separation, wie geht's mit der weiter?«, beeilte sich der Vater, um ein neuerliches Aufeinanderprallen der Kinder zu verhindern.

»Die Separation bleibt«, gab sein Sohn energisch zurück. »Die Moslems haben sich das selbst zuzuschreiben. Haben lange genug Zeit gehabt, sich zu integrieren. Außerdem ist die Separation eindeutig ein Erfolg. Das muss man dem Sozialbündnis schon lassen. Seit die Moslems alle in die Kontrollbezirke übersiedelt worden sind und im ganzen Land Checkpoints durchlaufen müssen, sind die Anschläge um gut dreißig Prozent zurückgegangen. Schon eine leichte Rücknahme der Sicherheitsmaßnahmen wäre Selbstmord, und das nicht nur politisch. Diese verdammten Moslems sind einfach brandgefährlich.«

»Man hört, es braut sich eine Revolution zusammen. In manchen Kontrollbezirken soll es schon Ausschreitungen gegeben haben.«

»Ach was, Internetgequatsche! Gegen wen sollen sie denn in ihren Bezirken revoltieren? Staatliche Institutionen sind ja alle abgezogen worden. Gegenseitig können sie sich die Schädel einhauen, das ist alles.«

»Es heißt, dass sie paramilitärische Chemielabors und Waffenlager angelegt haben.«

»Unsinn, wie hätten sie das anstellen sollen, ist ja alles hermetisch abgeriegelt. Und wenn sie von der Arbeit in ihre Bezirke zurückkommen, werden sie bis auf die Unterwäsche gefilzt.«

Gwendolyn machte ein verächtliches Gesicht. »Die Buren in Südafrika hätten es nicht besser hingekriegt.«

»Jetzt komm mir nicht wieder mit deinem Apartheid-Kram. Ich hab dir schon hundert Mal gesagt, dass die Situation mit damals nicht zu vergleichen ist. Erstens sind die Moslems zu uns ins Land gekommen und nicht wir zu ihnen. Und zweitens verteidigen wir nur unser demokratisches System und retten unser nacktes Leben vor diesem Terrormob. Außerdem«, Jack sah in die Runde, »außerdem haben wir auch für die Moslem-Problematik eine Lösung.«

»Wollt ihr sie vergasen?«

»Gwendolyn!«, rief die Mutter.

»Nein«, tat Jack ungerührt, »wir werden sie nicht vergasen. Ein zentraler Punkt unserer Ausländerpolitik wird sein, sie Zug um Zug im Wirtschaftskreislauf durch Einheimische zu ersetzen und sie dann ganz zivilisiert abzuschieben. So wird all das Gerede von wegen drohender Revolution, tickender Zeitbombe und Apartheid mit der Zeit verstummen.«

Jacks u-Phone vibrierte. Er sah aufs Display und nahm den Anruf entgegen. Es war sein Chef, er klang euphorisch. »Jack, komm sofort in die Zentrale. Ich habe gerade einen Anruf erhalten. Morgen wird etwas Sensationelles passieren. Wir müssen uns vorbereiten.«

8.

Freudig öffnete Mike Forell die Lippen, als die Pille ihre Wirkung tat. Es war keine der handelsüblichen Feelgood-Pillen, sondern eine von der noch nicht zugelassenen Sorte. Forells Gesicht hatte ein entspanntes Aussehen angenommen, fröhlich und heiter, wie aus einer sorglosen Zeit.

Er stand vor der Fensterfront seines Büros, die Hände in den Hosentaschen, sah auf die beleuchtete Stadt und fühlte sich blendend. Geradezu einzigartig fühlte er sich. Er litt für gewöhnlich, wenn er bemerkte, seiner Position nicht gewachsen zu sein – und genoss nun den Moment der Trunkenheit, in dem seine Überzeugung an Kraft gewann, dass hinter diesen etwas glasigen Augen ja doch ein unglaublich geniales Gehirn am Werke sei.

Als Jack klopfte und das Büro betrat, wandte sich Forell mit großer Geste um, breitete die Arme aus und sprach: »Willkommen, Jack Blind, künftiger Kabinettschef des künftigen Staatspräsidenten Mike Forell!«

Der Anruf, der vor wenigen Stunden eingegangen war, hatte in Forell ein Wechselbad der Empfindungen ausgelöst. Hoffnung, ja blanke Freude war in ihm aufgekommen, doch rasch verdrängt worden von Skepsis, dann Nervosität. Diese wurde abgelöst von Euphorie und wieder zunichtegemacht von der Angst, aus der guten Nachricht keinen Vorteil schlagen zu können. Der Anrufer war im Besitz von Forells Geheimnummer gewesen. Er hatte mit ruhiger, überaus einnehmender Stimme gesprochen, was mit der strikten Weigerung kontrastierte, seinen Namen zu nennen – wofür er höflichst um Verständnis bat. Seine Nachricht war schnörkellos und präzise gewesen: »Morgen um zehn Uhr wird Bill Stark seinen Rücktritt als Spitzenkandidat des Sozialbündnisses bekanntgeben. Es wird keinen dezidierten Nachfolger geben, sondern ein farbloses Führungsteam. Ich gratuliere Ihnen zum bevorstehenden Wahlsieg, Mike Forell, und zum Amt des Regierungschefs und Präsidenten.«

Forell hatte nach dem Anruf dumpf dagesessen, versunken in seinem Ledersessel, die Arme auf den Lehnen, und hatte das Gefühlsgewitter über sich hinwegziehen lassen. Während eines Zwischenhochs hatte er Jack angerufen und zu sich bestellt. Nur Minuten bevor sein Bürochef in der Bündniszentrale eintraf, war die Eilt-Meldung auf den Schirm gekommen, wonach das Sozialbündnis für morgen zehn Uhr eine Pressekonferenz einberufen hatte, mit vorerst geheimem Inhalt. Das war der Moment gewesen, in dem Forell sich veranlasst gesehen hatte, die Pille einzuwerfen.

Die Pressekonferenz am nächsten Tag glich einem schlecht inszenierten Bühnenstück: Die Darsteller waren unglaubwürdig, wie überrascht von ihrer Rolle, und der Inhalt war obskur, kaum nachvollziehbar. Mike Forell und seine engsten Mitarbeiter verfolgten die Live-Übertragung mit angehaltenem Atem. Was sie sahen, war zuvorderst der Spitzenkandidat des Sozialbündnisses, war Bill Stark, der populärste Politiker des Landes, der Sunnyboy der politischen Szene, geachtet von den Männern, angehimmelt von den Frauen, Traum jeder Schwiegermutter. Dass er Forell auch intellektuell überlegen war, galt im Volksbündnis als ebenso peinliches wie offenes Geheimnis. Ein Vorwurf entstand daraus aber nicht, schließlich war der Chef des Sozialbündnisses ein unerreichbarer Gegner, eine absolute Ausnahmeerscheinung: charismatisch, dynamisch, sympathisch und von geradezu sonnenhafter Anziehungskraft.

Doch nun nicht mehr. Nun verkündete er fahrig, grau-gesichtig und mit matter, beinahe erstickter Stimme, dass er aus gesundheitlichen Gründen sein Amt niederlege. Mit sofortiger Wirkung und unwiderruflich. Also nicht für die Wahl in einem Monat kandidiere, sondern sich aus der Politik zurückziehe. Dem Vierer-Team, das gemeinsam seine Nachfolge antrete, wünsche er das Allerbeste – und auch dem Land, fügte er nach kurzem Innehalten hinzu. Es klang wie eine Warnung.

Nicht hingegen in den Ohren Mike Forells, Jack Blinds, Ronjas und der anderen Mitglieder des Stabes. Sie waren wie betäubt, saßen da mit offenem Mund. Soeben hatte ihnen der Gegner den Wahlsieg auf dem Präsentierteller überreicht.

»Champagner!«, rief plötzlich Mike Forell in die allgemeine Fassungslosigkeit. Er zog eine Flasche hervor, die er zuvor eigens hinter seinem Schreibtisch versteckt haben musste. Triumphierend stemmte er sie in die Höhe, rief noch einmal: »Champagner!«

Jack erlebte die Szene wie in Zeitlupe: das torkelnde Glück in Forells Augen, die mit einem Mal gelösten Gesichter der Kollegen, ihr Lachen, ihre Zähne, die emporgestreckte Champagnerflasche, wie drohend in der Luft schwebend, das matte Kopfsenken Bill Starks am Monitor. Jack dachte, Champagner, das macht sich nicht gut in den Anekdoten, dachte an seinen Job, die Verantwortung, es seinem Chef zu sagen, sah seine Kollegen aufspringen, jubeln, wandte sich Forell zu, ihn zu bremsen, zurückzuhalten. Seine Bewegung wurde begleitet vom Knall des Korkens. Forell wieherte

»Jippiiijäääh!«, und eine nicht enden wollende Champagnerfontäne schoss in die Höhe, stand für einen Moment in der Luft, barst dann, zerbrach über ihren überraschten Gesichtern und ergoss sich in den Raum.

9.

Forell stemmte die Hände in die Hüften. »Ist doch gleich ein besserer Ausblick, was, Jack?«

Sein Kabinettschef nickte. Sie standen am Balkon des Regierungsgebäudes.

»Na gut!«, rief Forell, tat einen tiefen, zufriedenen Atemzug und klatschte in die Hände. »Lass uns beginnen, das Land zu regieren.«

Bei der Wahl war es – anders als allgemein erwartet – doch noch knapp geworden, trotz eines wie gelähmt wirkenden Führungsteams beim Sozialbündnis, das nicht mehr tat, als monoton die Wahlslogans herunterzubeten, die der zurückgetretene Bill Stark erfunden hatte. Lediglich einen halben Prozentpunkt lag Mike Forell mit seinem Volksbündnis letztlich vorne, und am Ende musste er sich sogar mit dem Vorwurf herumschlagen, die Internetwahl manipuliert zu haben. Was freilich lächerlich war – wie hätten er und die Seinen das Ergebnis verfälschen können? Schließlich hatte das Volksbündnis den Staatsapparat und alle seine ausführenden Abteilungen, Institutionen und Kommissionen noch nicht mit seinen Leuten durchsetzt.

Bill Stark war seit seinem denkwürdigen Auftritt bei der Pressekonferenz nicht mehr in der Öffentlichkeit erschienen, hatte sich den anfänglichen Versuchen der Journalisten widersetzt, an ihn heranzukommen, war konsequent geblieben, wie man es schon im Amt von ihm gewohnt gewesen war. Überraschend war lediglich, wie rasch die Medien von ihm abließen, die für gewöhnlich doch kein Halten kannten, wenn erst einmal der Geruch von warmem Blut in der Luft lag. Verblüffend zurückhaltend verhielten sie sich, sprachen vom »Tabu der Privatsphäre«, von einer »zutiefst persönlichen Entscheidung«, die zu respektieren sei. Dieses Gerede ging ausnahmsweise nicht einher mit scheinheiligen, aber umso fetteren Schlagzeilen. Diesmal war tatsächlich Ruhe. Und das in einer Branche, die in den letzten Jahrzehnten hinabgesunken war zum Lieferanten billigsten Zeitvertreibs. Alles andere, lenkten die Medienleute von ihrer Unzulänglichkeit ab, ziele an den Bedürfnissen der Konsumenten vorbei, gehe ins Leere. Die Konsumenten hätten Alltagsprobleme genug: Sorgen um Heim und Kinder, Ärger im Job, die üblichen kleinen Unzufriedenheiten und Streitereien, das tägliche Gegeneinander. Da bleibe kein Platz für intellektuell Forderndes, für Kontroverses, Analytisches. Das Leben der Menschen orientiere sich nun einmal an einem Horizont, der von Tag zu Tag reiche. Entsprechend kurzweilig gelte es das Medienprogramm zu gestalten. Was die Leute demnach wollten, waren Reality-Shows bar jeder Realität, waren Prominente inklusive ihrer Schicksalsschläge und Skandälchen, waren Kino, Kosmetik, Kurzurlaub. Guru-Sendungen und Horoskop, durchmischt mit Wetter. Glücksspiele, Astro-Tipps und Rätsel. Harter Sport und putzige Tiere. Das war Vielfalt genug. Daraus bestand das Leben der meisten Menschen, der Stoff, aus dem ihre Träume und Sehnsüchte gemacht waren – und gemacht werden konnten. Anderes wünschten sie nicht. Weitreichendes überforderte sie. Das Große und Ganze ebenso wie tiefere Zusammenhänge. Oder gar die Idee eines leitenden Gedankens.

Hand in Hand ging die Medienarbeit mit dem Bestreben

der Wirtschaft, ihre Marken für die Menschen unverzichtbar zu machen. Großteils gelang das recht gut und recht schnell, und bald gelang noch mehr. Anfangs bereicherten all die Erzeugnisse und Annehmlichkeiten den Alltag der Menschen, dann füllten sie Vormittag, Mittag, Nachmittag, Abend, Nacht aus, und schließlich war das Leben übervoll damit, jeder Winkel besetzt, sämtlicher Lebensraum eingenommen. Ab da war es nur noch ein kleiner, unbemerkter Schritt, und dann bestand das Leben vieler Menschen aus den Produkten, Dienstleistungen, Ablenkungen. Alles andere, alles aus früherer Zeit war verdrängt und verschwunden. Und wenn hin und wieder eine flüchtige Erinnerung aufkam und das vage Gefühl, etwas zu vermissen, so konnte der Mangel rasch beseitigt werden; die Wirtschaft hielt allerlei Ersatzbefriedigungen bereit.

Tatsächlich taten die Medien und die Wirtschaft alles, ihren Konsumenten das Leben so angenehm und unbeschwert wie möglich zu machen. Nach Kräften unterstützten sie die Leute dabei, es ruhig zu haben in den Köpfen und kribbelnd aufregend in der Magengegend.

So geschah es, dass irgendwann einmal – wann exakt, hätte niemand gewusst zu sagen – die Bilder und Einfälle der Medienwelt sowie die Unterhaltungsleistungen der Wirtschaft zur empfundenen Wirklichkeit vieler Menschen geworden waren. Die Realität war mit ihrer Darstellung eine Fusion eingegangen. Und wäre dies kein schleichender Prozess gewesen, sondern von einem Tag auf den nächsten passiert, hätten die Leute wohl verwundert die Köpfe geschüttelt ob der Täuschung und der Einfalt, in der sie lebten. Eine neue Wirklichkeit war entstanden, vorerst nur in ihren Köpfen, dann aber realisiert zum Leben selbst. Gelebte Illusion.

Computeranimierte Actionhelden etwa wurden zu Gewinnern von staatlichen Abgeordnetenwahlen und ihre Disqualifikation zum wochenlangen Aufreger in der Community. Selbstmordraten stiegen signifikant, wenn ein virtueller Popstar öffentlich weinte. Das Schicksal der Heldin einer Vorabendserie wurde mit wesentlich mehr Herzblut bedacht als das von so manchen Familienangehörigen. Und in Webforen zeigten die Menschen, wissenschaftlich nachweisbar, mehr wahre Gefühle als im anderen, *ehemals* richtigen Leben.

Dass dieser Prozess des Hineingleitens in neue Realitäten nicht ins Stocken geriet, auch dafür sorgte die Wirtschaft, vornehmlich ihre Speerspitze: die Medienbranche. Machten sich Menschen in alter Zeit Medien zunutze, um in fremde Welten vorzudringen, war es nun umgekehrt. Der Geist der Menschen war müde, und so waren es die Medien, die in die Menschen eindrangen, in sie tauchten, einsickerten, Tag für Tag ein Stückchen tiefer, und so ein neues Unbewusstsein unterstützten, zu einer neuen Art von Leben verhalfen, mit kunterbunt glitzernder Oberfläche und einem Inneren so leer, dass es nicht lohnte zu verweilen.

Bill Stark war von heute auf morgen nicht mehr Teil dieser Oberfläche. Daher verwunderte es Mike Forell auch nur kurz, dass es nicht sein Vorgänger war, der ihn ins Amt einführte. Letztlich war die Führungscrew eines neu an die Macht gelangten Bündnisses ohnehin auf das Wissen und die Routine der Staatsbeamten angewiesen.

»Jack, bevor wir da reingehen«, sein Chef hielt ihn am Ärmel zurück, »ist dir überhaupt bewusst, was wir geschafft haben?« Forell riss die Augen auf. »Wir sind die Herren über dieses Land! Wir können tun, was wir für richtig und gut halten!« Er zwinkerte, »Jack, wir können tun und lassen, was wir wollen! Einfach alles!« Er schnippte mit den Fingern, tat einen kleinen Seitschritt und begann zu singen: »Wir sind die Herrscher, die Heeeeeerscher!« Dann tanzte er, tanzte auf dem Balkon des Regierungsgebäudes. Es sollte aussehen wie ein Cha-Cha-Cha.

Jack wollte nicht zurückstehen, kein Langeweiler sein in diesem Augenblick des Triumphes. Endlich einmal aus sich herausgehen – was war schon dabei? Er tat ein paar Zuckungen und versuchte sein Bestes, sie hemmungslos aussehen zu lassen. Ungestüm und wild wollte er sein, bemühte sich redlich darum. Zur Konzentration schloss er die Augen.

»Die Heeeeeerscher! Cha-Cha-Cha!«

»Guten Morgen, meine Herren!«

Jack öffnete die Augen.

Forell schnippte ein letztes Mal.

Vor ihnen stand eine Dame um die siebzig. Schlank und hochgewachsen war sie, trug einen eleganten Hosenanzug und eine sportliche Kurzhaarfrisur. Früher musste sie eine Schönheit gewesen sein. Sie besaß feingliedrige Hände. Und wie sich zeigte, die Fähigkeit, vielsagend eine einzelne Augenbraue hochzuziehen.

Jack hüstelte.

Forell senkte die Arme.

»Juno«, sagte sie mit rauer Stimme. Es war nicht nur ihr Name, es klang wie eine Klarstellung. Und dass sie darauf verzichtete, ihren Vornamen zu erwähnen, geschweige denn, ihnen die Hand zu reichen, konnte Jack nicht anders deuten, als dass sie es für alle Zeit ausschloss, sich mit ihnen auf eine Ebene zu begeben.

»Herr Forell, es ist meine Aufgabe, Ihnen anzuempfehlen, derartige«, sie tat, als suchte sie nach dem treffenden Substantiv, »derartige … Tänzchen … ab sofort zu vermeiden.

Schließlich verkörpern Sie, Herr Forell«, ihre Augen wanderten mit einem Ausdruck des Erstaunens über sein Äußeres, »schließlich verkörpern Sie ab sofort unser Land. Benehmen Sie sich dementsprechend.«

»Darf ich fragen, welche Funktion Sie hier im Haus haben«, forderte Forell. Er hob das Kinn und grätschte die Beine, weil er fühlte, sich jetzt schleunigst beweisen zu müssen. Zur Demonstration seiner Lässigkeit streckte er beide Hände in die Hosentaschen.

»Ich bin«, sie legte kaum merklich den Kopf zur Seite, »Ihre Chefin.«

Als der Satz im Gesicht der beiden Männer die gewünschte Wirkung zeigte, ergänzte sie: »Ihre Kabinettschefin.«

»Aber ...«

»Und Sie, Herr Blind«, unterbrach sie ihn, »müssen nicht weiter verlegen sein. Es besteht auch keine Notwendigkeit für Rechtfertigungen oder Erklärungen ob Ihres Benehmens. Ich weiß, dass Ihnen Manieren eigen sind, und dass Sie für gewöhnlich nicht tanzen, war unschwer zu erkennen.«

»Ihre Nachsicht ist reizend«, sagte Jack lächelnd. Er wollte mit Stil und Eloquenz wieder Terrain gewinnen, wollte dieser Dame, die seine Großmutter hätte sein können, zeigen, dass er kein Tölpel war. »Aber dennoch«, er bemühte sich um einen alt-galanten, aber bestimmten Ton, »dennoch, Frau Juno, möchte ich Sie darauf hinweisen, als Kabinettschef bin, mit Verlaub, ich vorgesehen.«

»Herr Blind« gab sie ohne einen Anflug von Emotion zurück, »Sie mögen sich nennen, wie es Ihnen beliebt. Es steht Ihnen zudem frei, meine Funktion für sich zu betiteln, wie es Ihnen gefällt. Ich teilte Ihnen lediglich mit, was mein Rang und meine Tätigkeit hier seit achtzehn Jahren sind und auch weiterhin sein werden.«

Jack sah sie an.

Mike Forell gaffte sie an.

»Ich wünsche Ihnen«, lächelte sie, doch das war lediglich kultivierte Maske, »ich wünsche Ihnen beiden eine gute Zusammenarbeit mit mir. Sobald Sie bereit sind und Ihr Blut nicht mehr allzu sehr in Wallung ist«, setzte sie nach einem Moment hinzu, in dem Forell und Blind ratlose Blicke getauscht hatten, »bitte ich Sie um die Eingabe Ihres Geheimcodes und Ihre digitale Unterschrift.« Sie platzierte den e-Laptop, den sie bisher unter ihrem Arm gehalten hatte, auf Forells Schreibtisch und brachte den Touchscreen in waagrechte Position.

»Was ist das?« Forell scrollte den Text nach unten.

»Die geheime Vertrauens- und Verschwiegenheitserklärung. Mit Ihrer Signatur verpflichten Sie sich dazu, keinerlei Staatsgeheimnisse zu verraten, und geben, für den Fall Ihres Zuwiderhandelns, das Einverständnis Ihrer Eliminierung.«

»Wie bitte!«, kreischte Forell. »Ich glaube, Frau ...«

»Juno«, half Jack.

»Ich glaube, Frau Juno, Sie vergessen, dass ich der neu gewählte Präsident bin. Ich bin es, der hier Dinge unterzeichnen lässt. Nicht Sie!«

»Sie müssen nicht unterzeichnen, *Präsident* ... Forell. In diesem Fall ... *Präsident* ... Forell, dürfen meine Mitarbeiter und ich Ihnen allerdings einiges nicht unterbreiten. Und glauben Sie mir, es wäre schade darum.« Zum ersten Mal war ihr ein süffisantes Lächeln entwischt. Doch vielleicht, dachte Jack, war auch das nur Teil ihres kalkulierten Auftretens.

»Präsident Forell, dieses Dokument ist ein Verfassungszusatz, der von allen Regierungschefs seit 20/12 geheim unterschrieben wurde. Mit jeder Signatur gewinnt dieses Dokument an Autorität. Es sind Dinge passiert, die dieses

Dokument notwendig machten. Und … *Präsident* … Forell, es passieren weiterhin derartige Dinge. Deshalb und weil Sie als … *Präsident* die höchste Verantwortung im Staat tragen, werden auch *Sie* es bekräftigen, bevor Sie, Gott lasse es *lange* nicht geschehen, dieses Amt wieder verlassen – und ich Ihren Nachfolger hier einführen werde. Sehen Sie«, sagte Juno rasch, denn sie hatte die zunehmende Rötung in Forells Gesicht wahrgenommen, »sehen Sie, auch Ihr Vorgänger, auch Bill Stark hat es unterzeichnet. Er war ein großer Staatsmann.«

Forell atmete durch und rief Jack mit einem Augenrollen zu sich. »Entschuldigen Sie uns für einen Moment, Frau Juno.« Die beiden gingen in den hintersten Erker des hohen, ausladenden Raums.

»Die Alte ist doch eine Zumutung«, zischte Forell. »Was bildet die sich ein? Gott lasse es *lange* nicht geschehen … *Präsident* … Forell. Pharisäerin!«

Jack nickte, er dachte nach.

Forell dauerte das zu lange. »Weißt du was«, flüsterte er, »ich scheiß drauf. Wir unterschreiben das Ding. Und wenn wir den Laden in ein paar Wochen im Griff haben, schmeißen wir die alte Schachtel raus.«

Jack zögerte, fuhr sich nervös mit der Hand über den Mund. »Wenn wir das unterschreiben, Mike, dann unterzeichnen wir unser eigenes Todesurteil.«

»Unsinn! Kennst du einen Präsidenten, der in den letzten Jahrzehnten ermordet worden oder unter dubiosen Umständen gestorben ist?«

Jack fiel in der Eile keiner ein.

»Na also.« Forell zwinkerte, schlug Jack auf die Schulter.

»Das war ein historischer Moment. Ich danke Ihnen, meine Herren«, sagte Juno wenige Minuten später. Sie sicherte das signierte Dokument und klappte den e-Laptop zu. »Wir beginnen in einer Stunde mit der Arbeit. Ich hole Sie ab.« Sie nahm die bestätigenden Blicke von Forell und Blind entgegen, wandte sich zum Gehen und steuerte mit energischen Schritten auf die Flügeltür zu.

Kurz bevor sie den weiten Raum verließ, war Jack, als hätte er sie halblaut »Cha-Cha-Cha« sagen gehört.

10.

Keine fünf Minuten waren vergangen, seit sich die Beamtin vom neuen Regierungschef und dessen Kabinettschef verabschiedet hatte, da fiel Jack Blind der erste von zwei Präsidenten ein, die knapp vor Amtsende ums Leben gekommen waren. Und Bill Stark war doch wie aus heiterem Himmel zurückgetreten und hatte zuletzt alles andere als gesund ausgesehen.

»Verdammt!«, sagte Jack.

»Scheiß drauf«, meinte Forell.

Und nach kurzem Innehalten und nervösem Aneinanderreiben der Daumen: »Ruf Stark an, richte ihm schöne Grüße aus, alles Gute und so, du weißt schon. Und dann frag ihn, wie es ihm geht.«

Jack wählte die Geheimnummer Starks. Er rechnete nicht damit, dass er ihn erreichen würde.

Nach einmaligem Läuten hob Stark ab. »He, Jack, ich hab mich schon gewundert, dass ihr euch nicht früher gemeldet habt.«

»Ja, entschuldige, Bill, du weißt ja, der ganze Rummel. Wir hatten alle Hände voll zu tun. Aber sag, Bill, wie geht's dir?« Forell fuchtelte mit den Armen, hielt die hohl geformten Hände an seine Ohren. Jack aktivierte die Lautsprecherfunktion und legte das u-Phone auf den Glastisch.

»Ach, es geht schon«, antwortete Stark. »Ich habe gerade Einkäufe gemacht und fahre jetzt zurück zu meinem Landhaus in den Bergen. Bin schon fast da. Die Luft ist einfach herrlich hier oben. Und keine Menschenseele. Es ist wundervoll!«

Blind und Forell streckten die Daumen nach oben.

»Schön, dass es dir besser geht«, sagte Jack.

»Danke, aber ich will meinen Zustand nicht schönreden. Und ich kann dir sagen, alles im Leben hat Konsequenzen. Viel zu lange wollte ich das nicht wahrhaben. Aber irgendwann ist der Schwindel vorbei, und du bekommst die Rechnung.«

»Ach, Bill«, raunte Jack jovial, »ehrlich gesagt, du hast gute Arbeit geleistet. Du solltest nicht schwarzmalen.«

»Du bist vielleicht noch zu jung, Jack. Aber Mike, der jetzt sicher zuhört – hallo, Mike, altes Schlitzohr –, er weiß, wovon ich rede.«

Forell kauerte sich im Ledersofa zusammen.

»Genießt eure Macht, Leute«, drang Starks Stimme aus dem u-Phone. »Genießt euer neues Leben. Aber genießt es mit Demut, Dank und Verantwortung. Lasst bei all euren Handlungen die Liebe entscheiden, so werdet ihr immer das Richtige tun.«

Jack war verlegen.

Forell wirkte in seinem Sofa wie angezählt und in den Seilen hängend. Mit der Rechten deutete er Jack, das Gespräch zu beenden.

»Okay, Bill«, sagte Jack. »Danke für den guten Rat. Auch dir alles Gute. Wir hören voneinander.«

»Schwuchtel«, sagte Forell, als die Verbindung getrennt war.

Jack bezog das Wort zuerst auf sich – und erst kurz darauf richtigerweise auf Bill Stark. Gerade rechtzeitig, um nicht gekränkt zu sein.

Die Zeit, die sie noch hatten, bis Juno sie abholen würde, nutzten Forell und Blind, um sich von Ronja, die im Nebenzimmer das Chefsekretariat bezogen hatte, die ersten Glückwünsche vorlesen zu lassen und – mehr oder weniger unverblümt damit verwoben – die ersten Interventionsversuche, Geschäftsvorschläge, Anbiederungen, Petitionen, Gesuche, Bewerbungen und anderweitige Anliegen. Nach einer Weile bat Forell Ronja, ausschließlich die Glückwünsche zu zitieren und den Rest wegzulassen. So wurden die Mienen Mike Forells und Jack Blinds zusehends zufriedener, ihre Körperhaltung wurde entspannter und Ronjas Stimme vergnügter, schlussendlich stolz, ob des Wohlwollens, das ihnen entgegengebracht wurde. So oft der Chef des Volksbündnisses (und damit alle in seinem engsten Kreis) in der Vergangenheit Kritik und Häme hatte hinnehmen müssen – nun war kein einziges negatives Wort in den Schreiben zu finden. Die Menschen, so schien es ihnen, waren endlich zur Vernunft gekommen.

Es war Juno, die ihre Hochstimmung implodieren ließ. Plötzlich stand sie in der Tür. Pünktlich auf die Minute und dennoch eine Überraschung. »Wenn ich bitten darf«, sprach die Beamtin, als alle Augen auf sie gerichtet waren, nickte auffordernd und machte, ohne auch nur einen Moment lang den Eindruck aufkommen zu lassen, sie würde auf die Herren warten, auf dem Absatz kehrt und ging. Forell und Blind sprangen auf, um ihr nachzueilen.

»Zuerst«, sagte sie, weder rechts noch links blickend, »begleite ich Sie zum Sektionschef für die Staatsfinanzen. Das Wichtigste ist, dass Sie einen Überblick über den finanziellen Spielraum bekommen. So werden Sie feststellen«, sprach sie in sachlichem Ton und weiterhin ohne Zuwendung an ihre Gesprächspartner, »inwieweit beziehungsweise ob Sie sich Ihre Wahlversprechen leisten können.« Forell und Blind stolperten ihr eine Schrittlänge hinterher. »Sie verfügen hier im Regierungspalast«, fuhr sie fort, »über höchst loyale und fachlich exzellente Spitzenbeamte, mit denen Sie jeden Ihrer Fachminister kontrollieren und steuern können. Wenn es sein soll, auch ohne dass sie es merken, nämlich über deren Beamte.«

»Klingt gut!«, rief Forell.

»Heißt das, die Ministerien sind bloß Staffage?«, fragte Jack.

»Gratuliere, Präsident Forell, Sie haben einen intelligenten Adjutanten.«

»Kabinettschef«, korrigierte Jack, lachend, denn er fühlte sich geschmeichelt.

»Was ist das?«, erkundigte sich Forell, von der plötzlich guten Laune angesteckt, und zeigte im Gehen auf ein Türschild mit der Aufschrift *W-Raum*. »Habt ihr da hinter dem W das C vergessen?« Er boxte Jack in die Rippen und schnitt eine Grimasse.

»Nein, Präsident Forell«, antwortete Juno ohne jeden Anflug von Humor. »Dies ist der Wahrheitsraum. Hier drinnen wird in kleinem Kreis darüber verhandelt.«

»Über die Wahrheit?«

»Über die Wahrheit.«

»Witzig!«, kreischte Forell. Ehrliche Heiterkeit und nur ein Schuss Verblüffung standen in seinem Gesicht. »Diese Schweine«, wandte er sich mit vorgehaltener Hand Jack zu, »wir haben Stark und seine Truppe total unterschätzt. Das waren unverschämte Teufel. Aber Ideen hatten sie, das muss man ihnen lassen. Und ab sofort ist es ja unser WC«, feixte er hinter Junos Rücken, um dann wieder laut in ihre Richtung zu fragen: »*Wie* klein ist denn der Kreis, der über die Wahrheit verhandelt?«

»Sehr klein, Präsident Forell. Sie können sich gar nicht vorstellen, *wie* klein. Schließlich ist die Wahrheit keine Massenveranstaltung, nicht wahr, Präsident Forell?« Erstmals auf ihrem gemeinsamen Weg durch die Gänge hatte Juno sich ihm zugewandt, vielleicht hatte sie ihn sogar mit einem kleinen Lächeln bedacht. Diese Wertschätzung veranlasste Forell zu einer staatsmännischen Antwort. »Nein, natürlich nicht, Frau Kabinettschefin.«

11.

Tina Fux hatte gewusst, dass Jack vorbeikommen würde. Sie hatte gewusst, welche Frage er stellen würde. Hatte vorausgesehen, dass er sie mit wichtiger Miene einladen würde, als Chefkommunikatorin ins Regierungsgebäude zu übersiedeln. Und sie hätte viel darauf gewettet, dass sein Gehabe ein abruptes Ende finden und er vor ihr auf den Knien rutschen würde, sobald sie sein großzügiges Angebot abgelehnt hatte. All das hatte Tina Fux kommen gesehen. Und weil sie eine Frau mit praktischem Verstand war, hatte sie sich einen Preis zurechtgelegt, um den sie sich, am Ende des Schauspiels, kaufen lassen wollte. Es war ein unverschämter Preis. Er würde es ihr ermöglichen, nach diesem Job zeitlebens auf Arbeit zu verzichten.

»Was muss ich tun, damit du ja sagst, Tina?«

Falsche Frage, dachte sie – und schwieg.

»Tina, ich brauche dich an meiner Seite.« Das war gut, ja, das war gut, fand Jack. Diese menschliche Seite an ihm würde sie umstimmen. Und endlich, endlich hatte er es auch über sich gebracht, ihr, wenn auch verklausuliert, seine Gefühle zu offenbaren. Ich brauche dich an meiner Seite, ja, das war gut.

Wie jämmerlich liebesheischende Männer sind, dachte Tina Fux.

»Ich würde es wirklich gerne für dich tun«, formulierte sie mit sanfter Stimme, während Jack auf ihre Korallenlippen starrte, »aber ich kann es mir nicht leisten, auf all meine Kunden zu verzichten und mich nur noch euch zu widmen.«

»Wie viel würde es kosten?«

Na endlich, dachte Tina.

»Das könnt ihr euch nicht leisten«, motivierte sie ihn.

»Na sag schon, wie viel?«

»Jack, du bist ein Freund. Ich kann dich doch nicht auspressen.«

»Es ist ja nicht mein Geld, Tina. Sag! Wie viel?«

Sie schlug ein Bein über das andere.

»Zwölf Millionen.«

»Einverstanden!«, rief Jack.

Verdammt, ich hätte mehr verlangen können, dachte Tina Fux. »Zwölf Millionen plus Spesen, und zwar im Voraus für die ganze Legislaturperiode«, ergänzte sie, »egal, wie lange die dauert. Auch wenn ihr frühzeitig schlappmacht, euer Bündnis auseinanderkracht oder ihr aus sonst irgendeinem Grund zurücktreten müsst.«

»Einverstanden, Tina!«

»Und ich darf in meinem Büro rauchen und Alkohol trinken.«

»Was?« Jack wich zurück. »Tina, du weißt doch, dass das verboten ist.«

»Kein Problem, dann eben nicht.«

Jack atmete tief durch, wand sich. Schien einen schweren inneren Kampf auszufechten. Er stand auf, fuhr sich durch die Haare, ging nervös auf und ab. Und blieb endlich stehen.

»Na schön. Wir kriegen das schon hin.« Er atmete schwer, wirkte erschöpft. Aber er war glücklich. »Einverstanden, Tina. Abgemacht.«

Gezählte drei Tage dauerte es, und Tina Fux hatte den Umzug ihres Büros ins Regierungsgebäude bis ins letzte Detail geplant, organisiert, überwacht und abgeschlossen.

Einer der ersten Jobs, den sie als Chefkommunikatorin zu erledigen hatte, war die öffentliche Stellungnahme des Regierungschefs zum Unfalltod von Bill Stark. Die untersuchenden Behörden gingen von einem Schwächeanfall aus, infolgedessen er auf der steil abfallenden Passstraße die Kontrolle über seinen Wagen verloren hatte. Tinas emotionale und respektvolle Stellungnahme, die sie für Mike Forell verfasste, erhöhte dessen Beliebtheitswerte um 1,1 Prozentpunkte. Forell war zufrieden. Die guten Umfragewerte waren ihm eine willkommene Ablenkung von deren Ursache – dem überraschenden Tod seines Vorgängers.

In den folgenden Tagen hatte Tinas technisches Team alle Hände voll zu tun, die im Netz auftauchenden Verschwörungstheorien abzuwürgen, bevor sie einen Schneeballeffekt verursachen konnten. Bill Stark sei vom Geheimdienst exekutiert worden, wurde etwa behauptet, weil er von Dingen wusste, die besser unentdeckt blieben. Bei der Unterdrückung solcher, das Sicherheitsgefühl der Bevölkerung gefährdenden Online-Meldungen arbeitete sie Hand in Hand mit dem Büro für die Staatssicherheit. Zusätzlich zur Eliminierung der Statements *besuchten* deren Beamte jene Adressen, von denen aus die »manipulativen Falschmeldungen« (strafbar nach Paragraph 34a) in Umlauf gebracht worden waren. Standen die Server im Ausland, wurden die befreundeten Dienste dieser Länder um Assistenz gebeten. Die Kooperation funktionierte.

Um die wenigen Statements, die durchrutschten und on air gingen, ad absurdum zu führen, stellte Tinas Abteilung selbst Verschwörungstheorien ins Netz, eine verrückter als die andere. Auf deren offensichtliche Lächerlichkeit hätte sie verweisen können, wären Medien auf die Idee gekommen, das Thema aufzugreifen. Doch auf diese Idee kam niemand. Die Verantwortlichen in den großen Medienhäusern wussten, dass sie sich damit nur unnötigen Ärger mit ihren Eigentümern einhandeln würden. Die wollten in Ruhe wirtschaften und bauten auf das Wohlwollen der neuen wirtschaftsliberalen Regierung. Tinas Job war einfacher, als sie es erwartet hatte.

»Haben wir etwas mit Starks Tod zu tun?«, wurde Jack von Mike Forell gefragt. Sein Chef hatte den Satz gesprochen, ohne ihn anzusehen.

Die Frage ließ Jack tief einatmen. Sein Puls beschleunigte sich. Mit einem Mal war in ihm eine Ahnung wiedererwacht, die er kurz zuvor erfolgreich aus seinen Gedanken vertrieben hatte.

Minuten später gab er Forells Frage an die Kabinettschefin weiter.

»Wo denken Sie hin!«, war Junos empörte Antwort. Entrüstet ging sie davon.

Und Jack nahm sich vor, sie derlei nicht wieder zu fragen.

Erst später bemerkte er, dass sie weder ja noch nein gesagt hatte. Als er darüber nachdachte, war Ärger seine erste Reaktion. Hatte sie ihn ausgetrickst?

In den folgenden Wochen aber wuchs seine Achtung Juno gegenüber. Für ihn war diese alte Dame, die auf geheimnisvolle Art attraktiv geblieben war, die Verkörperung von Intelligenz und Stil. Dafür schätzte und fürchtete er sie. Denn Jack hatte sich diese Eigenschaften für seine eigene Persönlichkeit zum Ziel gesetzt, und so trachtete er einerseits danach, im Umgang mit ihr zu reifen, und sorgte sich anderseits, sie könnte ihn vor anderen jederzeit als Greenhorn bloßstellen.

Fest stand: Sie war seine Lehrerin geworden. Niemand freilich hatte das ausgesprochen, aber Jack bildete sich ein, dass auch sie es spürte. Spätestens, vermutete er, hatte sie es gemerkt, als er sie das erste Mal mit *Gräfin Juno* angesprochen hatte. Eine Gräfin alten Geschlechts war sie nämlich, wie sich herausgestellt hatte. Ausnahmslos alle Beamten im Haus sprachen sie stets mit *Gräfin Juno* an, und das mit dem Ausdruck tiefsten Respekts. Es hieß, schon ihr Urgroßvater habe dem Land als hoher Beamter gedient und ihre Familie zählte einst zu den an Geld und Einfluss reichsten des Landes. Dass der Adel seit Ewigkeiten abgeschafft war, tat ihrem Ansehen keinerlei Abbruch. Der Adel hätte seit tausend Jahren abgeschafft sein können – solange es Persönlichkeiten wie Gräfin Juno gab, fand Jack, war er so lebendig wie zu seinen höchsten Zeiten.

Je mehr sich Jack die Gräfin zum geheimen Vorbild nahm, desto mehr fiel ihm die Abgeschmacktheit seines Chefs auf. Zugegeben, von Forell konnte er noch viel lernen, das Management der Macht etwa. Aber Vorbild, nein Vorbild war er nicht – er mit seinen plumpen Witzen, seinem eitlen Auftreten und seiner offenkundigen Selbstüberschätzung.

Menschenkenntnis allerdings besaß er, und so blieb ihm Jacks Veränderung nicht lange verborgen.

»Na, Jack, frisch verliebt?« Forell grinste, und da Jack nichts weniger hatte als gesundes Selbstvertrauen, fühlte er sich ertappt, gegen die Wand gedrängt und meinte, sich verteidigen zu müssen. Mit rotem Kopf überlegte er, ob Forell nun Tina meinte, auf Gräfin Juno anspielte oder gar auf Ronja, für die er doch wirklich keinerlei Absichten hegte.

Sein Chef nahm ihm die Entscheidung ab: »Junger Schwerenöter – alter.«

»Das war ja Literatur.« Jack gelang es, gelassen zu reagieren. Er hatte nicht die geringste Vorstellung, wie lange sich Forell für diese drei Worte abgeplagt hatte, wie aufopfernd er an dieser kümmerlich ironischen Sentenz gefeilt hatte. Doch das war es ihm wert gewesen. Denn Forell hatte mitangesehen, welche Faszination von der aristokratischen Erscheinung der Gräfin für Jack ausging. Das machte ihn eifersüchtig. Und zwar dermaßen, dass er noch mehr Wortwitz zusammengezimmert hatte. Damit ließe sich wohl am besten demonstrieren, dass sehr wohl auch in ihm geistreiche Noblesse schlummerte.

»Reich ist die Gnädigste ja durchaus«, raunte Forell, spitzte seine Lippen (er versprach sich davon ein Mehr an feinsinniger Wirkung) und ergänzte wohlbetont: »Vermööögen … vermag mehr zu vermööögen … als manche … vermuten … mööögen.«

Jack versuchte zu lächeln. Um für sie beide wieder sicheren Boden unter die Füße zu bekommen, wechselte er das Thema.

»Mike, die Presse will wissen, wann wir unsere Wahlversprechen realisieren.«

Sein Chef grinste. »Welche waren das noch einmal?«

Jack rollte mit den Augen.

»Jack«, Forell zuckte mit den Schultern, »du hast neben mir gesessen, als uns dieser Wichtigtuer, dieser *Sektionschef für die Staatsfinanzen,* erklärt hat, dass wir beinahe pleite sind. Du weißt, dass wir uns außer den Fit&Secure-Chips, von denen du geschworen hast, dass sie der Hersteller als Markteinführungsmaßname fast zur Gänze selbst bezahlt, keine Extrawürste leisten können.«

Jack atmete durch. »Mit dem Hersteller der Fit&Secure-Chips gibt's derzeit Probleme.«

»Nein!« rief Forell.

»Ich kriege das schon noch hin, Mike, aber derzeit will er nichts mehr davon wissen.«

Unvermittelt stand Gräfin Juno im Zimmer. »Schwerer Bombenanschlag in der Zentralstation.« Ihre Körperhaltung war korrekt wie immer, ihre Gesichtszüge hatte sie unter Kontrolle, ihre Stimme klang moderat. »Mindestens vierzig Tote und einhundert Verletzte. Sofortige Konferenz im W-Raum. Nur Sie, Präsident Forell, und ich.«

12.

Juno hatte ihren Namen genannt, den Daumen gegen den Screen gepresst und ihre P-Card an den Scanner gehalten. Die schwere Schiebetüre war zur Seite geglitten, Forell und sie waren in die Zwischenkammer getreten, die Außentür hatte sich geschlossen. Eine Sekunde später gab eine weitere Schiebetüre den W-Raum frei. Es war ein Zimmerchen, schmucklos und nicht größer als eine geräumige Toilette – was Forell zu einer knappen Analogie veranlasste. Ein kahler Tisch und zwei Karbonsessel waren die einzigen Einrichtungsgegenstände. Juno und Forell nahmen Platz.

»Präsident Forell, unser größtes Problem ist«, begann sie sofort, »dass es nicht die Moslems waren.«

»Wer sonst?«

»Die LB.«

»LB?«

»Die Linken Brigaden.«

»Noch nie gehört.« Forell ließ sich gegen die Rückenlehne fallen.

»Die LB sind in dieser Form seit etwa einem Jahr aktiv. Jeder zweite Anschlag geht auf ihr Konto. Wir haben bisher sicherstellen können, dass niemand davon Kenntnis erlangt.« Sie hielt kurz inne. »Dass die Moslems Anschläge verüben, Präsident Forell, ist von der Bevölkerung gelernt. Es rechtfertigt unsere Separationspolitik ebenso wie unsere überaus konsequenten Überwachungs- und Sicherheitsmaßnahmen, die, wie Sie sicher wissen, eine gewisse politische Umwegrentabilität einbringen. Es würde aber die nationale Einheit gefährden, politische Unzufriedenheit hervorrufen und darüber hinaus explosive Unruhe provozieren, würde öffentlich, dass der Terror nun auch von Einheimischen ausgeht, von selbsternannten Aufklärern und linken Revolutionären. Verstehen Sie das, Präsident Forell?«

Forells Blick war matt. »Mhm.«

»Unterstützen Sie diese Sicht der Dinge, Präsident Forell?«

Er nickte.

»Der Anschlag wurde also von Moslems verübt. Danke für diese nachträgliche Bestätigung der Wahrheit, Präsident Forell.« Juno stand auf.

»Nachträglich?«

»Sie haben sicher Verständnis dafür, dass ich mir erlaubt habe, vorab alle Maßnahmen einzuleiten. In derartigen Situationen ist Präzision wichtig. Und Geschwindigkeit. Wissen Sie, Präsident Forell, die Wahrheit wartet nicht. Aber seien Sie versichert«, sie sah im Stehen auf ihn herab, »hätten Sie eine andere Wahl getroffen, wäre das selbstverständlich berücksichtigt worden.«

»Das wollte ich gerade fragen.«

»Ich weiß, Präsident Forell. Sie sind nicht mein erster Präsident.« Juno wandte sich um und betätigte die Taste zum Öffnen der Tür. Dann blickte sie noch einmal zu Forell, der keine Anstalten machte, aufzustehen. »Und, Präsident: kein Wort zu irgendjemandem. Auch nicht zu Ihrem Adjutanten. Es ist besser für alle.«

Forell raffte sich erst auf, nachdem die Gräfin den W-Raum verlassen hatte. Als er in sein Büro zurückkam, fand er Jack in blanker Aufregung vor.

»Mike! Gerade hat unser Security-Verantwortlicher vor Ort angerufen. Es gibt zumindest fünfzig Tote und weit mehr als hundert Verletzte! Und ein Bekennerschreiben ist eingegangen! Von den Moslems. Diese Schweine!«

Forell zeigte keine Reaktion.

»Mike, wir müssen rasch handeln! Derart kurz nach unserem Amtsantritt ist so ein Anschlag ungeheuer gefährlich. Ich schlage vor, dass wir die Sicherheitsmaßnahmen weiter verstärken. Wir sollten zudem die Moslem-Separation auf alle Bereiche ausdehnen. Ab sofort lassen wir sie nur noch im letzten Wagen der U-Bahn mitfahren. Von mir aus auch im ersten, das klingt besser für die Liberalen. Nein, doch nicht. Wenn im ersten Wagen eine Bombe hochginge, würde das den ganzen Zug gefährden. Es muss der letzte Wagen sein, Mike. Ab sofort lassen wir diese Scheiß-Moslems nur noch in den letzten Wagen. Und nach vorne hin dämmen wir den Moslemwagen mit einer Sicherheitsplatte ab. Dann können sie sich selber in die Luft jagen.«

»Gut«, sagte Forell. »Gute Idee.«

13.

Gwendolyn kontrollierte, wie viel sie diese Nacht im Netz verdient hatte. 24,70. Zu wenig, befand sie und nahm sich vor, das Programm neu zu konfigurieren. Dabei fuhr sie gar nicht so schlecht mit ihrer Erfindung, die niemand entdecken sollte und die sie deshalb streng geheim hielt – wie Tausende andere im Land.

Gwendolyn war es gelungen, ein System zu programmieren, das selbständig durchs Web surfte. So, als säße ein leibhaftiger Mensch an der Tastatur. Oder praxisnah formuliert: als säße ein leibhaftiger Konsument davor. Die Anbieter von gratis Mailadressen, Suchmaschinen, Office-Verwaltungen, Downloads, Second-Life-Welten und anderen Portalen bezahlten an ihre Kunden nämlich Provision. Die Summe variierte je nach Surfverhalten, Mailhäufigkeit, Verweildauer und Besuchsfrequenz der Werbe-Einschaltungen.

Lukrativ war es etwa, wenn Gwendolyns Simulator vorgab, den Kauf eines neuen hochwertigen Konsumprodukts in Erwägung zu ziehen – und sich durch entsprechende Angebote verschiedener Hersteller klickte. Würde es ihr gelingen, den Simulator zu lehren, Präferenzen wie Produktleistung, Komfortstufe oder Farbe einzugeben, wären weit höhere Provisionen zu holen. Ein wichtiger Schritt war immerhin gewesen, dem Programm beizubringen, das Ja-Feld zu aktivieren, sobald ein Anbieter abfragte, ob Interesse für ein individuelles Angebot bestehe. Dieser Fuß in der Tür eines Konsumenten war den Unternehmen einiges wert. Infolgedessen wurde Gwendolyn mit Kaufoptionen bombardiert. Sie hatte sich mit der Zeit eine gewisse Routine angeeignet, die Anbieter kurz, aber elegant abzufertigen, vornehmlich mit dem Hinweis, bereits ein exklusiveres Angebot gewählt zu haben. Zumeist erledigte sie diese Kommunikationspflichten auf ihrem Weg ins Haus der Barmherzigen Schwestern, auf dem Weg zu ihrem unterbezahlten Job. Während der Fahrt mit ihrem verbeulten Fahrrad.

Um die Verdienstmöglichkeiten im Internet auszuschöpfen, entsandte sie ihren Simulator via Dutzender Gratis-Plattformen auf Konsum-Sondierung, stattete ihr Alter Ego mit einem derart breiten Interesse für Waren und Dienstleistungen aller Art aus, dass es für Beobachter scheinen musste, Gwendolyn Blind sei entweder die Vorsitzende einer respektablen Einkaufsgemeinschaft oder von unglaublich vielschichtigen Interessen sowie Vorlieben. Und da so manche dieser Vorlieben einander zuwiderliefen, wäre bei genauer Analyse ihres Surfverhaltens wohl nur der Schluss möglich gewesen, dass es sich bei der Surferin um eine Irre handelte. Oder um eine Schwindlerin.

Gwendolyn war sich der Gefahr bewusst. Würde jemand ihr Geheimnis lüften, müsste sie nicht nur sämtliche Provisionen zurückzahlen (was ihr unmöglich gewesen wäre), garantiert bekäme sie es auch mit den Security-Behörden zu tun. Bevor sie ihr kleines Business startete, hatte sie daher versucht, die Firmengeflechte der Unternehmen zu recherchieren. Schließlich sollte ihr Simulator so programmiert werden, dass er nicht bei Firmen ein- und desselben Konzerns widersprüchliche Kaufanbote einholte. Ihre Recherchen nach den Besitzverhältnissen allerdings förderten Überraschendes zutage: Gleich welches Unternehmen und gleich in welcher Branche, gleich ob Bank, Energieprovider, Baufirma, Pharmamulti, Sicherheitsunternehmen, Lebensmittelkonzern, High-Tech-Betrieb oder Personalleasinggesellschaft – sämtliche auch nur halbwegs bedeutenden Firmen dieser Welt schienen letzten Endes nicht mehr als fünf Gruppierungen zu gehören. Exakt konnte es Gwendolyn nicht herausfinden, denn die Konzern-Organigramme gaben nur selten klare Auskunft über die Spitze der Eigentümerhierarchie. Hinter den genannten Aktionären, Gesellschaften, Stiftungen, Holdings und Gruppen steckten stets weitere Ebenen von Inhabern und weitere und weitere. Die Zusammenhänge waren derart kompliziert, verworren und verästelt, dass letztlich kaum noch Zusammenhänge erkennbar waren. Es war zum Haareraufen. Irgendwann musste sich Gwendolyn eingestehen, dass es ihr unmöglich war, alle Anbieter zuverlässig nach ihren Eigentümern zu sortieren. Sie war zur Einsicht gelangt, dass sich die Wirtschaft im wahrsten Sinn des Wortes nicht durchschauen ließ. Die kapitalistische Welt glich einem sich unablässig drehenden, verwobenen Knäuel unzähliger Fäden. Schlussendlich schienen all diese Fäden miteinander verknüpft zu sein. Wozu in aller Welt aber, überlegte sie, tun sich etwa Staatenbünde den Zirkus an, langwierige Fusionskontrollen und Übernahmeprüfungen durchzuführen, wenn doch ohnehin längst alle Firmen miteinander verbunden waren, sei es auch über die abenteuerlichsten Umwege. Ein Rätsel war ihr auch, weshalb amerikanische, europäische und asiatische Konzernchefs über die Billigkonkurrenz aus Afrika jammerten, obwohl diese Unternehmen nachweislich zur eigenen Konzerngruppe gehörten.

Wenn tatsächlich stimmte, was sie vermutete, dass nämlich die Besitzer beinahe aller Konzerne dieses Globus an den

Fingern einer Hand abzuzählen waren, ergab das in ihrem Kopf eine schier unerhörte Konsequenz. Alles Gerede vom freien Markt, von gesunder Konkurrenz, von unabhängiger Politik, ja auch von Gewaltenteilung geriete zur Farce. In diesem Fall beherrschten *Die mächtigen Fünf*, wie Gwendolyn sie nannte, sämtliche Energieressourcen, die globalen Nahrungsmittelvorräte, die Finanzwelt, alle Industrie- und Dienstleistungszweige. Ja, letzten Endes besäßen sie den Planeten – samt dessen Personal.

Diese spektakulären Mutmaßungen hatte Gwendolyn Blind vor knapp zwei Jahren angestellt. Damals hatte sie ihren Simulator erstmals auf Tour durchs Web geschickt, ständig auf der Suche nach Provisionen. Noch heute verschaffte es ihr ein Kribbeln, wenn sie daran dachte, die allmächtige Wirtschaft auszutricksen und ihre Durchleuchtung als Konsumentin ad absurdum zu führen. Sie hatte es zuwege gebracht, sich vom gläsernen Menschen zum Brennspiegel zu entwickeln. *Sie* ließ sich nicht mehr kontrollieren und ausnutzen, *sie* nutzte selbst aus, feuerte falsche Informationen und damit Löcher ins System, unentwegt. All die anderen, die stets taten, als wüssten sie zwar um die Machenschaften von Politik und Wirtschaft, doch es sei nun einmal nichts auszurichten gegen *die da oben*, strafe sie mit ihrer Initiative Lügen, fand Gwendolyn. Deren Verhalten verurteilte sie als *aufgeklärte Ignoranz*, als Stillhalten wider besseres Wissen, das stets Hand in Hand gehe mit Diktaturen aller Art und Ausprägung.

Gestört wurde ihr Elan von jenen Facetten der Software-Automatisation, die sich ihrer Kontrolle entzogen und sie permanent sekkierten – ohne dass ihr dafür Provisionen gutgebucht worden wären. Allerlei elektronische Geräte etwa gaben routinemäßig ein nervendes, doch vorgeblich *beruhigendes* »Pling!« von sich und zeigten auf ihren Displays angeblich kundenfreundliche Bedienungs- und Sicherheitshinweise. Jedenfalls: Kaum eines dieser *intelligenten* Dinger verhielt sich ruhig; weder die ferngesteuerte Mikrowelle noch der Autologistik-Kühlschrank, auch nicht das Sicherheitssystem ihres Apartments. Am allerwenigsten freilich der e-Laptop. »Pling!«, machte der zwanzig Sekunden nachdem Gwendolyn die nächtlichen Einnahmen abgelesen hatte. *Neue Updates stehen zur Verfügung. Bitte klicken Sie hier zur Installation*, forderte ein Pop-up. Gwendolyn klickte es weg. *Neue Download-Software verfügbar*, aktivierte sich das nächste Fenster. Gwendolyn klickte es weg. *Gratis-Systemerweiterung jetzt möglich.* Gwendolyn klickte.

Klickte. Klickte. Klickte.

Security-Update. Bitte bestätigen. Mit dem nächsten Klick aktivierte Gwendolyn unabsichtlich ein Auftragsfeld.

Vielen Dank für die Bestätigung.

»Verdammt!«

Zur Erweiterung Ihres Schutzschildes geben Sie bitte Ihren Code und Ihre P-Card-Nummer ein. 65,– werden mit zwei Prozent E-Cash-Rabatt Ihrem Konto abgebucht.

Gwendolyn suchte nach dem Feld zum Wegklicken des Angebots.

Es gab keines.

Sie drückte die Tastenkombination zur Eliminierung des Programms.

»Pling!«

Sie wiederholte die Kombination.

Ein neues, größeres Fenster legte sich über das alte: *Sicherheitshinweis: Wenn Sie auf das Security-Update verzichten, erhöht sich Ihr Risikofaktor um zwei Punkte.*

Noch einmal betätigte Gwendolyn die Kombination zur Eliminierung des Programms. Diesmal drückte sie die Tasten nicht nur, sie presste sie. Mit Nachdruck, als könnte damit die Software beeindruckt werden.

»Pling!«

Gwendolyn hielt die Tasten derart fest nieder, dass sich ein weißer Schimmer über ihre Knöchel spannte.

Ein drittes Fenster breitete sich am Schirm aus. *Warnhinweis: Beim nächsten Verzicht auf ein Upgrade der Sicherheitsleistung Ihres Rechners stellen Sie ein Security-Risiko dar. Software-Soluxion Ltd. ist in diesem Fall gesetzlich verpflichtet, Ihr Versäumnis dem Ministerium für Staatssicherheit zu melden. Wählen Sie jetzt ein Upgrade und erhalten Sie als Bonus von unserem Partner Cex-Check Ltd. 13 Downloads gratis.*

»Verdammte Scheiße!« Abrupt hob sie ihre Hände von der Tastatur.

Nach heftigem, mehrmaligem Durchatmen stimmte sie dem Software-Upgrade zu, gab auch die geforderten Geheimzahlen ein. Eine Meldung an das Ministerium konnte sie nicht riskieren.

»Pling!« *Vielen Dank für Ihren Auftrag.*

Für Minuten saß Gwendolyn wie betäubt in ihrem Bett und starrte auf den Screen des e-Laptops. Ein leises Rauschen war in ihren Ohren, doçh im Zimmer rauschte es nirgendwo. Still war es in ihrer kleinen Wohnung am Stadtrand. Als das Rauschen unerträglich wurde, stieß Gwendolyn einen sekundenlangen, schrillen Schrei aus. Danach atmete sie durch und wählte Jacks Nummer.

Auch in dessen Wohnung herrschte Ruhe. Der Rest an Verkehrslärm wurde von den im Inneren der Schallfenster angebrachten Rezeptoren geschluckt, ebenso wie das dezente Trommeln des Regens auf die Scheiben. Seit gut vier Stunden schlief Jack tief und fest, der Weckmodus war deaktiviert. Zuvor hatte er sich etwa zwanzig Dämmerzustände gegönnt, hatte sich zwanzig aus dieser Zwischenwelt hervorwachsenden Träumen hingegeben. Einige waren ungestüm gewesen, es hatte sich gelohnt. In letzter Zeit verlangte es Jack wieder öfter und drängender nach seiner Leidenschaft.

Nun aber war seit Stunden keine Bewegung in der Wohnung. Einem ruhenden Aggregat glich das Apartment. Darin kein Schall und kein Zeichen. Die größte Bewegung ging von der digitalen Anzeige an der Kühlschranktür aus, deren Ziffernwert, zwei Stellen hinter dem Komma, hin und wieder auf- und absprang. Stets rund um die ideale Kühltemperatur, stets zwischen 5,27 und 5,28 Grad Celsius. Dass die tatsächliche Temperatur im Inneren des Kühlschranks wegen eines Defekts deutlich höher lag, nämlich um die sieben Grad, kümmerte Jack nicht. Er wusste nichts von der Fehlfunktion. Ihm verhalf die Exaktheit der Anzeige, dieses Pendeln zwischen 5,27 und 5,28 Grad Celsius, zu einem beruhigenden Gefühl. Es vermittelte ihm Sicherheit und Zuverlässigkeit.

7.07 Uhr war es an diesem Morgen, und da das Ende des Schlaf-Modus auf Jacks u-Phone irrtümlicherweise auf 7.00 Uhr anstatt auf 7.30 Uhr eingestellt war und das Anrufsignal demnach nicht mehr auf *lautlos*, sondern auf *allgemein*, riss es Jack aus dem Schlaf, als seine Schwester anrief.

Nichts in ihrer Stimme erinnerte daran, dass sie kurz zuvor noch außer sich gewesen war. Nichts ließ erkennen, dass ihre Nerven auch jetzt noch angespannt waren.

»Hallo, Bruderherz!«, sang sie förmlich. »Stell dir vor, was mir gerade passiert ist.«

»Gwendolyn«, sagte Jack, nachdem ihm seine Schwester erzählt hatte, dass sie unter Androhung einer Behördenmeldung genötigt worden war, ein Security-Update zu kaufen, »Gwendolyn, ich kann doch nicht jede kleine Gesetzesänderung persönlich kennen und kontrollieren.«

»Aber du bist doch der Kabinettschef des Präsidenten!«

Ein Seufzen kam als Antwort. Jack hasste es, daran erinnert zu werden, Kabinettschef zu sein, hasste es, weil de facto ja nicht er Kabinettschef war, sondern die Gräfin. Und umso mehr hasste er es, weil er sich doch so sehr auf den Titel gefreut hatte, und darauf, damit wichtig zu sein und begehrt. Doch nun, da er den Rang des Kabinettschefs zwar nicht offiziell aber irgendwie ja doch verloren hatte, wurde er ständig darauf angesprochen, daran erinnert, dass sein Wunsch in Erfüllung gegangen war, was sich nun aber hohl anfühlte, bar jeden Werts. Er musste sich einen neuen Titel ausdenken, einen, der zumindest ebenso gut klang wie Kabinettschef, der aber nur ihm gehörte. Stabschef, fiel Jack plötzlich ein. Stabschef wiederholte er für sich, und die Vorstellung gefiel ihm.

»Stabschef«, sagte Jack laut.

»Was?« Gwendolyn verstand nicht.

»Ich bin nun Stabschef. So heißt das, was du unter Kabinettschef kennst. Es ist sozusagen noch näher am Amt des Präsidenten. Kabinettschef ist nur ein Beamter. So ist das vorgesehen im Regierungsprotokoll. Ich bin Stabschef.«

»Aha, gut. Gratuliere.« Kurz versuchte Gwendolyn hinter die Relevanz dieser Information zu kommen. »Und als Stabschef bist du für Erpressungen, die sich die Wirtschaft mit Hilfe der Regierung erlaubt, nicht zuständig?«

»Okay!«, stöhnte er. »Ich kümmere mich darum.«

»Danke! Und jetzt erzähl, großer Bruder, wie geht's dir in so hohem Amt, an der Spitze des Staates?«

»Hervorragend«, log Jack wie automatisch und stellte fest, dass er unnötigerweise lächelte. Schließlich lief keine Kamera, und er sprach auch nicht vor Publikum, er lag im Bett und telefonierte mit seiner Schwester. Als er sich dessen bewusst wurde, sagte er: »Wirklich hervorragend, es läuft ganz prima«, und verzichtete diesmal darauf zu lächeln.

14.

Forell war erst wenige Monate im Amt, und doch sagte ihm schon jetzt eine Ahnung, die täglich neue Nahrung erhielt, dass er als Präsident nichts würde ausrichten können. Er war an die Regierung gekommen, die Spitze des Staates, saß an den Schalthebeln der Macht, aber was hieß das schon? Forell warf eine Feelgood-Pille ein.

In welchen Bereichen konnte er schon wirkliche Veränderungen herbeiführen? Alles, was er bisher getan hatte, war, nicht zu agieren, sondern zu reagieren, auf kleinere und größere Krisen. Terroranschläge – worauf er die Sicherheitsmaßnahmen verschärfte. Tausende protestierende Arbeitslose – worauf eine Benefizveranstaltung organisiert wurde. Sex-, Rauch- und Alkoholskandale im eigenen Bündnis – worauf die schwarzen Schafe (zuvorderst freilich die politisch leichtgewichtigen) eliminiert wurden. Und dann dieses lähmende Tagesgeschäft. Diese Prozeduren, die Bürokratie, die durch die Gänge schlurfenden Beamten mit ihren undurchsichtigen Blicken, all die Reden, Empfänge, Staatstreffen, Galadiners, Besuche. Ja, ganz nett für die eigene Eitelkeit, aber auf Dauer irgendwie entkräftend. Nichts von Struktur, alles ohne größeren Plan. Heftiges Strampeln im Leerlauf.

Vielen anderen ging es ebenso wie Forell. Die meisten Menschen fühlten sich matt und ausgelaugt. Deshalb schluckten sie Unmengen von Vitaminen, was bald zu körperlichen

Fehlfunktionen führte: geschädigte Nervensysteme (zu viel Vitamin B6), Lebererkrankungen (zu viel Vitamin A), Müdigkeit und Kopfschmerzen (zu viel Vitamin D), Muskelschwäche und Übelkeit (Vitamin E), Zahnschmelzschäden (Vitamin C). Und so weiter und so fort. Die Vitamingefahren waren horrend und schier endlos. Jack hatte Forell geraten, zu reagieren, wieder einmal. Was sie schließlich taten, war eine Gesetzesänderung. Diese Änderung schrieb Warnhinweise für Vitaminpackungen vor: *Achtung! Vitamine können Ihre Gesundheit gefährden!*, prangte bald auf allen Dosen und Schächtelchen, und weil Bilder stärker wirkten als Worte, wurde auch ein Totenkopf auf jede Packung gedruckt.

Nur kurz dachten Forell und sein Team daran, etwas gegen die Ursachen des Vitaminhungers zu tun. Rasch nämlich hatten sie feststellen müssen, dass die Motive mannigfaltig waren, zudem schwer festzumachen, und wenn, dann kaum zu ändern. Die gesellschaftlichen Verhältnisse, die stressige Arbeitswelt, der Erfolgsdruck, die Sorgen, all das konnte ja nicht einfach von der Regierung abgeschafft werden. »Und begännen wir jetzt, daran zu arbeiten«, hatte Jack seinem Chef klargemacht, »würden die ersten positiven Auswirkungen frühestens in zehn Jahren zu bemerken sein. Davon hätten wir politisch null.«

Dagegen war nichts zu sagen, fand Forell. Also hatten sie sich für die Warnhinweise entschieden. Die waren rasch umzusetzen gewesen, auf keinen nennenswerten Widerstand gestoßen (ohnehin fanden sich längst auf praktisch allen Konsumprodukten Warnungen dieser Art), und sie konnten gegenüber der Öffentlichkeit als verantwortungsvolles Handeln verkauft werden, als Zeichen, dass die Regierung ordentlich zupackte. Das Verblüffende auch für Forell war: Derlei Possen, die doch für jedermann offensichtlich sein mussten, fielen nicht auf. Niemandem. Die Journalisten schluckten die billigen Happen als Möglichkeit, ihre billigen Medien ohne viel Anstrengung zu füllen, und die Bevölkerung nahm ohnedies alles hin, wie eine träge Herde, die aus satter Erfahrung wusste, dass es nicht lohnte, sich einzubringen.

Forell warf noch eine Feelgood-Pille ein. Eigenartig, dachte er, dass darauf noch keine Warnhinweise zu finden sind.

Wie groß doch ihr Elan gewesen war, ihre Träume, ihre Pläne. Doch das war vor der Wahl gewesen. Nun war alles anders. So viele Hürden gab es. Überall tauchten sie auf, gleich, wo angesetzt wurde, gleich, welche Reformen geplant wurden: Geldmangel, wohin das Auge reichte, Einspruch von politischen Interessensgruppen, Vetos der nervigen Bündnispartner. Was blieb, waren die von Tina organisierten Publicity-Auftritte. PR-Themen. Gut für einen Satz da, ein Foto mit einem Prominenten dort, eine Aufnahme hier, ein Zitat da. So hielt man die Popularitätswerte in Schwung. Aber doch keinen Staat.

Exakt in dieser Phase, als zwar noch niemand im Kabinett diese Wahrheiten aussprach, aber Forell dazu übergegangen war, täglich ein Döschen Pillen zu leeren, und Jack sich allnächtlich aus seinen wilden Träumen reißen ließ, exakt in jener Phase trat Gräfin Juno eines Tages ins Zimmer und sagte: »Präsident Forell, Herr Blind, morgen haben wir einen wichtigen Termin.«

15.

Den Mann, der am nächsten Morgen in Begleitung der Gräfin das Büro des Präsidenten betrat, umschwebte dezenter Duft herben Eau de Colognes. Er war schlank und groß, sein Designeranzug saß perfekt. Das schlohweiße, knapp geschnittene Haar hatte er mit Fluid streng nach hinten gekämmt. Sein Gesicht war von gesunder Farbe, und die Falten, die es umliefen, verstärkten den Eindruck eines lebenserfahrenen Herrn. Seine meerblauen Augen, funkelnd wach, fielen Blind und Forell als Erstes auf. Die Körperhaltung des Herrn war elegant wie seine gesamte Erscheinung. Lediglich seine zerfurchten, ledrig gegerbten Handrücken sowie die verästelt blau hervortretenden Adern verrieten sein erhebliches Alter.

»Präsident Forell … Herr Blind«, eröffnete die Gräfin das Gespräch, »darf ich ihnen den Vertreter vorstellen.«

»Es ist mir eine Freude.« Der Mann nickte, als er zuerst Forell, dann Blind die Hand reichte.

»Vertreter?«, sagte Forell mit verdutztem Gesicht, und sein fragender Blick schweifte von seinem Gegenüber zur Gräfin.

»Nun«, gab der Herr höflich lächelnd zur Antwort, »ich vertrete Kontinuität, Sicherheit, Wohlstand. Sehen Sie es so, Präsident Forell: Ich bin sozusagen eine uneigennützige Einrichtung, der Diener dieses Staates und seiner Menschen. Ähnlich wie Sie, Herr Präsident. Ähnlich auch«, er wandte sich lächelnd zur Seite und nickte charmant, »ähnlich auch wie Gräfin Juno. Und ähnlich freilich auch wie Sie, Herr Blind.«

Forell hob skeptisch die Augenbrauen. »Und Ihren Namen wollen Sie uns nicht verraten?«

»Selbstverständlich nenne ich Ihnen gerne meinen bürgerlichen Namen. Er lautet Weiss, Werner Weiss, aber wie ganz besonders Sie, Herr Präsident, wissen, tun bürgerliche Namen, bekleidet man erst einmal ein besonderes Amt, nur noch sehr wenig zur Sache.« Der Vertreter näherte sein Gesicht beinahe unmerklich jenem des Präsidenten und zwinkerte Forell zwar nicht zu, doch sein linkes Lid zuckte kurz auf und ab, und das reichte, um bei Forell ein angenehmes Gefühl auszulösen. Ein Gefühl, als hätte er ein Kompliment bekommen. Mit einem Mal hatte er den Eindruck, Teil einer exklusiven, ihm zum Vorteil gereichenden Verschwörung zu sein, und dass ihn mit diesem souverän-mondänen Herrn womöglich eine Seelenverwandtschaft verband.

»Zu Gräfin Juno übrigens«, fuhr der Gast fort, »das möchte ich nicht verabsäumen zu erwähnen, darf ich Sie aus vollstem Herzen beglückwünschen. Mit ihr haben Sie«, er lächelte ihr zu und wandte sich dann wieder an Forell, »mit ihr haben Sie ein wahres Juwel als Kabinettschefin, Sie und Ihr geschätzter Stabschef.«

Jack schmunzelte.

»Gräfin Juno ist«, der Vertreter gestikulierte, »ich suche nach dem treffenden Adjektiv, sie ist, ja ich kann es nicht anders sagen, sie ist göttinnengleich. Umsichtig. Klug. Und wahrhaft großherzig.«

Erstmals seit Jack die Gräfin kennengelernt hatte, schien sie ihm leicht verunsichert zu sein. Und ihm kam vor, dass sie unter den Worten und Blicken dieses Mannes – wenn auch nur leicht – errötete. Mit der Linken fuhr sich Juno wie beiläufig über ihr sportlich geschnittenes Haar, und dann passierte es ihr, dass sie die Hand für einen Moment im Nacken ruhen ließ.

»Kennen wir uns eigentlich von irgendwoher?«, fragte der Präsident, wie aus einem tiefen Gedanken auftauchend. »Mir kommt Ihre Stimme so bekannt vor.« Er kniff die Augen zusammen. »Ja!«, rief er plötzlich und lachte, als sei das Aufflackern seiner Erinnerung eine Leistung, auf die er stolz sein konnte. »Sie waren es doch«, er zeigte mit dem Finger auf den Vertreter, berührte beinahe dessen Krawatte, »Sie waren es doch, der mich angerufen hat, um mir den Rücktritt Bill Starks anzukündigen!«

»Sie haben ein feines Gehör und ein ausgeprägtes Gedächtnis, außergewöhnlich, wirklich außergewöhnlich, Präsident.« Der Vertreter setzte eine beeindruckte Miene in sein Gesicht. »In der Tat war ich es, der an jenem Tag angerufen hat, um Sie von ihrem baldigen strategischen Vorteil zu unterrichten. Es war mir ein Vergnügen und eine Ehre gleichermaßen.«

Forell fühlte sich geschmeichelt. Dennoch fiel ihm nach einer Weile noch die Frage ein: »Und woher wussten sie vom bevorstehenden Aufgeben Bill Starks?«

Der Vertreter zwinkerte. »Präsident, Sie wissen doch, dass man in Positionen wie den unseren über so manche Kontakte verfügt.«

Forell grinste wichtig.

Gräfin Juno schlug vor, Platz zu nehmen.

»Ich möchte Ihnen, meine Herren«, der Gast nahm einen Schluck Tee, nickte Forell und Jack zu, »ich möchte Ihnen nicht verhehlen, dass ich Ihre politischen Grundsätze sehr schätze. Nichts gegen Bill Stark, Gott habe ihn selig, doch zuletzt geriet seine Wirtschafts- und Gesellschaftspolitik doch etwas zu romantisierend, ein bisschen unrealistisch, wenn Sie wissen, was ich meine.«

Forell und Blind hatten keinen Schimmer, wovon der Mann sprach. Gleichwohl lächelten sie wissend und lehnten sich zurück.

»Ich hatte die Möglichkeit«, führte der Vertreter aus, »mir seine politischen Pläne von ihm erläutern zu lassen. Er hatte Haarsträubendes vor, meine Herren. Stellen Sie sich nur vor, er wollte doch tatsächlich mit den LB in Verhandlungen eintreten. Mit Terroristen!«

Forell blickte zur Gräfin. Er dachte: Die Existenz der Linken Brigaden ist doch top secret, wieso weiß der Kerl davon?

Jack sah zu Forell. Er dachte: Weiß nur ich nichts von diesen LB, oder Mike auch nicht?

Die Gräfin sah zum Vertreter. Sie dachte: Fahre fort.

Der Vertreter fuhr fort: »Doch nicht nur das, meine Herren, dieser Sozialromantiker Stark brachte sogar Verständnis für die Forderungen der LB auf. Stellen Sie sich das vor! Für die Forderungen von Terroristen, von Staatsfeinden! Er hatte doch tatsächlich vor, ihnen für die Zusage von Gewaltverzicht Konzessionen zu machen. Die Wiedereinführung des Mitspracherechts von Gewerkschaften, Verbesserung der Arbeitnehmerrechte, höhere Steuern auf Vermögen und Aktiengewinn, soziale Umverteilung und so weiter und so fort, lauter Hirngespinste. Er hätte unsere Wirtschaft und damit unser Land zugrunde gerichtet, hätte der Anarchie Tür und Tor geöffnet. Das Chaos legalisiert! Aber ich will nicht schlecht reden über ihn, Gott habe ihn selig.« Er schlug ein Bein über das andere.

Stille umfing den Raum.

»Aber erlauben Sie mir, zum eigentlichen Grund meines Besuchs zu kommen.« Der Vertreter platzierte seine Teetasse an den Rand des Tisches. »Ich vertrete, lassen Sie mich das in aller Bescheidenheit sagen, hoch angesehene sowie durch und durch patriotische Wirtschaftstreibende. Wenn Sie so wollen: die Crème de la crème unserer Gesellschaft, kein prominenter Konzernchef dieses Landes, der nicht darunter wäre. Diese allesamt integren Herrschaften haben mich ermächtigt, Ihnen, Präsident Forell, und Ihnen, Stabschef Blind, alle, und ich betone: *alle* Hilfestellungen anzubieten, die unserem Land und seiner Bevölkerung förderlich sind.«

Jacks Skepsis war gewichen, hatte Platz gemacht für das wunderbare Gefühl des Umschmeicheltseins. Dieser beeindruckende Herr, der glaubhaft versicherte, das Who is Who der Wirtschaft des Landes hinter sich zu haben, hatte neben dem Präsidenten ausdrücklich ihn als staatsverantwortliche Respektsperson angesprochen. Um aber zu zeigen, dass er nicht ein dahergelaufenes Greenhorn war, das sich mir nichts, dir nichts einlullen ließ, fragte er mit provokanter (sicherheitshalber freilich nicht allzu provokanter) Miene: »Und was genau beinhaltet diese Hilfe, an die Sie denken? Lässt sich diese Hilfe … quantifizieren?« Jack rieb Daumen gegen Zeigefinger und blickte weltmännisch, wie er glaubte.

Der Vertreter lächelte. »Welche Summe«, erkundigte er sich in sachlichem Ton, »benötigen Sie denn?«

»Dürfen wir offen mit Ihnen sprechen?«, sagte Forell in der Art, als sei es eine Floskel, und blickte dabei fragend mehr in die Richtung der Gräfin als in jene des Gasts. Juno nickte dezent, der Vertreter schlug zur Bestätigung die Augen nieder.

»Vertreter, es überrascht Sie wohl kaum, dass es mit dem Staatsbudget nicht sonderlich rosig aussieht. Das Sozialbündnis hat uns, entgegen allen Beteuerungen, leere Kassen hinterlassen.«

Sein Gesprächspartner nickte mitfühlend.

»Wir stehen aktuell etwa vor dem Problem, unser zentralstes Wahlversprechen finanzieren zu müssen, ein zukunftsweisendes Projekt: die Versorgung der gesamten Bevölkerung mit Fit&Secure-Chips.«

Der Vertreter ließ einige Sekunden der Stille verstreichen. Er griff zu seiner Tasse, nippte, stellte sie wieder vor sich ab und formulierte dann: »Es freut mich außerordentlich, meine Herren, unser ohnehin erfreuliches erstes Kennenlernen mit einem konkreten Erfolg krönen zu können. Ich kann Ihnen versichern, dass die Idee der Fit&Secure-Chips auf die vollste Zustimmung meiner Klienten stößt. Die Wirtschaft begrüßt es ausdrücklich, dass die Regierung etwas tut für Volksgesundheit, medizinische Prophylaxe und Fitness. Auch die zentrale Speicherung aller medizinischen Kontrolldaten ergibt Sinn. Und selbst die in den Chips integrierte Ortungsfunktion wird sich als hilfreich herausstellen, sei es für das Finden von Entführungsopfern, das Aufspüren von Terroristen oder ...«, der Vertreter schien zu überlegen, »... oder für allerlei andere Fälle. Kurzum, meine Herren, die Wirtschaft ist bereit, Ihr Wahlversprechen zu ermöglichen. Wir übernehmen achtzig Prozent sämtlicher Kosten.«

»Hervorragend«, reagierte Forell überrascht. »Und stellt der Weihnachtsmann für diese großzügige Gabe irgendwelche Bedingungen?«

»Nein«, der Gast brummte ein Lachen, »der Weihnachtsmann hat nur einen Wunsch.«

»Ja?«

»Ich bin der Ansicht, dass Ihre politische Idee derart vielversprechend ist, dass wir dafür Sorge tragen sollten, sie nicht nur halbherzig umzusetzen, sondern flächendeckend und lückenlos. Deshalb empfehle ich, die Implantation von

Anfang an gesetzlich verpflichtend für alle vorzuschreiben und nicht bloß auf freiwilliger Basis anzubieten.«

Jack schnaufte. »Das könnte ein Problem mit den Liberalen in unserem Bündnis geben. Die reagieren manchmal etwas übersensibel.«

»Ich denke«, brachte sich erstmals die Gräfin ein, »es ist keine gesetzliche Verpflichtung notwendig. Es reicht, wenn die Gesundheits- und Pensionsversicherungen für alle jene, die so unvernünftig und fahrlässig sind, sich die Fit&Secure-Chips nicht implantieren zu lassen, eine deutliche Prämienerhöhung vorschreiben. Dafür werden Ihre Klienten ja Sorge tragen können, nicht wahr, Vertreter?«

»Intelligent und elegant wie immer, Gräfin Juno!« Er nickte anerkennend, lächelte ein überaus charmantes Lächeln, und seine blauen Augen schienen eine Nuance heller zu leuchten.

»Einverstanden!«, rief Forell und schlug, begeistert von der wunderbaren Einfachheit, welche die Dinge plötzlich angenommen hatten, auf den Tisch, »so können wir es machen!«

»Ich habe noch eine gute Nachricht für Sie, meine Herren«, sagte der Vertreter, als sich die ausgelassene Stimmung gelegt hatte.

»Und die wäre?«

»Sie erhöhen die Konsumsteuern.«

Forell lachte. Er glaubte an einen Scherz.

Ungerührt fuhr sein Gast fort: »Mit den Mitteln, die Sie aus einer Erhöhung der Konsumsteuern generieren, können Sie der Wirtschaft Aufträge geben. Verkehrsinfrastruktur, Hospizanstalten, Katastrophenschutz, Bunkerbau, Erdwärme-, Gas- und Atomkraftwerke und so weiter und so fort. Infolge dieser staatlichen Investitionen entstehen Hunderttausende zusätzlicher Arbeitsplätze, für deren Schaffung Sie, Präsident, sich mediengerecht rühmen lassen können.

Zudem lindern Sie mit einem Schlag soziales Leid, ersparen Ihrem Budget Arbeitslosenzahlungen und verschaffen Jugendlichen, die sonst womöglich auf dumme Gedanken kämen, ein geregeltes Leben. Alle, wirklich alle profitieren.«

»Hm«, machte Forell, und weil er Zeit gewinnen wollte, sagte er in scherzhaftem Ton und seinem Besucher auf den Oberarm schlagend, als würden sie sich seit frühester Jugend kennen und wären enge Kumpane: »Und wie wäre es, wenn ich stattdessen eine fünfprozentige Reichensteuer einführe und *damit* alles finanziere?«

Der Vertreter lächelte milde. »Präsident, wenigen viel wegzunehmen fällt sehr auf, tut sehr weh und macht sehr große politische Probleme. Der breiten Masse aber Stück für Stück immer wieder und wieder ein bisschen wegzunehmen, fällt niemandem auf und bereitet keinerlei politische Probleme. Darüber hinaus rate ich Ihnen – in aller Freundschaft –, stets eine alte Weisheit zu beherzigen.« Sein Gesicht hatte eine gewisse Härte angenommen. »Diese Weisheit, Präsident, lautet: Nur diejenigen, die ein wirkliches und dauerhaftes Gefühl des Überflusses haben, können wahrhaft barmherzig sein. Und Sie wollen doch, dass meine Klienten barmherzig sind, nicht wahr, Präsident?«

»War ja nur ein Scherz«, sagte Forell rasch und boxte den alten Herrn sachte gegen die Schulter. Der Vertreter lächelte, worüber Forell erleichtert war. Deshalb und um der wiedergewonnenen Gestimmtheit seines Gegenübers weiteren Elan zu verleihen, erkundigte sich Forell in geschäftigem Ton: »Und Sie meinen wirklich, eine Erhöhung der Mehrwertsteuer fiele nicht auf?«

»Eine Erhöhung um einen Prozentpunkt wird nicht sonderlich auffallen. Und ich versichere Ihnen – und wenn ich versichern sage, dann nehmen Sie das bitte wortwörtlich –,

ich versichere Ihnen, dass sämtliche Medien die Maßnahme mit Wohlwollen aufnehmen und der Bevölkerung verständlich machen werden. Mehr noch. Sie werden als Gewinner dastehen. Denn im Gegenzug, wird es heißen, haben Sie der Wirtschaft Hunderttausende Arbeitsplätze abgepresst. Sie werden ein Held sein. Der Liebling der Menschen.«

Der Präsident grinste. »Wenn wir schon dabei sind«, nun wollte Mike Forell aufs Ganze gehen, »wir haben da noch den einen oder anderen Plan, der gut für ... unser Land wäre. Freilich ist auch er mit Detailfragen der Finanzierung verbunden.«

»Ich weiß, doch lassen Sie uns das nächste Mal darüber sprechen. Eines kann ich Ihnen allerdings bereits heute sagen: Es wird möglich sein. Gemeinsam werden wir noch sehr, sehr viel Gutes möglich machen. Ab nun, Präsident, Stabschef« – der Vertreter nickte beiden zu –, »ab nun haben Sie neue Freunde, die Sie gerne unterstützen werden, in so mancher Angelegenheit.«

Minuten später – die kleine Runde hatte sich bereits aus den Lederfauteuils erhoben und war plaudernd Richtung Vorzimmer geschlendert – hielt der Vertreter vor der großen Flügeltüre inne. »Eine Nebensächlichkeit hätte ich beinahe zu erwähnen vergessen. Nun, ich bin ja nicht mehr der Jüngste.« Nahezu kokett zwinkerte er der Gräfin zu. »Jedenfalls, meine Herren«, er blickte einnehmend freundlich, beinahe untertänig, »haben sich meine Klienten als Zeichen der Wertschätzung erlaubt, Ihnen beiden einen geradezu lächerlichen, eben nur symbolischen Betrag zu überweisen. Er müsste bereits auf Ihre Konten eingegangen sein.«

16.

»Was – nur zwei Begnadigungsersuchen diesen Monat?« Mike Forell klickte zwischen den beiden Dokumenten hin und her.

»Ja, aber der hier ist heikel. Einer unserer Sektionschefs. Die Gräfin sagt, er sei unabkömmlich. Einer der wichtigsten Beamten des Landes.«

»Ja und? Begnadigen wir ihn einfach. Und überhaupt, Jack, kannst du mir diesen verfluchten Papierkram nicht künftig abnehmen?«

»Mike, Gesetz im Verfassungsrang: Begnadigungen bei unmoralischem und asozialem Verhalten von Staatsbeamten obliegen ausschließlich dem Präsidenten.«

»Also schön.« Er seufzte. »Was ist das Problem?«

»Das Gewicht des Beamten liegt vier Prozent über der Toleranzgrenze. Und er weigert sich, etwas dagegen zu tun. Er sagt, er sei 73, schufte von früh bis spät und habe es satt, dann auch noch täglich sein Fitness- und Gesundheitsprogramm absolvieren zu müssen.«

»Der spinnt wohl! So was Dekadentes! Schmeiß ihn raus!«, schrie Forell, ernsthaft erregt. »Wir können es uns nicht leisten, so was einreißen zu lassen. Ich bin ohnehin schon viel zu nachgiebig. In der Privatwirtschaft sollte so was vorkommen. Da fliegst du, sobald du drei Tage hintereinander dein Gesundheitsprogramm vernachlässigst. Aber bei uns! Bei uns werden die Beamten schwabbelig, werden beim Rauchen erwischt, beim Weintrinken, haben zu hohe Cholesterinwerte, und dann muss ich sie begnadigen! Was kommt als Nächstes? Dass sie die HIV-Tests verweigern oder die Hepatitis-Überprüfungen? Ich sehe das nicht ein. Diese Typen sind einfach unverantwortlich! Und die Gesellschaft muss dann die Folgekosten tragen. Ungeheuerlich! Raus mit ihm! Gib ihm die Fristlose!« Forell hatte sich zu sehr aufgeregt. Er kramte in der obersten Schreibtischlade und wählte die Feelgood-Pille »Easy«.

»Mike, ich verstehe dich ja und bin auch ganz deiner Meinung. Aber Gräfin Juno sagt, dass wir den Mann nicht entbehren können.«

Forell sah auf. Er atmete tief durch die Nase ein und den Mund aus. Dann klatschte er in die Hände, beinahe vergnügt, und rief: »Na, dann sehen wir uns dieses ach so wichtige Bürschchen doch einmal an. Wo sitzt das Weichei denn?«

»Du willst einfach in sein Büro marschieren? Jetzt sofort?«

»Ja, wieso nicht!«

»Du weißt doch, dass die Gräfin das nicht will. Du als Präsident sollst dich mit der Beamtenschaft nicht abgeben. Sie ist sicher sauer, wenn wir sie umgehen. Ich sag ihr lieber Bescheid.«

»Ach was, du Feigling! Die Gouvernante wird uns schon nicht den Hosenboden versohlen.«

Sie hatten eine ganze Weile gebraucht, waren durch Treppenhäuser und Flure geschritten, um Ecken gebogen und über bordeauxrote Läufer gestolpert, standen schließlich (dank Ronjas Hilfe) vor der Tür des *Sektionschefs für die Innere Sicherheit*.

Forell klopfte zwei Mal energisch gegen die massive Holztür und drückte, ohne Antwort abzuwarten, die Klinke.

»Ich bin's, der Präsident!«, rief er, ausgenommen gut gelaunt, denn der gräflich unautorisierte Ausflug fühlte sich an wie ein Abenteuer. Dann stieß er die Tür auf und warf mit der Geste eines Operettenstars die Arme empor, bereit für Huldigungen jeglicher Art. Als die schwere Tür bedächtig aufschwang, geriet ein kahlköpfiger Mann mit Zweireiher ins Blickfeld. Das musste der Sektionschef sein. Er saß an einem Besprechungstisch, wie zu sehen war, als sich die Tür weiter öffnete. Dann ließen sich grazil überschlagene Damenbeine in feiner Stoffhose ausnehmen. Forell und Blind reckten die Köpfe, um den Blickwinkel zu erweitern. Dem Sektionschef gegenüber saß die Gräfin.

»Gnädigste!«, krächzte Forell mit Fistelstimme. »Sie hier? Was für ein Zufall!«

Die Gräfin zeigte, abgesehen von einer indigniert erhobenen Augenbraue, keinerlei Reaktion. Sie nickte nicht, grüßte nicht, sprach auch sonst nichts, verharrte lediglich in ihrer vornehmen Haltung und verstärkte damit bei den Herren, die vor ihr von einem Bein auf das andere stiegen (der eine nervös lachend, der andere hüstelnd und mit bemerkenswert roten Ohren), das Gefühl, sich ungebührlich benommen zu haben. Quälende Sekunden vergingen.

Als die Atmosphäre regelrecht drückend geworden war, erbarmte sich Juno und sprach die erlösenden Worte: »Wünschen Sie nicht Platz zu nehmen?«

Sie machte die Herren miteinander bekannt und stellte dann fest, dass die überraschende Zusammenkunft durchaus zweckdienlich sei, da kommende Woche ohnehin (sie betonte das Wort *ohnehin*) eine Arbeitssitzung in dieser Konstellation anberaumt worden wäre. Nun könne die Unterredung eben auf der Stelle stattfinden, schlug sie vor und ergänzte: »Da sich der Präsident und sein Stabschef doch die

Mühe des *weiten* Weges gemacht haben.« Das ausgiebige Dehnen des Wortes *weiten* reichte, um Forell und Jack das unbestimmte Gefühl zu geben, wie Schulbuben vorgeführt zu werden. Mit Sicherheit konnte der Gräfin diese Intention freilich nicht vorgehalten werden. Die Wahrscheinlichkeit allerdings stieg, als Ronja später erzählte, dass es einen viel kürzeren Weg zum Büro des Sektionschefs gab und sie zuvor wie die Esel im Kreis gelaufen waren.

»Da Ihr Stabschef über die Linken Brigaden und die Dramatik der Situation unterrichtet ist, wie ich gehört habe«, holte der Sektionschef aus, »darf ich sehr direkt sein.«

Bedeutungsschwere Gesichter ringsum ließen ihn fortfahren. »Die LB sind aktuell dabei, die moslemischen Terroristen an Gefahr und Potential zu überflügeln. Während die islamistisch motivierten Anschläge zahlenmäßig stagnieren und stets nach ähnlichen Mustern verübt werden, nehmen die Attacken der LB aktuell stark zu. Und das Schlimmste«, der Sektionschef legte die Stirn in Falten, »ihre Angriffe werden immer variantenreicher. Es ist für uns de facto unmöglich, sie vorab zu vereiteln. Die LB, Präsident, Gräfin, Stabschef, sind seit meinem Amtsantritt die potentiell gefährlichste aller Terrorgruppen. Und«, der Beamte musste achtgeben, seine Stimme nicht zu beeindruckt klingen zu lassen, »diese LB-Terroristen sind bei weitem die heimtückischsten, ich möchte beinahe sagen, die intellektuellsten meiner bisherigen Laufbahn.«

»Heimtückisch. Intellektuell«, wiederholte Forell.

»Jawohl, Präsident. Neben Anschlägen mit atomaren Mini-Nukes sind es vermehrt biochemische Angriffe, die sie verüben. Dieser Strategiewechsel und die Qualität der Sprengstoffe ermöglicht es ihnen etwa, mit einer kleinen, unauffälligen Dose in der Tasche durch Kaufhäuser, U-Bahn-stationen und Terminals zu spazieren. Da das Gift zeitverzögert wirkt und über die Dose portioniert abgegeben wird, ist nicht einmal der lokale Ursprung der Kontamination feststellbar. So ist es uns unmöglich, die Täter ausfindig zu machen.«

»Hm«, brummte Forell.

»Sie erinnern sich gewiss an den Darmvirus vor drei Wochen, der beinahe die halbe Ministerriege schwer in Mitleidenschaft gezogen hat. Das war kein herkömmlicher Virus. Er wurde im Labor gezüchtet. Zeitgleich mit diesem Darmvirus tauchten«, der Sektionschef räusperte sich, »nun ja, es tauchten skurrile politische Botschaften im Web auf.«

»Und zwar?« Jack hob auffordernd den Kopf.

»*Eure Politik ist zum Scheißen*«, sagte der Beamte rasch, »und *Die Leute scheißen auf euch!* Unsere Experten konnten diesen Schwachsinn umgehend aus dem Netz eliminieren. Das ist wohl auch der Grund, warum die LB ihre Parolen in letzter Zeit wieder auf die altmodische Art verbreiten, auf U-Bahn-Zügen und Hauswänden.«

»Aber dabei müssen sie doch gefilmt worden sein«, warf Jack ein. »Oder gibt es noch immer Sektoren, die optisch ungesichert sind?«

»Nein, Stabschef, natürlich ist die Videoüberwachung lückenlos. Dennoch gelingt es diesen Terroristen immer wieder, ihre Schmierereien anzubringen. Ehrlich gesagt, es ist uns ein Rätsel, wie sie es machen.«

»Und warum habe ich dann noch nie eine dieser Parolen gesehen?« Forell blickte gegen die Decke. »Wenn ich darüber nachdenke, habe ich seit Jahren keine einzige politische Schmiererei mehr bemerkt. Alles ist völlig sauber.«

»Natürlich, Präsident. Denn selbstverständlich werden alle beschmutzten Oberflächen unverzüglich von uns gesäubert. Die Parolen werden sofort eliminiert. Wir haben dafür eine mobile Einsatztruppe.«

Forell wedelte mit den Händen. »Und wie sehen diese Parolen aus – was ist ihre Botschaft?«

»Ich dachte mir schon, dass das für Sie von Interesse sein würde«, ergriff die Gräfin das Wort. »Wenn Sie wünschen, können wir Ihnen den Videomitschnitt einer Säuberungsaktion zeigen.«

Die Szenen waren alle nachts aufgenommen worden. Da der Sektionschef sein Büro abdunkelte und das Video großflächig auf die Bürowand projizierte, hatten Forell und Blind rasch das Gefühl, als wären sie mitten im Geschehen, mitten unter den Einsatzkräften des Spezial-Säuberungstrupps der Regierung. Die Männer wurden von der Kamera zwar nicht eingefangen, man hörte aber ihren Atem, die Tritte ihrer Stiefel auf dem Asphalt und dann stets das zischende Geräusch des Cleaners, mit dem ein farblösendes Substrat gegen die beschmierte Wand gefeuert wurde. Im Lichtkegel der Einsatzlampen verschwanden Dutzende Parolen unter dem Strahl der Reinigungslösung:

Erwacht!

Nieder die Diktatur!

Freiheit für das Volk!

Wehrt euch endlich, Mitbürger!

»Was für hirnrissige Schmierereien!«, entfuhr es Forell.

»Das müssen Irre sein«, konnte Jack es nicht fassen. »Die müssen unter Verfolgungswahn leiden.«

»Psychopathen«, befand Forell.

»Gefährliche Psychopathen«, ergänzte die Gräfin.

Weitere Einsätze waren zu sehen, weitere Parolen.

Steht auf!

Ende der Verdummung!

Schluss mit der gedanklichen Käfighaltung!
Nieder mit der Regierung!
Revolution!
Freiheit!

Unter all diesen Losungen, die in verschiedenen Lettern, verschiedenen Farben und verschiedenen Schriftstärken geschrieben waren, stand ein und derselbe Absender: *LB*.

»Wir haben«, begann der Sektionschef, nachdem er die Projektion beendet und den Raum wieder erhellt hatte, »unser Augenmerk in den vergangenen Jahren beinahe ausschließlich auf die Moslems gerichtet. Und dabei die Linken Brigaden vernachlässigt. Sträflich vernachlässigt.« Er atmete durch, atmete nochmals durch, dann sagte er, den Blick auf die Glastischplatte geheftet: »Präsident, die Linken Brigaden sind außer Kontrolle. Und das ist meine Schuld, allein meine Schuld. Präsident, ich biete Ihnen hiermit meinen Rücktritt an.«

Forell füllte seine Backen mit Luft.

»Vergessen Sie es, Sektionschef«, bemerkte die Gräfin trocken. »Sie wollen sich ja nur vor Ihrem täglichen Fitness- und Gesundheitsprogramm drücken.«

Der Sektionschef hustete.

Forell blickte in die Runde – und lachte laut heraus, schien plötzlich völlig entspannt. »Mein lieber Sektionschef!« Er schlug dem Mann mit der flachen Hand gegen den Oberarm, »Rücktrittsgesuch abgelehnt! Und, Sektionschef«, er setzte eine gönnerhafte Miene auf, »wenn Sie die Linken Brigaden für uns erledigen, dann erlasse ich Ihnen sogar das Fitness- und Gesundheitsprogramm. Na, was sagen Sie?« In Forells Gesichtsausdruck überholte der Tatendrang die Heiterkeit. »Sind wir im Geschäft?«

17.

Jacks Nacht war aufregend, ließ keine Wünsche offen. Der Stabschef lebte Leidenschaften und Unverschämtheiten aus, wie schon lange nicht. Am Morgen würde er freilich völlig gerädert sein, aber das war es wert, das war Leben!

Gleich in einem der ersten Träume war Jack ein prächtiger Ritter auf einem pfeilschnellen Schimmel. Ungestüm und in voller Montur sprengte er beim jubelnden Volk vorbei, um sich danach nicht minder ungestüm, mit etwas weniger Montur, über ein williges Burgfräulein herzumachen. Verblüffend, es sah Tina Fux zum Verwechseln ähnlich.

Aber das war erst der Beginn seiner zügellosen Nacht. Sicher ein Dutzend Mal ließ er sich wecken, um immer wieder neue Ungeheuerlichkeiten auszukosten. Er träumte davon, sich in einem dieser alten Pubs bis an seine Grenzen zu betrinken, paffte in aller Öffentlichkeit eine Havanna (zweifingerdick), sang bar aller Skrupel lauthals in einem Park, entließ ohne Rücksichtnahme, ja sogar in eindeutiger Körperhaltung einen lautstarken Magenwind und kaufte sich mit dreckigem Geld Fettleibigkeit fördernde Süßigkeiten. Ja, auch richtig altmodisches, schmutziges, bazillenbeflecktes Geld erträumte er sich, mit dem sich anonym einkaufen ließ, und herrlich verwegen fühlen. Das Wunderbarste aber war: Bei alldem verspürte Jack Blind nicht einen Hauch schlechten Gewissens, verschwendete nicht einen Gedanken an drohende Strafpunkte in seinem E-File-Register. Er war wie losgelöst von dieser Welt, war ganz er selbst, war glücklich. Und er schrie laut aus dem Schlaf auf, als ein Traum eine erschreckende Wendung genommen hatte. Mit galoppierendem Herzschlag erwachte Jack, nachdem er, mit schwarzer, das Gesicht völlig vermummender Maskenhaube, eigenhändig eine Parole an eine Hausmauer gesprayt hatte: *Revolution!*

Ja, das hatte er gesprayt. Er, Jack Blind, der Stabschef des Präsidenten. *Revolution.*

Unter seinem Auge zuckte ein Nerv. Sein Rücken war klitschnass, schweißgebadet. Was tun, was jetzt tun?, raste es durch seinen Kopf. Rasch aufstehen, aufwachen, aufhören? Nein, er wollte jetzt nicht aufhören. Es war ja nur ein Traum, sagte sich Jack. Er wollte wissen, was noch kommen würde, wollte wissen, was ihn im Innersten bewegte, wollte es endlich wissen, entschied also, nochmals einzuschlafen. Einschlafen, rasch einschlafen. Einschlafen, einschlafen.

Mit fest zugekniffenen Augen lag Jack wach bis in die Morgenstunden. Dann erst kippte er in den Schlummer. Und träumte: nichts.

Kurz darauf surrte sein Wecker.

Heute würde es ein wichtiger Tag werden im Büro. Gemeinsam mit Mike Forell und der Gräfin hatte Jack einen weiteren Termin mit dem Sektionschef für die Innere Sicherheit. Der Mann würde ihnen seine Pläne zur Eliminierung der Linken Brigaden vorlegen. Jack torkelte ins Bad, sah in den Spiegel, sagte: »Scheiße.«

An seine Träume hatte er nur noch kurz gedacht. Es war nicht seine Art, Dingen nachzuhängen, die ohnehin verloren waren, bloß Zeitverschwendung wäre das und unnötiger Kummer. Vor langer Zeit schon hatte sich Jack mehr und mehr für eine pragmatische Denk- und Lebensweise entschieden. Er sah sich als kühler Rechner, als Analytiker. Seine Intelligenz wollte er zu seinem und anderer Vorteil nutzen und nicht dazu, alles in Philosophenmanier so lange zu hinterfragen, bis sämtliche Rahmen des Lebens einstürzten. Er sah ja, wohin das führte, sah es schmerzlich bei seiner Schwester, die kein Ende kannte, wenn es um das mutwillige Schlechtmachen der Lebensumstände und der Welt an sich ging. Er sah, dass sie sich auf diese Weise tief und tiefer in den Abgrund manövrierte. Mit Sicherheit wurde sie längst von Depressionen geplagt.

Als Jack auf die Straße trat, bemerkte er, viel zu warm angezogen zu sein. Es war ihm, als würde er in eine heiße, feuchte Wand eindringen. Sie umfing ihn, üppig und weich, nahm ihm beinahe den Atem, und Jack musste sich konzentrieren, die Luft nur sehr behutsam in seine Lungen strömen zu lassen, wie beim Atmen in einem Dampfbad.

Den alten Mann sah Jack nach wenigen Metern. Er schlurfte vor ihm in der Mitte des Gehsteiges. Seine Kleider erinnerten an jene früherer Landstreicher, waren abgewetzt, schmutzig, teils durchlöchert. Sein verfilztes Haar stand in alle Richtungen. Als Jack ihn beinahe eingeholt hatte, hörte er, dass der Alte mit sich selbst redete, in der Art, wie es Irre tun oder Einsame, doch ruhig, nicht sonderlich beängstigend. »Alles unter Lava und Asche, so eine Explosion! Sakrament! Das nenne ich einen Vulkan, na bumm, jetzt ist es vorbei mit der Weltmacht.«

Jack überholte den Mann, sah dabei kurz zur Seite und so dessen bartstoppeliges Gesicht, die müden Augen, getrübt von einem weißen Schleier. Rasch drückte Jack sich vorbei, rasch sah er wieder weg. Er wollte jede Berührung mit dem Alten vermeiden und auch keinesfalls angesprochen werden von ihm. Doch der Greis schien ihn nicht einmal zu bemerken, redete leiernd weiter. »Na ja, hat auch sein Gutes, gibt's keine Effizienzminuten mehr, nur noch normale Minuten, wie früher, nicht Effizienzminuten, die keiner versteht, soll ja auch keiner verstehen. Kontrollieren sollen sie sich, gaffen auf ihre Displays, wer mit wem telefoniert und wie lange und ob die Kollegen auch arbeiten, gegenseitig kontrollieren sie sich, die Sklaven, nicht einmal das müssen die Chefs machen, aber jetzt ist eh alles egal.«

Die letzten Worte des verwahrlosten Alten hatte Jack kaum noch verstanden. Dabei war er eigens langsamer gegangen, freilich nur aus seichter Neugier, mit dem Inhalt war ja nichts anzufangen, war ja bloß das Gestammel eines Debilen.

18.

Jack war nicht bei der Sache. Der Alte von heute früh ging ihm nicht aus dem Kopf. Er klickte die Datei weg, an der er hätte arbeiten sollen, loggte sich ein in das Video-Security-System des Innenministeriums und gab im Menü die Suchdaten ein: *Falkengasse / 08.30 Uhr – 08.35 Uhr / 12. Oktober.*

Am Schirm erschienen 24 Kameraperspektiven mit den Abschnitten der Gasse. Jack rückte näher und erkannte auf zwei davon den Greis. Er wählte die Kameraeinstellung, die seine Vorderansicht zeigte. Die Aufnahme füllte nun den Monitor. Jack sah sich, wie er dem Mann von hinten näher kam. Er stoppte den Mitschnitt und markierte mit dem Cursor das Gesicht des Alten, vergrößerte es und gab den Befehl zum Gesichtscheck ein. Für gewöhnlich dauerte es keine Minute, und das System lieferte ein File mit sämtlichen persönlichen und amtlichen Daten des Gefilmten.

Nach gut drei Minuten erschien auf der Suchmaske die Meldung *Person inexistent.* Jack wiederholte den Befehl mit einer anderen Kameraeinstellung, doch das Ergebnis blieb dasselbe.

Jack unternahm einen dritten Versuch (und er hätte vermutlich noch Dutzende unternommen, denn es war unmöglich, dass eine Person nicht im System gespeichert war, gleichgültig, ob Bürger oder Eingereister), da blinkte eine Extra-Dringend-Mail von Ronja auf, die keine sechs Meter entfernt im Nebenraum saß. *lust* lautete der Betreff. Und der Text *lust auf kino heute abend?*

Jack ärgerte sich. Diese Mail rechtfertigte keinesfalls den Status *Extra-Dringend*, der war ausschließlich behördlichen Notfallmeldungen vorbehalten. Kurz erwog er, Ronjas E-Mail samt einem Vermerk dem internen Disziplinat weiterzuleiten, dann entschied er, da sie einander so lange kannten, davon Abstand zu nehmen, hatte aber doch Gewissensbisse, schließlich würde er sich durch Stillschweigen mitschuldig machen. Aufgewühlt durch derlei Überlegungen, wurde ihm erst reichlich spät bewusst, dass ihn Ronja zu einem Date aufgefordert hatte. Mit dieser Erkenntnis trat eine neue Unsicherheit in sein Leben. Woher nimmt sie dieses Selbstbewusstsein, dachte er, tippte *tut mir leid, aber ich treffe mich heute abend mit meiner freundin* und sandte die Mail ab, noch bevor er es so richtig bedacht hatte.

du hast keine freundin, kam rasch als Antwort.

woher willst du das wissen, tippte Jack.

außer mit deiner schwester telefonierst du nie privat. nie.

ich hab auch noch ein u-phone. schon vergessen?

dein u-phone ist mit den communication-displays im büro verbunden. schon vergessen?

ja, mailte Jack, eine Schrecksekunde später. Und las Ronjas nächste Nachricht:

komm schon, jack. sonst wirst du ewig nur mit leuten reden, mit denen du außer terminen nichts gemeinsam hast.

Jack wusste keine Antwort.

Wenig später ging eine letzte Mail ein: *fein, also bis heute, 20.00. ich warte vor dem ausgang der bündniszentrale.*

»Und was meinen Sie, Herr Stabschef?«, fragte der Sektionschef für die Innere Sicherheit.

Jack reagierte nicht.

»Jack!«, rief Mike Forell, »träumst du?«

»Entschuldigung. Entschuldigung, ich war kurz in Gedanken.«

Jack Blind war versunken gewesen. Es schmeichelte, dass Ronja ihn umschwärmte, aber so recht freuen konnte er sich nicht darüber. Wenn er ehrlich war, hätte er trotz aller Sehnsüchte nicht einmal ein Rendezvous mit Tina Fux genießen können. Vor dem heutigen Abend jedenfalls hatte er Angst. Was sollte er mit Ronja reden, was genau tun? Garantiert würde ihm heiß und unwohl werden, womöglich sogar schwindelig. Viel gemütlicher und entspannter wäre es mit Sicherheit zu Hause, in den eigenen vier Wänden. Er sah schon ein, dass es hin und wieder vermutlich nicht schlecht war, unter Leute zu gehen, aber Bedürfnis danach verspürte er keines. Längst war Jack in sein Inneres emigriert. Berufliche Kontakte waren kein Problem, da genügten Professionalität, Sachwissen und gelernte Umgangsformen. Aber privat sein war so gar nicht sein Fall. Und privat sein, sagte er sich, bedeutete wohl nicht von ungefähr *für sich sein* und nicht *für andere sein*. Dazu war er einfach nicht geschaffen. Im Web war es anders, da konnte er aus sich herausgehen, sogar Gefühle zeigen. Und gewiss ging es nicht nur ihm so. Aktuell waren es 1302938 Menschen, die alleine in seinem bevorzugten Life-Programm *Agoraphobia* registriert waren. Mit vielen von ihnen war er befreundet, ja, wirklich, das konnte durchaus behauptet werden. Mit einigen vermochte er offen zu chatten, sogar über sein Privatleben, und mit ein paar wenigen wurde er richtiggehend intim.

»Jedenfalls«, der Sektionschef räusperte sich und rückte seinen Sessel einige Zentimeter nach hinten, »unsere Terror-Präventivmaßnahmen waren bislang beinahe ausschließlich auf die Moslems ausgerichtet. Das hat auch gut gegriffen, wir haben die Anschläge stark eingedämmt, dank der Separation, der Präventionsisolierungen und der Sippenabschiebungen. Während wir aber Erfolge gegen die Moslems haben, werden die Linken Brigaden stärker und stärker. Und zwar«, er machte eine Pause, »weil wir gegen sie bisher nur die herkömmlichen Security-Maßnahmen angewendet haben.«

»Dann ändern wir das eben«, fiel Forell spontan ein.

Der Gräfin und ihrem Beamten entwischte trotz aller diplomatischen Routine eine kleine Freude aus den Augen. Dem Sektionschef zuckten sogar kurz die Mundwinkel. Er hatte nicht einmal um Sonderbefugnisse bitten müssen. Forell selbst hatte die Tür aufgetan.

Der gute Wind wollte genutzt werden: »Haben Sie konkrete Wünsche, auf welche Art wir der neuen Herausforderung gerecht werden sollen, Präsident?«

Die Gräfin hüstelte in die vorgehaltene Hand.

»Ich, Vorschläge? Das ist ja wohl Ihr Job, oder, Sektionschef?«

»Gewiss, gewiss«, reagierte der Mann, tief den Kopf neigend, und konnte es sich dann doch nicht verkneifen, der Gräfin einen verschwörerischen Seitenblick zuzuwerfen.

»Selbstverständlich, Präsident, selbstredend sind die Details meine Pflicht, Sie geben die große Linie vor, jawohl, Präsident«, tat er derart untertänig, dass Juno für den nächsten Moment Forells Wutausbruch erwartete und die Aufforderung, ihn nicht länger für dumm zu verkaufen, sowie die Beschwerde ihr gegenüber, welch unverschämte Beamte sie unter ihrem Regiment dulde.

Forell brachte seinen Körper in eine bequemere Position, hob das Kinn und sagte: »Also, unterbreiten Sie mir Ihre Vorschläge, ich werde dann entscheiden.«

»Sehr gerne, sehr gerne.« Der Beamte verneigte sich. »Wie Sie wissen«, leitete er ein, »setzte Ihr Vorgänger bei der Verbrechens- und Terrorprävention vornehmlich auf das permanente Videoscanning zur Erkennung von Verhaltensauffälligkeiten und abnormen Mimiken. Diese Softwaretechnik brachte der letzten Regierung Proteste ein, weil es zur Computererkennung etwa unabdingbar war, das Tragen von Bärten zu verbieten. Gebracht hat das Ganze aller Aufregung zum Trotz praktisch nichts. Aufgegriffen wurden ausschließlich Tölpel und Kleinkriminelle, die wir mit der herkömmlichen Videoüberwachung ebenso erwischt hätten. Die wirklichen Profis haben sich sofort auf die neuen Gegebenheiten eingestellt und ihr Verhalten sowie ihre Gesichtsausdrücke neutralisiert. Die sozial auffälligsten Bewegungsabläufe«, der Sektionschef erlaubte sich ein Grinsen, »stellte die Software bei harmlosen Pensionisten fest, die sich angestrengt bemühten, um keinen Preis aufzufallen. Alle anderen haben denselben neutralen Ausdruck im Gesicht, dasselbe angepasste Verhalten, zeigen absolut gleichförmige Bewegungsabläufe. Überhaupt sind die Menschen einander so ähnlich geworden, dass es heute für uns nicht leichter, sondern schwieriger ist, kriminelle Elemente herauszupicken.«

Forell und Jack nickten nachdenklich.

»Kurzum, Präsident, das Verhaltensscanning bringt nichts. Worauf ich, wenn ich das in aller Bescheidenheit erwähnen darf, Ihren hochgeschätzten Vorgänger bereits vor der exorbitant teuren Einführung hingewiesen habe. Dem System liegt nämlich der Irrglaube zugrunde, dass die Menschen individuell agierende Wesen sind. Es wurde nicht beachtet, Präsident, dass das Gegenteil wahr ist. Die Menschen sind, wenn schon nicht in ihrem Denken, so doch in ihrem gesellschaftlichen Agieren, Herdentiere. Und viel zu einförmig, als dass ein Videoscanning-Programm Auffälligkeiten herausfiltern könnte. Das Gerede von ach so individuell und ach so einzigartig ist doch, mit Verlaub, lediglich Geschwafel der Werbewirtschaft. In Wirklichkeit, das wissen wir spätestens seit der Entschlüsselung des Humangenoms, enthalten die menschlichen Gene zu 99,9 Prozent eine völlig identische Textur. Für individuelle Unterschiede stehen lächerliche 0,1 Prozent der Gen-Information zur Verfügung.«

Forell zuckte mit den Schultern.

»Und diese 0,1 Prozent fallen nun einmal, was das Verhalten in der Öffentlichkeit anbelangt, immer weniger ins Gewicht. Wundert es Sie?« Der Beamte breitete fragend die Arme aus. »Seit die Bevölkerung Livezugang zur Videoüberwachung ihres Wohnsektors hat und von Straße zu Straße klicken kann, von Hauseingang zu Hauseingang, ja sogar im Inneren von Stockwerk zu Stockwerk, verstellen sich die Leute ohne Ausnahme, machen alle auf scheinheilig. Und die Kontrollen der privaten Securities sowie das permanente Scanning haben die Tendenz noch verschärft. Die Leute konzentrieren sich, ihre Gesichtszüge nur ja nicht außer Kontrolle geraten zu lassen, weil sie fürchten, sonst verpfiffen zu werden. Alle strengen sich an, keinen selbstvergessenen Moment zuzulassen, in dem sie womöglich nicht so dreinschauen, wie es sich gehört und wie es von einem anständigen Bürger erwartet wird, der auch sicher nichts anstellt.«

Der Beamte wandte sich mit einem vergnügten Lächeln der Gräfin zu. »Wissen Sie noch, Gnädigste, wie umstritten seinerzeit alles war: die Einführung der lückenlosen Videoüberwachung, die Etablierung der Privat-Securities, das Scanning, die Abschaffung des Bargeldes, das Zusammenrottungsverbot, all die anderen Security-Maßnahmen. Und heute ist das alles völlig normal. Regt die Leute nicht mehr auf als das verrückte Wetter. Wir leben in einer Polizei-Wachstube und all das andere Gerede von damals. Alles vergessen. Die Leute gewöhnen sich an die verrücktesten Dinge, an schlicht alles und bemerken es nicht einmal.«

»Gut«, sagte Forell ungeduldig, »das Videoscanning bringt nichts, und die Bürger sind Idioten. Das haben wir jetzt verstanden. Aber können Sie zum Punkt kommen. Was schlagen Sie vor, um diese verdammten Linken Brigaden in den Griff zu bekommen?«

»Präsident, verzeihen Sie. Ich will Sie nicht länger langweilen. Und um es ganz klar zu sagen und kurz zu machen: Es gäbe eine ganze Reihe an möglichen Maßnahmen, doch gegen das, was ich Ihnen vorschlagen möchte, ist alles andere Firlefanz, unnötiges, kompliziertes Beiwerk. Präsident, die definitive Lösung, die Zauberformel, das ultimative System läuft unter dem inoffiziellen Kennwort«, der Beamte trommelte tatsächlich mit den Handflächen einen Tusch auf den Besprechungstisch, »Fehlfarbenerkennung.«

Forell belohnte den Mann für seinen Enthusiasmus mit einem erwartungsvollen Blick.

»Wir waren uns zuvor ja einig«, fuhr der Beamte fort, »dass zwar das öffentliche Reden und Handeln der Menschen zu einem neutralen Gleichen geraten ist, das Denken allerdings«, er hob die Stimme, »das Denken ist doch noch unterschiedlich. Und exakt hier, meine Herren, meine Dame, setzt die Fehlfarbenerkennung an.« Er hob geheimnistuerisch die Augenbrauen und sprach mit einem Mal leise, als befürchte er ungebetene Mithörer. »Der Begriff kommt aus der Botanik. In den großen Schlossparks wird die Technik seit langem angewendet. Ziersträucher und Alleebäume werden mit einer Spezialkamera gefilmt. Sie erkennt, ob die

Pflanzen zu wenig Chlorophyll haben und demnächst sterben. Es ist der direkte, alles durchdringende Blick ins Innere, der es ermöglicht, kranke Pflanzen rechtzeitig zu eliminieren und gegen tadellose auszutauschen. So ist garantiert, dass der Park makellos bleibt und seine Symmetrie perfekt.«

»Nicht uninteressant, aber was bringt uns das?«, fragte Jack, nachdem der Sektionschef sich zurückgelehnt hatte, als sei nun alles gesagt und alles erklärt.

Jacks Äußerung war noch nicht exakt das gewesen, was der Beamte für seine Dramaturgie erhofft hatte. Die passende Frage lieferte erst Forell: »Genau, was bringen uns all die Gestrüpp-Röntgenbilder bei der Bekämpfung von Terroristen? Denen kann man ja wohl nicht so einfach in die Köpfe schauen.«

Der Sektionschef lächelte zufrieden. »Präsident, da habe ich eine gute Nachricht. Man kann.«

»Kann was?«

»Den Menschen«, er hielt sich den Zeigefinger an die Schläfe, »den Menschen in die Köpfe schauen.«

Selbstverständlich, führte er aus, nachdem er Forells und Blinds Erstaunen genossen hatte, sei es nicht möglich, zumindest noch nicht, einzelne, isolierte Detailgedanken abzulesen. Grobe Meinungen und Absichten hingegen sehr wohl. Die Technik funktioniere ganz ähnlich wie jene der botanischen Fehlfarbenerkennung. Unterschiedliche Farben, Farbintensitäten und Kombinationen in den Hirnregionen ließen konkrete Schlussfolgerungen zu. Kriminelle oder subversive Absichten etwa gehörten zu jenen Gehirnstrommustern, die sich besonders klar abzeichneten und von der Software eindeutig zuzuordnen seien. Zwei Methoden gebe es, um Einblick in das Denken der Menschen zu nehmen. Erstens: das Anbringen von Sonden am Kopf, was allerdings aufwendig sowie umständlich sei und zudem die Gefahr berge, dass die Probanden versuchten, für die Dauer der Beobachtung ausschließlich harmlosen Gedanken nachzugehen. Und zweitens: die Implantierung von biochemischen Chips im Gehirn. Das sei die ultimative Lösung und komme einer Revolution gleich, denn ein Verstellen sei damit ausgeschlossen. Schließlich könne niemand seine terroristischen Neigungen ewig hintanhalten. Und wenn doch, dann umso besser, denn ohne gedankliche Absicht, einen Terroranschlag zu begehen, könne es zu diesem erst gar nicht kommen. Der einzige Haken an dem im Grunde perfekten Sicherheitsinstrument, räumte der Sektionschef ein, sei wohl die mangelnde Bereitschaft der Bevölkerung, sich die Chips implantieren zu lassen. Allerdings, schien er gleich darauf doch Hoffnung zu haben, sei es mit guter PR vielleicht doch zu schaffen. Schließlich werde die Bevölkerung ja von einer bisher ungekannten Sicherheit profitieren. Und die überwältigende Mehrheit, vermutlich mehr als 99 Prozent, müssten sich überhaupt keine Sorgen machen, infolge ihrer Gedanken behelligt oder gar arretiert zu werden. Gegen die Gedanken-Chips könnten in Wirklichkeit nur jene sein, die schlechtes Gewissen plage und die etwas zu verbergen hätten.

»Was ist eigentlich mit Träumen?«, wollte Jack wissen. »Werden die von der Fehlfarbenerkennung auch erfasst, und wenn ja, besteht da nicht die Möglichkeit von Fehlinterpretationen?«

»Träume sind Träume, Stabschef.« Der Beamte machte eine wegwerfende Handbewegung. »Klar registriert und von der Software zuzuordnen sind ausschließlich Gedanken im Wachzustand.«

»Ach ja«, tat Jack gleichgültig, »das dachte ich mir ohnehin.«

»Wir könnten diese gedanklichen Farbchips … diese …«

»Fehlfarbenerkennungschips«, assistierte der Sektionschef dem Präsidenten.

»Wir könnten die doch gleich in einem Aufwaschen mit den Fit&Secure-Chips implantieren. Das würde dann gar nicht auffallen.«

»Welch sensationelle Idee!« Der Sektionschef strahlte. »Einfach genial, Präsident! Einfach genial!«

Die Gräfin wandte sich ihm dezent zu und rollte mit den Augen.

Räkelnd lehnte Forell sich zurück. »Was meinen Sie, Gräfin?«

»Die Etablierung der gedanklichen Fehlfarbenerkennung wäre wahrhaft revolutionär«, formulierte Juno. »Und im Zuge der Implantierung der Fit&Secure-Chips politisch vorteilhaft umzusetzen. Unser Land würde mit der Technik der Fehlfarbenerkennung zum Vorbild für die gesamte Welt. Und das Wichtigste: Wir könnten mit einem Schlag hundert Prozent Sicherheit gewährleisten.«

»So ist es, genauso ist es!«, rief der Sektionschef.

»Damit würdest du«, ergänzte Jack ungefragt, denn er hatte das Gefühl, sich in diesem unaufhaltsam anschwellenden Fluss der Euphorie seinen Status sichern zu müssen, »damit würdest du in die Geschichtsbücher eingehen, Mike. Mit Garantie.«

19.

Jack ließ Ronja den Vortritt. Sie lächelte und betrat einen der Sicherheitskanäle zur Fun-City. Das Security-System checkte anhand Fingerabdruck und P-Card ihre Identität, durchleuchtete sie auf Sprengstoff sowie verdächtige Behälter. Währenddessen wurden Ronja geruchsunterstützte Werbespots ihrer gemäß P-Card meistgekauften Getränke- und Snacksorten zugespielt.

Die Fun-City war ein Freizeitort von enormer Dimension, eine Erlebniswelt, in der das einzige Produkt Unterhaltung hieß – und das wurde in allen Facetten angeboten, portioniert, verabreicht. In den zahlreichen und unterschiedlichsten Game-Halls, Shopping-Centers, Feeling-Clubs und Virtual-Reality-Rooms sorgten Gefühlsingenieure und Stimmungsmanager für einen Programmmix aus Spannung, Entspannung, Erotik, Exotik, Ablenkung und Kitsch. In automatisierten Exciters-Shops wurden zudem unbedenkliche Designerdrogen und Erlebnisverstärker angeboten. Virtueller Sex, virtuelle Natur, virtuelle Liebe, virtuelle Sorglosigkeit und virtuelle Mystik sowie virtuelle Religiosität wurden so zu einem realen Erlebnis, wie es die Realität nie und nimmer zu bieten vermocht hätte. Präzise und garantiert ohne Nebenwirkungen bekamen Konsumenten exakt jene Gefühle, Welten, Erlebnisse geliefert, die sie auswählten. Und obendrein die Sicherheit, bei alldem garantiert gegen keinerlei Gesetze oder Vorschriften zu verstoßen, denn sämtliche Einrichtungen hier waren staatlich lizenziert.

Im Kino-Foyer kaufte Jack Erfrischungen, Snacks und zwei Tickets.

»Mit oder ohne?«

»Mit natürlich.« Ronja lachte. »Wenn schon, denn schon.«

Jack drückte am Automaten die Taste für die Emotion-Kicker in Pflasterform. Es gab kaum jemanden, der auf die Verstärker verzichtete. Ein spannender Film wurde dank ihnen als noch spannender, ein sentimentaler als noch sentimentaler empfunden. Die Dosis war so bemessen, dass die sensibilisierende Wirkung nach dem Film rasch verebbte.

Ronja hatte für sich und Jack eine Liebeskomödie gewählt. Als der Film zu Ende war, raffte Jack eilig sein Sakko zusammen. Er wollte raus aus dem Saal, weg von den sanften, zögerlichen Berührungen Ronjas, die er unfähig gewesen war zu beantworten, nicht bloß wegen seiner schweißnassen Hände. Ronja hielt ihn am Arm zurück, zog ihn wieder in den Sitz.

»Ich habe mich in dich verliebt, Jack.«

Der Stabschef des Präsidenten zuckte zusammen, er fühlte den Schweiß nun auch in seinem Nacken, an seiner Kopfhaut.

»Du kennst mich doch gar nicht«, sagte er, den Blick rasch wieder abwendend.

Ronja griff nach seiner Hand, hielt sie fest, gegen den Reflex Jacks. Sie umklammerte seine schweißnasse Hand, als suchte sie Halt, als wäre sie eine Ertrinkende, ja, als wären sie beide Ertrinkende, die einander retten könnten, einander stützen, um in diesen furchterregenden Weiten des Lebens wieder festen Boden unter die Füße zu bekommen.

»Du kennst mich doch gar nicht«, wiederholte Jack. Eine unterdrückte Verzweiflung lag in seiner Stimme.

»Dich kenne ich vielleicht nicht«, sie umfasste ihn nun auch mit der anderen Hand, »aber Odysseus, Odysseus kenne ich sehr gut.«

Jack erschrak. Er fühlte sein Innerstes, sein Geheimstes ins kalte Draußen gezerrt. Odysseus war sein Pseudonym im Web, im Life-Programm Agoraphobia. Er empfand den Saal in Wellen liegend, Wogen schwindelhoch.

»Ich bin Selene«, sagte Ronja. »Alles ist gut. Du brauchst dich nicht zu fürchten. Du bist jetzt daheim.«

Sie überredete ihn zu einem Drink in einer der Techless-Ruhelogen. Jack buchte dreißig Minuten, was ihm furchtbar lange vorkam, und wählte zwei Grapefruit-Juices aus dem Automaten. In der engen, geschlossenen Box herrschte absolute Stille. Ronja dimmte das elektronische Kerzenlicht, streifte die Schuhe ab, motivierte Jack, das Gleiche zu tun, und dann saßen sie einander auf großen Polstern gegenüber. Jack sah zu Boden, konnte nicht anders, fühlte sich kraftlos. Ronja nahm seine Hände in die ihren. So saßen sie eine ganze Weile da. Sie wartete, bis sich sein Atem beruhigt hatte, dann sagte sie: »Wir könnten gemeinsam fortfahren, ans Meer. Ich hab noch 875 Effizienzminuten Urlaub, da gehen sich sicher zwei, drei Tage aus.«

Der Gedanke ans Meer war schön, ja, irgendwie schon, doch nur kurz, dann verunsicherte er Jack, verunsicherte ihn maßlos. Die Erwähnung der Zahl 875 hingegen, die Erwähnung von 875 Effizienzminuten, dieser exakten, festen Größe, dieser eindeutigen Definition brachte ihn wieder ins Rennen. Er blickte auf und sah einen schmalen, doch sicheren Pfad, auf dem er zu Ronja gelangen konnte: »Mir wurden vom System zuletzt 100 Strafminuten abgezogen, weil ich mich nicht sachgemäß abgemeldet habe. Ich fürchte, ich hab fast keine Effizienzminuten mehr auf meinem Freizeitkonto.«

»Aber du kannst mit Forell reden, er regelt das sicher für dich.«

»Du weißt, dass er das nicht kann. Das System arbeitet autonom. Jeder Eingriff von Mike würde als unmoralische Intervention erkannt werden.«

»Und du hast überhaupt nichts mehr am Freizeitkonto?«

»Ich bin nicht sicher. Aber ans offene Meer – das ist ziemlich weit. Ich glaube, das ist nicht vernünftig.«

»Jack«, sie blickte ihn besorgt an, »mit jedem Tag, den wir nicht ans Meer fahren, wird es unwahrscheinlicher, dass wir es überhaupt jemals schaffen. Merkst du nicht, wie mutlos wir sind? Und wie beengt die Verhältnisse, in denen wir leben? Jack, wir müssen uns befreien. Bald ist es vielleicht zu spät.«

»Befreien! Beengte Verhältnisse!«, schrie er plötzlich. »Was für Unsinn! Immerhin bin ich Stabschef. Ständig bin ich auf irgendwelchen politischen Auslandsreisen. Beengte Verhältnisse – so ein Schwachsinn!« Er war verwundert über den rasanten Ärger, der in ihm aufgestiegen war, und er fühlte, dass der Sturm noch kein Ende kannte. Neue Missstimmung riss ihn fort, als eine Erinnerung aufkam. »Außerdem muss ich dir sagen, dass ich es unverantwortlich von dir empfunden habe«, schrie er und verschränkte die Arme, »absolut unverantwortlich, dass du die E-Mail an mich von heute Vormittag im Extra-Dringend-Modus geschickt hast! Warum hast du das nur getan?«

Ronja fühlte, dass Tränen in ihre Augen stiegen. Rasch senkte sie den Kopf.

Jack empfand ähnlich, ein Drücken in der Brust war da plötzlich, ein Brennen in den Augenwinkeln, aber solche Emotionen würden es doch nur noch schlimmer machen. Er stürmte aus der Techless-Ruheloge. Dann rannte er den Korridor entlang und hastete in den Aufzug. Unten stand gerade ein Zug in der Station.

Gott sei Dank, dachte Jack, ich muss nicht warten.

Er sprang in den Waggon, die Türen verriegelten hinter ihm, und er konnte sich fliehend davontreiben lassen.

Ronja war nicht sofort in ihre Wohnung gefahren. Sie hatte es fest vorgehabt, als sie die Fun-City verlassen hatte und auch noch, als sie in der U-Bahn gesessen hatte. Doch dann war sie bei irgendeiner Station ausgestiegen, achtete nicht darauf, bei welcher, hatte einfach nicht mehr weiterfahren, nicht mehr ruhig sitzen bleiben können zwischen all den gleichen Gesichtern, hatte raus müssen aus diesem Zug, der mit ihr und all den anderen dahingerauscht war unter der Erde, im Dunkel. Richtung Stationsausgang war sie emporgerannt, hatte bei jedem Sprung zwei Stufen auf einmal genommen, um nur rasch an die Oberfläche zu gelangen, diesen grauenvollen Druck auf Brust und Hals loszuwerden, dieses Gefühl des Erstickens. Oben angelangt, hatte sie versucht, sich zu orientieren, was ihr jedoch schwerfiel; sie war es nicht gewohnt, bei einer anderen als ihrer Station auszusteigen. Passanten wollte sie nicht fragen, Securities schon gar nicht, sie traute ihnen nicht zu, ihren Weg zu kennen, fürchtete, falsch geschickt zu werden, womöglich in die völlig verkehrte Richtung. Sie fühlte Schweiß unter ihrer Bluse und an der Stirn, Wind kam auf, ließ sie frösteln, obgleich es nicht kalt war.

Um nicht herumzustehen und einen verlorenen, ratlosen Eindruck zu machen, ging sie einfach drauflos, hatte vor, eine Runde um den Platz zu drehen, um danach – hätte sie erst die Orientierung gefunden – ihren Weg einzuschlagen, zu sich nach Hause zu gelangen. Vor einem Gebäude patrouillierten zwei Securities und zwei Militärs.

Als würden sie sich gegenseitig überwachen, dachte Ronja. Gleich darauf ärgerte sie sich über diese dumme, nutzlose Idee und zwang sich zur Konzentration. Der Name der Station, den sie an einer Anzeigetafel ablas, half ihr nicht weiter, auch nicht jene der Straßen, die vom Platz abgingen. Ihren Großvater bräuchte sie jetzt, sein Orientierungssinn war sprichwörtlich gewesen. Ihm genügte jetzt sicher ein kurzer Blick zum Himmel, um zu wissen, wo es langging. Und wenn das nicht reichte, würde er die Hand in die Jackentasche stecken, seinen Kompass herausfischen, den er zeitlebens bei sich getragen hatte, und je nach Ausschlag der Nadel seine Schritte wählen. Aber ihren Großvater gab es nicht mehr, überhaupt, solche Menschen wie er existierten nicht mehr, Menschen, die keine e-Maps brauchten, keine Wegweiser und keine U-Bahnen, die lediglich auf ihren eigenen Kompass sehen mussten, um heimzufinden. Schrecklich klein und verloren kam sie sich vor beim Gedanken, dieses Wissen, diese ihm selbstverständlich gewesene Souveränität, nicht zu besitzen. Die Konsequenz war doch, dass sie völlig unselbständig war.

Tränen der Wut liefen über Ronjas Wangen. Energisch wischte sie mit dem Handrücken übers Gesicht. Selbst schuld war sie, dass sie der grundlegendsten aller Freiheiten beraubt war: über sich selbst zu entscheiden. Wie ein Esel trabte sie im Kreis um diesen verdammten Platz, der nicht übersichtlicher werden wollte, auch nicht nach der dritten Runde. Noch einmal fuhr sie sich über ihre Wangen, ohrfeigte sich beinahe.

Beruhige dich erst einmal, sagte sie sich dann. Beruhige dich erst einmal, das hatte auch Großvater stets gebrummt und sie herzlich angesehen, wenn sie, ganz unbeholfenes Kind, verzagt war und nervös wegen Umständen, für die er nur ein ruhiges Lächeln hatte. Beruhige dich, wiederholte sie, eines nach dem anderen. Ganz ruhig, eines nach dem anderen.

Ronja atmete durch, ließ die kühler werdende Abendluft in ihre Nase, ihre Lungen strömen. Bei der vierten Runde um den Platz entschied sie sich für eine Variante, eine kleine Schleife. Bei der fünften wagte sie sich um einen angrenzenden Häuserblock. Bei der sechsten aber erwog sie, ob ihr plötzlich aufgetauchtes Verlangen, partout nicht mit der U-Bahn zu fahren, sondern zu Fuß nach Hause zu gehen, töricht und hoffnungslos kindisch war. Wer drängte sie denn dazu? Doch nur sie selbst. Wenn sie es recht überlege, sei es immer so, ja, bei sämtlichen Dingen, die ihr das Leben schwermachten. Wer zwinge sie etwa, sich ausgerechnet Jack auszusuchen, diesen unselbständigen, verstörten, egoistischen Zwängler, sie könne sich doch genauso gut in einen anderen verlieben. Und auch sonst müsse sie es sich nicht so hart machen im Leben. Andere wälzten auch keine schweren Gedanken, ob ihr Leben nun exakt das ist, was sie sich einst wünschten. Oder der Job; andere überlegten sicherlich nicht stets aufs Neue, ob der mit ihren Anschauungen zusammenpasse, ob das, was sie täglich tun, auch in Ordnung sei. Freilich sei nicht alles in Ordnung, freilich sei da manchmal das Gefühl, zu etwas beizutragen, was sie nicht wolle. Aber als kleine Assistentin könne sie ohnehin nicht viel ausrichten. Lächerlich sei es, ja hochnäsig, zu glauben, etwas verändern zu können als so winziges Rädchen. Wenn sich die anderen, wichtigeren, nichts dachten – wie kam sie dann dazu?

Außerdem, was wäre die Alternative, was könnte sie schon groß tun? Sollte sie sich etwa weigern, manche Mails oder Direktiven weiterzugeben, die sie nicht okay fand? Das würde bei Jack und Mike Forell doch nur ungläubiges Kopfschütteln hervorrufen. Was also war die Alternative? Hatte sie überhaupt eine? Kündigen und ans Meer fahren? Fein, aber wovon leben? Ohne Job. Betteln müsste sie gehen oder eine andere Arbeit annehmen, eine schlechtere vermutlich. Und frei wäre sie sicher auch dann nicht. Am realistischsten sei, sich versetzen zu lassen, an einen noch geringeren Posten, noch tiefer in der Hierarchie, um völlig belanglose, völlig unbedeutende Arbeit zu verrichten, damit es überhaupt nicht mehr vorkommen könne, dass ihr Aufgaben zugewiesen wurden, die sich nicht so recht mit ihrem Gewissen vereinbaren ließen. Ronja verlangsamte ihren Schritt. Aber hätte sie denn wirklich Ruhe vor sich? Ist denn das Falsche weniger falsch, wenn es sich duckt und ganz klein macht? Verdammt, warum nur musste sie so streng zu sich sein? Was in ihr bloß zwang sie dazu? Ihr Gehirn? Ihr Bewusstsein? Gar ihr Charakter? Jedenfalls war ihr nicht die Gnade geschenkt, keine Wahl zu haben. Irgendetwas in ihr drängte sie, trieb sie immer wieder zu dem Gedanken, dass es nicht recht ist, sich einfach den Umständen hinzugeben; einfach glücklich und zufrieden zu sein, unter den *gegebenen Umständen*. Es war nun einmal so, sie konnte es nicht leugnen: So klein und unbedeutend sie auch war, sie hatte die Wahl, sie hatte die Freiheit, selbst für sich zu entscheiden.

Als Ronja ihre Wohnung betrat, dämmerte es draußen bereits. Ihre Füße schmerzten, und die Müdigkeit war drückend. Mit einem Gefühl des Glücks ließ sie sich ins Bett fallen. Sie hatte nicht die U-Bahn genommen.

20.

»Voilà!« Tina Fux war, ohne anzuklopfen, in Jacks Büro geplatzt. Vor sich hielt sie ihren Flat-Präsenter mit dem neuen Slogan für den Fehlfarben-Gedanken-Chip. Jack sprang auf, drängte sich an ihr vorbei, schloss die Tür zu Ronjas Büro.

Er ging zum Schreibtisch zurück, ließ sich in seinem Bürosessel zurückkippen und verschränkte die Hände hinterm Kopf. Breitbeinig lehnte er Tina gegenüber, betrachtete, sanft wippend, den Slogan am Präsenter:

100 % Sicherheit. 0 Terror. 0 Gewalt. Und darunter in kleinen Lettern: *Der neue Safety-Chip.*

»Schlau«, sagte er schließlich. »Ziemlich schlau. Du hast nicht Gedanken-Chip oder Fehlfarben-Chip geschrieben. Safety-Chip. Clever! Und auch der Slogan ist gut. Zwingend logisch. Da kann gar niemand dagegen sein. Hervorragend, Tina! So machen wir es.«

»Das dachte ich anfangs auch.« Tina Fux stellte ihren Präsenter ab, verlagerte das Gewicht auf das linke Bein und legte die Hand an die Hüfte. »Aber nein, Jack. So machen wir es nicht.«

»Nicht?« Er nahm die Arme nach vorn.

»Nein. Zu riskant. Besser ist, den Gedanken-Chip nicht eigens zu kommunizieren, sondern ihn in das Paket der Fit&Secure-Chips zu integrieren, ihn wie nebenbei als einen der vielen Bestandteile darzustellen, die zur absoluten Sicherheit führen.«

»Okay«, meinte Jack zögernd, da öffnete Forell die Tür.

»Jack, wo bleibst du?« Und als er Fux sah: »Ah, Tina!« Sein Blick glitt von ihren Brüsten über ihre Hüften zu ihren Beinen, zurück zu ihren Brüsten und erreichte schließlich ihr Gesicht.

»Wir sprechen gerade über die Kampagne für die Gedanken-Chips«, beeilte sich Jack.

»Ihr gackert über ungelegte Eier.« Der Blick des Präsidenten blieb auf Tina fixiert. »Zuerst muss ich den Vertreter einmal davon überzeugen, dass er uns die Teufelsdinger finanziert. Aber keine Angst«, er bleckte die Zähne, »den Opa krieg ich schon rum.«

Das Kommunikationsdisplay blinkte auf, und Ronja sagte: »Der Vertreter ist eingetroffen. Kommt ihr, oder soll ich ihn bitten zu warten?«

»Wir kommen!«, erklang es zweistimmig aus Ronjas Lautsprecher.

Der Vertreter schien, anders als erwartet, nicht sonderlich erstaunt über die Idee der landesweiten Implantierung von Gedanken-Chips. Er schlug ein Bein über das andere, nickte wie anerkennend und sagte dann in einnehmend humorvollem Ton: »Meine Herren, bei aller empfundenen Hochachtung und bei aller Wertschätzung für Ihre Politik – eine derart fundierte Fortschrittlichkeit hätte ich nicht zu erwarten gewagt.«

Mike Forell und Jack Blind lächelten geschmeichelt und etwas verunsichert. Die Gräfin hob, kaum merkbar, eine Augenbraue.

»Ich darf«, sprach der Vertreter, »auf Ihre freundschaftliche Diskretion zählen, wenn ich Ihnen ein kleines Geheimnis anvertraue.«

Die Gastgeber nickten.

»Nun, es verhält sich so, dass meine Klienten die gedankliche Fehlfarbenerkennung, ohne es groß publik zu machen, bereits geraume Zeit einsetzen, freilich nicht in allzu großem Umfang, vielmehr äußerst zielgerichtet, vornehmlich bei der Rekrutierung von Mitarbeitern, die in sensiblen Bereichen eingesetzt werden. Und ich kann Ihnen versichern, die Technik hat sich mehr als bewährt. Die Konzerne sind höchst zufrieden damit, ebenso deren Mitarbeiter. Beinahe allen ist einsichtig, dass die Gedanken-Chips nicht nur dem Unternehmen, sondern auch ihnen selbst zum Vorteil gereichen. Schließlich können jene, denen ein reines Gewissen eigen ist und die nichts zu verbergen haben, ja absolut kein Problem damit haben. Ich plaudere aus der Praxis, wenn ich Ihnen sage, die Arbeitnehmer sind mittlerweile um vieles aufgeschlossener, als unsereiner es gemeinhin befürchtet. Viele Mitarbeiter lassen sich nicht nur wie selbstverständlich einen Fehlfarben-Chip implantieren, sie entscheiden sich aus völlig freien Stücken sogar für eine Weiterentwicklung des Chips.« Der Vertreter legte eine dramaturgische Pause ein, die ihren Zweck erfüllte, wie er feststellte, denn die Pupillen Forells und Blinds weiteten sich, Zeichen ihrer erhöhten Konzentration. »Bei dieser Weiterentwicklung«, fuhr er fort, »handelt es sich um einen sogenannten Mind-Changer. Diese biochemisch-elektronische Innovation sorgt für ein kleines sozioökonomisches Wunder: Sie bringt die Einstellung unserer Arbeitskräfte mit den Konzernzielen in Einklang. Sie würden staunen, *wie* weitgehend diese hauchdünnen Stäbchen die Identifikation der Angestellten mit unseren Konzernen fördern. Auch Motivation und Arbeitseinsatz lassen sich schlagartig erhöhen. Kurzum, meine Herren, Gräfin: Die Mind-Changer sind zu einem Schlüsselinstrument unserer Mitarbeiterentwicklung geworden. Es ist wahrlich wohltuend, die positiven Veränderungen infolge der Implantierung mitzuerleben, ja es ist geradezu atemberaubend. Und ich sage Ihnen, die Arbeitnehmer sind rührend dankbar für die Möglichkeit, die wir ihnen zur Verfügung stellen, gratis, wohlgemerkt. Dank des Mind-Changer-Chips schaffen es die Leute, ihre Karrierechancen zu wahren und oft sogar ihren Traumjob zu bekommen.«

»Das klingt ja wie im Märchen!« Forell schien ehrlich begeistert zu sein.

Der Vertreter nickte andächtig.

»Sagen Sie«, wollte Jack wissen, »und wie vielen Mitarbeitern sind Sie durch die Gedanken-Chips bisher auf die Schliche gekommen? Ich meine, wie vielen mussten Sie kündigen, weil ihre Absichten oder ihre Einstellungen nicht entsprochen haben?«

Der Vertreter strich sich mit frisch manikürter Hand über den Saum seiner Anzughose. »Sie werden es nicht glauben: keinen Einzigen.«

»Was, nicht einen?« In Forells Gesicht war Überraschung auszumachen – und gleich darauf Enttäuschung.

»Nicht wahr, es ist genial.« Die meerblauen Augen des Vertreters blitzten. »Nicht einen Einzigen mussten wir entfernen.« Er lächelte zufrieden. »Ich führe das auf zwei Ursachen zurück. Erstens: Der Ausleseprozess erfährt schon durch den Akt der Implantierung eine radikale Professionalisierung. Alleine damit gelang es, eine neue Arbeitnehmerqualität zu erreichen. Nörgler, Besserwisser, Skeptiker und sonstiges unproduktives Gesindel, entschuldigen Sie den derben Ausdruck, sie alle haben nicht das Rückgrat und den Mumm, sich die Gedanken-Chips überhaupt implantieren zu lassen. Und die zweite Ursache, weshalb wir noch keine einzige Kraft aussondern mussten, sind die erwähnten Veränderungs-Chips. Wenn einer unserer Beschäftigten dank des Gedanken-Chips bei irgendwelchen Dummheiten erwischt wird, seien es fahrlässige oder egoistische Gedanken oder gar eine sich einschleichende Leistungsverweigerung, dann lassen wir ihn nicht einfach fallen. Nein, das würde sich nicht mit unserer sozialen Konzernpolitik vertragen. Wir bieten diesen Leuten stattdessen an, sich einen Mind-Changer einsetzen zu lassen. Noch keiner hat dieses Angebot bisher ausgeschlagen.«

»Beeindruckend, nicht wahr?« Forell blickte von Jack zur Gräfin.

»Durchaus«, bestätigte sie.

»Unglaublich.« Jack nickte.

»Ich philosophiere jetzt nur«, begann der Vertreter von Neuem und fächerte mit seinen Händen die Luft, um der Unbeschwertheit seiner Ausführungen Ausdruck zu verleihen, »aber stellen Sie sich vor, der Staat würde neben den Gedanken-Chips auch die Mind-Changer einsetzen. Welch Möglichkeiten sich auftun würden! In diesem Fall müsste man sich ja nicht wie meine Klienten auf rein wirtschaftlich motivierte Optimierungen beschränken. Man könnte die Menschen in ihrer Gesamtheit erhöhen, sie von ihren dunklen Gedanken völlig und für immer befreien sowie ihnen ermöglichen, zu bedingungslos sozialen, gutherzigen Wesen zu werden. Wenn wir global denken«, er blickte bedeutungsschwer in die Runde, »wenn wir wirklich umfassend und historisch denken, könnte man dank der Mind-Changer einen uralten Wunsch der Menschheit Wirklichkeit werden lassen. Man könnte die Welt verbessern.«

»Man könnte das Paradies wiedererschaffen«, fiel Forell, wie aus einem herrlichen Traum auftauchend, ein.

»Aber lassen wir diese Gedankenspielereien.« Der Vertreter klatschte abrupt in die Hände und riss Forell und Blind damit aus ihren weitschweifenden Überlegungen. »Präsident, Sie haben mich doch sicherlich nicht des Philosophierens wegen eingeladen. Was liegt Ihnen denn am Herzen, womit kann ich Ihnen dienen?«

Forell war unsicher. In Anbetracht der idealistisch-edlen Gedanken, die dieser gepflegte Herr eben entwickelt hatte, schien ihm sein eigenes Ansinnen, bei aller gebotenen Zielstrebigkeit, doch etwas profan. Deshalb lachte er und sagte, als sei es ein Scherz: »Nun, wir haben uns gedacht, dass Sie die Gedanken-Chips zahlen!«

Der Vertreter beteiligte sich an der Komödie, lachte folglich ebenfalls, wenn auch gedämpfter. »Sie meinen sämtliche Chips? Für die gesamte Bevölkerung?«

»Genau!« Forell schrie es beinahe.

Nun lachte auch der Vertreter lauthals auf. Die Gräfin und Jack zuckten überrascht zurück. Forell hingegen vermeinte zu spüren, exakt den richtigen Ton getroffen zu haben. Und um der sich aufgepeitschten Heiterkeit zum entscheidenden Höhepunkt zu verhelfen, bündelte er all seinen Frohmut in dem gnadenlos soprangekreischten Satz: »Ja, alle Chips sollen Sie zahlen, alle, alle, alle!«

»Präsident«, antwortete der Vertreter nach zwei, drei Sekunden, während deren blanke Stille zwischen ihnen gestanden hatte, »… das mache ich. Gerne. Ja!« Er hatte sich wieder zur nötigen guten Laune diszipliniert. »Ja, warum denn nicht? Ich bezahle die Chips! Gerne! Allerdings werden meine Klienten wohl um eine kleine Gegenleistung ersuchen.«

»Daran soll es nicht scheitern!« Forell machte eine großzügige Geste. »Was genau darf es denn sein?«

»Ach, nur ein paar kleine Adaptionen an den Chips. Nichts Großartiges, einfach ein paar zusätzliche Eigenschafts-Filtermodule. Tut ja niemandem etwas zuleide, wenn die Fehlfarben-Chips nicht ausschließlich mit Gewalt- und Aggressionsrezeptoren zur Terrorbekämpfung ausgestattet werden, sondern auch mit Komponenten zur Erkennung, sagen wir, von Markenpräferenzen und, nun ja, anderen Verhaltensvorlieben.«

In Forells Gesicht erlosch die Heiterkeit.

Jack Blind blies demonstrativ Luft aus seinen aufgeblähten Backen.

»Sehen die Herren ein Problem?« Der Gast lächelte freundlich.

»Nun, wir beide nicht. Aber ich fürchte, dass derartige Konzessionen dem gemäßigten und dem liberalen Flügel unseres Bündnisses zu weit gehen.«

»Weshalb denn das?«

»Sie wissen doch selbst«, leitete Forell ein, und was er zu sagen hatte, war ihm sichtlich peinlich, »Sie wissen doch, dass nach den Liberalen nun auch bei den Gemäßigten diese absurde Big-Brother-Angst aufgekommen ist. Jeder Eingriff, der nicht mit einem Sicherheitsgewinn zu rechtfertigen ist, wird auf die Goldwaage gelegt. Es ist zum Verzweifeln.«

»Big Brother!« Der Vertreter lachte. »Was für ein Unsinn! Ihre Bündnispartner machen sich doch etwas vor, wenn sie glauben, die Menschen kümmern solche Lächerlichkeiten. Das Volk hat ganz andere Sorgen. Fragen Sie einen dieser Durchschnittsmenschen, was er tun würde, hätte er die Wahl zwischen Freiheit und Sicherheit. Ich garantiere Ihnen, dass er sich ohne viel Nachdenken für Sicherheit entscheiden würde. Und diese Sicherheit, Präsident, Stabschef, diese Sicherheit verschaffen wir der Bevölkerung, wir: meine Auftraggeber und Sie, die Regierung. Niemand sonst. Geradezu angewiesen sind die Menschen auf uns, angewiesen wie ein Kleinkind auf seine Mutter. Ja, ihre aufopfernde, sie umsorgende Mutter sind wir. Nicht ihr schmieriger Big Brother, nein, ihre Caring Mom!« Der Vertreter hatte sich überraschend in Wut geredet, und die Gräfin rätselte, ob seine Erregung echt war. »Ohne uns«, fuhr er fort, »wären die Menschen heutzutage doch verloren, völlig kopf- und orientierungslos. Seien wir in diesem kleinen Kreis doch offen: Die Menschen sind längst unfähig geworden, selbständig für sich zu entscheiden und zu handeln. Hoffnungslos überfordert wären sie, würden wir sie auf die eigenen Beine stellen. Keine sieben Tage würde die Menschheit allein überleben, ohne unsere stützende und schützende Hand. Keine sieben Tage! Setzen sie einen von denen mitten im Leben ab, ohne uns, ohne ihre Caring Mom. Ohne die von uns geschaffenen Jobs. Ohne unsere Lebensmittel. Unseren Strom. Unser Wasser. Unsere Wohnungen. Unser Security-System. Die ach so freien Menschlein würden nicht nur verdursten, verhungern und erfrieren, sie würden zudem verzweifeln, lange bevor die erste Nacht hereinbricht. Emotional krepieren würden sie. Die Masse verliert ja schon die Nerven, wenn ihre Lieblingsmarke ausverkauft ist. Die laut ihren gemäßigten Bündnispartnern ach so stolzen und selbstbewussten Menschen trauen sich bei Stromausfall ja nicht einmal alleine auf die Toilette!«

Forell und Jack wechselten eilige Blicke, die Gräfin sah wie zufällig zu Boden.

»Unsere Bündnispartner argumentieren mit Umfragen«, bemühte sich Jack um eine Abkühlung der Situation. »Gemäß diesen Umfragen sehnen sich die Menschen wieder nach einer geschützteren Privatsphäre, nach Menschlichkeit und Sensibilität.«

»Sensibilität!«, höhnte der Gast. Eine Ader wuchs auf seiner Stirn. »Wenn ich das schon höre. Die Menschen wissen doch gar nicht mehr, was das ist – Sensibilität. Meine Auftraggeber haben eine Erhebung durchgeführt, wonach siebzig Prozent der Bevölkerung in den vergangenen sechs Monaten geweint haben. Wissen Sie, weshalb? Der Anlass waren Filme. Traurige Filme! Im Kino, im Internet, auf dem u-Phone oder auf TV. Der Verlust eines Angehörigen hingegen tangiert kaum noch jemanden. Als Ursache für Tränen rangieren Todesfälle weit, weit hinter *Filmen*! Und aus Liebeskummer weint heutzutage ohnehin niemand mehr. Außer, das Liebesdrama wird am Bildschirm konsumiert. Wissen Sie«, rief er, »wissen Sie, was die Wahrheit ist: Sogar beim Bedürfnis, zu weinen, sind die Menschen mittlerweile auf uns und unsere Unterhaltungsindustrie angewiesen!«

Der Vertreter beobachtete die Wirkung seiner Worte. Dann fuhr er fort. »Würden Politik und Wirtschaft, Präsident, würden Sie und ich die Fäden loslassen, wären Irrsinn und Chaos die Folge. Dieser Verantwortung, Präsident, müssen wir uns bewusst sein. Längst nämlich haben die Menschen auch jedes Gefühl für ehrliche Moral und für Respekt verloren. Das Einzige, wovor sie Achtung verspüren, ist der Sicherheitsstaat. Die Menschen sind verkommen, Präsident. Sie fürchten nicht mehr das eigene Gewissen, sondern lediglich das Security-System. Nur das gibt ihnen noch Orientierung. Wenn Sie heute die Leute fragen, was sie unter Gewissen und Moral verstehen, geben sie Antworten, von denen sie annehmen, dass sie die richtigen sind. Die Menschen, Präsident, sind zu Kindern geworden, die Antworten auswendig gelernt haben, aus Mangel an Selbstbewusstsein. Da draußen, Präsident, bei den Massen, finden Sie kaum noch Verstand, da gibt es nur noch Brummen in hohlen Schädeln.«

Seine Rede hatte ihn auf einen neuen Gedanken gebracht: »Wenn ich es recht bedenke, ist es insofern eigentlich eine Unverantwortlichkeit der politischen Elite, überhaupt noch Wahlen zuzulassen. Es hat doch kein Mensch mehr eine Meinung, die es verdienen würde, als die eigene zu gelten. Die Menschen machen doch stets nur noch das zu ihrer Meinung, was ihnen den größten primitiven Eigennutzen verspricht. Zu Tieren, ja, zu erschreckend niederen Tieren sind die Menschen geraten.«

Forell und Blind wussten nicht so recht, was sie von den Ausführungen halten sollten. All das klang irgendwie plausibel, und deshalb nickten sie die meiste Zeit über, aber konkret etwas darauf zu sagen wussten sie nicht.

Der Gast sah in ihre angestrengt-bemühten Gesichter. »Apropos Tiere«, hob er von neuem an, »laut Schopenhauer kann sich ein Esel nur dann zwischen zwei Heuhaufen frei entscheiden, wenn sie bis zum letzten Halm völlig identisch sind und exakt gleich weit weg. Schopenhauer will uns damit sagen, dass es keine freie Entscheidung gibt. Die Menschen wählen nicht, sondern es zieht sie unwillkürlich dorthin, wohin sie von ihren großteils unbewussten Motiven und niederen Instinkten beordert werden. Die Möglichkeit der freien und überlegten Entscheidung ist nicht mehr als eine eitle menschliche Illusion. Noch dazu eine Illusion, die viele unserer Mitbürger belastet, ja bis zur Schlaflosigkeit quält. Für die Masse wäre es gewiss eine Wohltat, sich dieser ohnehin nur vermeintlichen Freiheit völlig und ein für alle Mal zu entledigen, sie einfach abzugeben.«

Der Vertreter hatte die ganze Zeit über heftig gestikuliert, seine Mimik war emotional zutiefst bewegt gewesen, doch nun ließ er sich unvermittelt in seinen Ledersessel zurückfallen, gab sich der Entspannung hin. Noch einmal atmete er durch, und dann erhellte sich plötzlich sein Gesicht, und sein Blick vermittelte pure Fröhlichkeit. »Nun, Präsident, wollen Sie die Gedanken-Chips zum Wohle unseres Landes mit meiner Hilfe nun einführen oder nicht?«

Forell und Jack rauschte der Kopf. Sie hatten ehrlich versucht, Schritt zu halten mit den zügig entwickelten Gedanken des Vertreters. Zudem empfanden sie die Heiterkeit, die nun wieder von diesem ehrfurchtgebietenden, älteren Herrn ausging, als Wohltat. Nahezu dankbar waren sie für das angenehme Gefühl, das damit eingekehrt war, und sie wollten diese einvernehmliche Entspanntheit nicht erneut aufs Spiel setzen. Also schnauften sie durch (der Präsident hemmungsloser als sein Stabschef) und nickten einander zu, erleichtert, da sie selbst es vermochten, die Sache nun so einfach zu einem guten Ende zu bringen.

Der Präsident war es, der wie befreit sagte: »Natürlich, Vertreter, das war doch von vornherein unsere Absicht. Ja, lassen Sie uns diese verdammten Chips gemeinsam umsetzen, ein paar Adaptionen Ihrerseits werden nicht ins Gewicht fallen. Freilich müssen wir die Sache vorab in den zuständigen Ausschuss weiterleiten, aber das Procedere kennen Sie ja, Fachbeirat, Expertenhearing, das ganze übliche Theater, damit uns später niemand vorhalten kann, wir hätten dem Rechtstaat nicht Genüge getan.«

»Natürlich, natürlich.« Der Vertreter wedelte mit den Händen. »Ein einwandfrei korrektes Vorgehen ist ganz in meinem Sinne.«

Die Gräfin hatte die ganze Zeit über keine Regung gezeigt, nicht teilgenommen am Gespräch, und auch jetzt, da Forell dazu überging, dem Vertreter energisch, ja kumpelhaft die Hand zu schütteln, saß sie wie unbeteiligt da. In ihrem Gesicht allerdings stand Respekt, ja sogar Bewunderung für jenen Mann, der gerade eben vom Präsidenten vereinnahmend und unter impertinentem Gelächter gegen den Oberarm geschlagen wurde. Als ihr Blick auf Forell fiel, musste sie schmunzeln. Das Bild des unmündigen Esels und der Heuhaufen war ihr in den Sinn gekommen.

21.

Zum Abschied hatte der Präsident vom Vertreter noch ein Geschenk erhalten: gesteigertes Selbstvertrauen, verpackt in dekorativer Durchsetzungskraft. Überreicht bekommen hatte er es in Form eines Vorschlags, der ausschließlich einem Zweck diente: souverän vom Tisch gewischt zu werden von Mike Forell, der wegen der Konzessionen bei den Gedanken-Chips demonstrative Stärke womöglich nötig hatte.

Da nun vereinbart sei, die Chips zur Terrorprävention samt den wirtschaftsdienlichen Adaptionen einzuführen, hatte der Vertreter eingeleitet, schlage er dem Präsidenten noch eine letzte entscheidende Ergänzung vor. Durch sie ließen sich Kosten sparen und bürokratische Abläufe vermeiden. Er lege dem Präsidenten ans Herz, die Gedanken-Chips mit einem automatischen Exekutionsmechanismus zu versehen. Schließlich stehe auf Terror ohnehin die Todesstrafe. Da sei es doch nur sinnvoll, den Weg zu verkürzen und die überführten Schwerkriminellen sofort aus dem Verkehr ziehen zu lassen, bequem, schmerzfrei und sauber.

Forell hatte sich die Argumente des Vertreters nachdenklich angehört, hatte einige Male den Kopf gewiegt und nervös mit dem übergeschlagenen Bein gewippt. Schließlich gab er sich einen Ruck. Und sagte, das sei ihm nun doch *zu* automatisiert, er habe da kein gutes Gefühl. Und er hoffe, deshalb nicht als altmodischer Kauz dazustehen, aber ihm sei es lieber, dass die Gedanken-Chips bei terror- und gewaltverdächtigen Gehirnvorkommnissen lediglich Alarm schlügen. Staatliche Security-Experten könnten die Verbrecher dann ja noch immer in einer behördlichen Untersuchungsklinik checken und die Exekution nach den üblichen juristischen Formalitäten abwickeln.

Aber weshalb so umständlich, hatte der Gast zum Schein beharrt, wenn den Leuten ohnehin die Todesstrafe bevorstünde, sei es doch nur folgerichtig und weit humaner, sie gleich zu vollstrecken, ohne jegliche Todesangst der Delinquenten. Technisch sei die Exekution überhaupt kein Problem, ein elektronischer Impuls schalte die Terrorvorhabenden in einem Sekundenbruchteil aus. Der Präsident solle bedenken, dass damit nur nachvollzogen werde, was die menschliche Natur, genauer gesagt, das Immunsystem, seit jeher praktiziere. Er bitte darum, die zwingende Logik des Exekutionsmechanismus anhand dieses Immunsystems erklären zu dürfen. Es sei eine passende Analogie, denn darum gehe es bei den Gedanken-Chips schließlich – um eine Erweiterung des Immunsystems auf die moralische Gesundheit und die Abwehr asozialen Verhaltens.

Die erste Abwehrlinie des menschlichen Körpers gegen eindringende Keime, führte er aus, bestehe vornehmlich aus Granulozyten, welche den Großteil der weißen Blutkörperchen ausmachten. Sie hätten in ihrem Zellplasma einen Vorrat an aggressiven Substanzen, mit dem sie Krankheitserreger attackierten. Zudem gebe es Makrophagen, also Fresszellen, die verdächtige Eindringlinge schluckten. Und zu guter Letzt sorgten Killerzellen in den eigenen Reihen für Sicherheit, indem sie von Viren befallene oder geschädigte Körperzellen töteten. Dabei würden sie die Tatsache nutzen (beim Wort Tatsache hob der Vertreter den Zeigefinger), dass kranke Zellen ihr biochemisches Merkmal verlören, das sie als ordentliche Mitglieder des menschlichen Organismus ausweise. Sämtliche kranken, also schädlichen Zellen würden umgehend – der Vertreter hob abermals den Zeigefinger und wiederholte – *umgehend* exekutiert.

Ja, aber trotzdem, quälte sich Forell, er wisse nicht so recht. Sei das nicht zu direkt? Was meine Jack denn dazu? Nicht wahr, Jack meine auch, dass das nicht gut sei? Nein, diese automatische Exekution wollten sie nicht. Zudem würde damit alles so schrecklich kompliziert. Ein präsidiales Dekret oder, politisch noch riskanter, ein Sondergesetz wäre nötig, um die biochemischen Gedanken-Chips nicht nur als Beweismittel, sondern auch als Exekutionsinstrument zuzulassen. Nicht auszudenken, was die Liberalen und die Gemäßigten für Schwierigkeiten machten.

»Vertreter«, sagte Mike Forell mit plötzlich fester Stimme, »nein, diesen Automatismus will ich nicht. Punkt. Aus! Erledigt!«

»Präsident!« Der Gast deutete eine Verbeugung an. »Wie Sie wollen, selbstverständlich, ganz wie Sie wollen.«

22.

Die Klimaflüchtlinge kosteten Jack noch den letzen Nerv. Im Kontinentalrat war gegen den Willen seines Chefs ein Solidaritätspaket beschlossen worden. Nun hatten sie die Wahl zwischen »Vogelgrippe oder Ebola«, wie Mike Forell es ausgedrückt hatte. Denn alle Staaten, die aufgrund ihrer geographischen Lage weitgehend von den Flüchtlingsmassen verschont blieben, mussten entweder 1,2 Prozent ihrer Budgetausgaben in einen Fonds zahlen oder Hunderttausende dahinsiechender Menschen aufnehmen. Zum Großteil waren es Nord- und Zentralafrikaner. Ihre Heimat war infolge des Klimawandels Region für Region zur unbewohnbaren Hitzehölle geworden. Millionen schon waren verdurstet, verhungert und an Seuchen gestorben.

»Verdammt, was sollen wir mit denen anfangen?«, fluchte Forell. »Da tun wir alles, um die Moslems loszuwerden, und dann sollen wir Afrikaner aufnehmen!« Da zahle er noch lieber die 1,2 Prozent. Jack solle sich ein Argument für die Wähler einfallen lassen, irgendetwas mit selbstverständlicher Hilfe in einer menschlichen Tragödie oder so, freilich müsse auch Moral vorkommen. Und wie das Geld aufzutreiben sei, solle sich Jack auch gleich überlegen.

»Scheiß Klimaneger!«, hatte Forell abschließend gebrüllt und die Tür hinter sich zugeschlagen.

Jack Blind saß in der U-Bahn Richtung Bündniszentrale und spielte in Gedanken noch einmal alle Möglichkeiten für mehr Budgeteinnahmen durch, kam aber nicht annähernd auf die nötigen 1,2 Prozent. Am einfachsten, überlegte er, sei noch eine Ausweitung der Strafpunktdelikte, gemeinsam mit einer Verschärfung des Paragraphen 69b (geduldete außermoralische Vergnügen). Eine entsprechende Steuererhöhung brächte zumindest einen Milliardenbetrag, schätzte er und überflog die Liste: Tabak, Alkoholika, fett- sowie zuckerhaltige Speisen, verletzungshäufige Sportarten, lärmentwickelnde Geräte aller Art, Audio- und Videomaterial mit gewalttätigem, sexuellem oder sonstigem anzüglichen Inhalt, Prostitution. Eigentlich unglaublich, überlegte Jack, wie tolerant der Staat ist und welche Ungeheuerlichkeiten er zwar mit Strafsteuern belastet, aber letztlich doch zulässt. Prostitution etwa, fand der Stabschef, sei moralisch absolut inakzeptabel. Als er vor Wochen ein Verbot vorgeschlagen hatte, war es ausgerechnet die Gräfin gewesen, die dagegen votierte. Erstens, wusste sie zu argumentieren, seien derlei Ausschweifungen seit der Abschaffung des Bargeldes und damit der Anonymität ohnehin schlagartig zurückgegangen. »Und zweitens«, hatte sie trocken festgestellt, »wieso die Prostitution verbieten? Nur weil Prostituierte nicht, wie es üblich ist, ihre ganze Persönlichkeit für Geld verkaufen, sondern nur Teile ihres Körpers?«

Das Vibrieren des u-Phones unterbrach Jacks Gedankengang.

»Hi, Gwendolyn.«

»Hallo, Bruderherz. Ich brauche deine Hilfe. Kannst du mir Fünfzigtausend borgen?«

»Dir auch einen schönen, guten Morgen«, ärgerte er sich, »ich hoffe auch, dass es dir gut geht, und auch ich freue mich, dass wir uns nach langem endlich wieder einmal hören.«

»Jack, ich bin weder Politiker, noch sind wir Geschäftspartner, ich werde also nicht ein belangloses, kalkuliert-einnehmendes Gespräch mit dir beginnen, nur mit dem Ziel, dich danach um Geld anzuschnorren. Also, kannst du mir Fünfzigtausend borgen?«

»Das ist eine ziemliche Summe.«

»Ich weiß.«

»Wofür brauchst du so viel?«

»Jack, ich habe dich noch nie um Geld gebeten, und ich werde es nach diesem einen Mal auch nie wieder tun. Ist es nicht selbstverständlich, seiner Schwester einmal im Leben auszuhelfen, ohne wie ein Bankangestellter zu fragen, für welchen Zweck?«

»Mir wäre trotzdem leichter, ich wüsste, wofür du es brauchst. Und außerdem: Ohne exakte Definition des Verwendungszwecks nimmt das System die Überweisung überhaupt nicht an.«

»Wir sammeln im Haus der Barmherzigen Schwestern für unsere Hospizpatienten. Deine Regierung hat im vergangenen Monat mit Ausnahme der Medikamentenzuschüsse alle Mittel gestrichen. Nach einem Leben in Würde macht unser Staat nun auch ein Sterben in Würde unmöglich. Ich werde das, soweit es in meiner Möglichkeit steht, verhindern. Und dass du mir dafür Fünfzigtausend beisteuerst, ist nur recht und billig, wenn du es als Kabinettschef …«

»Stabschef«, korrigierte Jack genervt.

»… wenn du es als *Stabschef* nicht der Mühe wert findest, solche politischen Fehler zu verhindern.«

»Ich weiß überhaupt nichts von dieser Sache, Gwendolyn. Dinge wie diese sind, volkswirtschaftlich gesehen, Peanuts. So etwas erledigen die zuständige Ministerin und ihre Beamten.«

»Das nennst du Peanuts? Wenn sich der Staat immer mehr

zurückzieht und nur noch da ist, wenn es um Einschränkungen, Vorschriften und Steuereintreibung geht?«

Jack seufzte.

»Bekomme ich das Geld oder nicht?«

»Du willst Fünfzigtausend nicht für dich und deine Zukunft, sondern für Menschen, die demnächst ohnehin sterben?«

»Bekomme ich das Geld oder nicht?«

Jack spürte, dass seine Schwester kurz davor war, aufzulegen. »Ja, ja, ja! Schon gut! Ich transferiere die Summe noch heute.«

»Danke, großer Bruder!« Mit einem Mal schien sie wieder bestens gelaunt zu sein. »Übrigens, Jack, ich wünsche dir einen wunderschönen guten Morgen! Sag, wie geht es dir denn? Es freut mich ja so irrsinnig, dich nach derart langer Zeit endlich wieder zu hören!«

Forells und Blinds Sorgen waren gerechtfertigt gewesen, die Liberalen sprachen sich im Bündnisausschuss gegen die landesweite Implantierung von Fehlfarben-Gedanken-Chips aus. Gemeinsam mit Gräfin Juno und Tina Fux konferierten Forell und Blind an diesem Vormittag, wie in der Sache am besten vorzugehen sei.

»Wir machen«, schlug Fux vor, »eine Umfrage oder eine Abstimmung, die uns bestätigt, dass die Leute diese Chips wollen. Ich traue mir zu, eine Formulierung zu finden, bei der das Ergebnis nur den Schluss zulassen wird, dass die Bevölkerung die Implantierung geradezu verlangt, ja zu ihrem eigenen Schutz auf sie besteht.«

»Was meinen Sie, Gräfin?«

Jack atmete möglichst unauffällig durch. Wieder einmal hatte sein Chef Junos Meinung der seinen vorgezogen.

»Ich kann meiner Kollegin nur zustimmen«, begann die Gräfin. Die Blicke, welche die Damen austauschten, ließen Forell erkennen, dass in seinem Büro ein neues Bündnis zustande gekommen war. »All die Jahre«, fuhr sie fort, »die ich unserem Land nun schon als Kabinettschefin diene, haben mich zu einer glühenden Verfechterin der direkten Demokratie werden lassen. Mit strategisch vorbereiteten Abstimmungen – das hat sich dutzendfach bewiesen – ist jedes Vorhaben durchzubringen, und sei es noch so gewagt.«

»Oder irrsinnig«, ergänzte Tina.

Ein leises Lächeln war Gräfin Junos Antwort.

»Mit der nötigen medialen Vorbereitung jedenfalls, mit einer Inszenierung da, einer kontrollierten Umfrage dort, lässt sich das gesunde Volksempfinden wunderbar steuern. Ich habe in meiner gesamten Karriere noch keine einzige Abstimmung erlebt, die nicht das gewünschte Resultat gebracht hat.«

»Was ist mit der geplanten Gebührenerhöhung auf Waffenbesitz?«, warf Jack spontan ein. »Die wurde vor drei Jahren doch vom Volk abgelehnt.« Jetzt hatte er mit Fachwissen gepunktet, freute er sich insgeheim, und er hatte gezeigt, dass auch die Gräfin nicht unfehlbar war.

»In diesem Fall, Stabschef«, Juno legte mild lächelnd eine Pause ein – und hielt sie derart lange, dass Forell schließlich die Antwort geben konnte, »in diesem Fall war in Wirklichkeit eine Ablehnung erwünscht. Genial!« Forell war begeistert. Die Gräfin nickte. Jack schluckte. Und Juno fuhr fort. »Ganz gleich, welches umstrittene Projekt es in der Vergangenheit war, ganz gleich, ob eine Zustimmung oder insgeheim eine Ablehnung angestrebt wurde, stets votierte die Masse im Sinne der Regierung, waren es nun so fundamentale Entscheidungen wie die Einführung der Todesstrafe oder volkspädagogische Themen, etwa die Helmpflicht beim Autofahren.« Einfach alles lasse sich, demokratisch höchst vorbildlich, mit Volksentscheiden herbeiführen. Unabdingbar sei freilich eine sorgsame Komposition der Abstimmungen, erklärte sie. Entscheidend seien Timing, Reihenfolge, emotionale Spannungssteigerung bei heiklen Vorhaben sowie das professionelle Handhaben wechselnder Mehrheiten.

Forell nickte souverän, als hätte er alles verstanden, doch Juno wusste, dass ein einfaches Beispiel nötig war.

»Das Verbot etwa, Bärte zu tragen, wäre womöglich nicht durchzusetzen gewesen, hätten wir gleichzeitig auch über das Verbot von koffeinhaltigen Getränken für unter 20-Jährige abstimmen lassen. In getrennten Volksabstimmungen aber sorgten unter anderem bärtige Konservative für ein Koffeinverbot und Frauen sowie Jugendliche für ein Bartverbot. Tatsächlich ist das Volk stets bereit, Minderheiten ihre Vorlieben zu verbieten, solange«, die Gräfin hielt inne, »solange die Leute nicht auf die Idee verfallen, beim nächsten Mal, beim nächsten Thema womöglich selbst zur Minderheit zu gehören. Es ist die Politik der wechselnden Mehrheiten auf Kosten der wechselnden Minderheiten. Und es ist eine hohe Kunst, diese Politik nutzbringend anzuwenden.«

Der Blick der Gräfin traf auf gedankenvolle Gesichter. »Wenn ich Sie nicht langweile«, sagte sie und fuhr selbstsicher fort, »erläutere ich Ihnen gerne die weiteren politischen Vorteile von Volksabstimmungen. Es sind derer – neben der ursächlichen Motivation, also dem Durchsetzen des politischen Ziels – fünf. Erstens: Je mehr eine Regierung abstimmen lässt, desto mehr glauben die Menschen, mitentscheiden zu können. Folglich sind sie zufriedener, fühlen sich selbst verantwortlich für das, was entschieden wurde, und verhalten sich entsprechend ruhig. Zweitens: Eine Regierung, die einer Meinung mit der abstimmenden Mehrheit ist, macht die Masse zu ihrem Verbündeten, gewinnt also an politischer Stärke und festigt ihren Machtanspruch. Drittens: Eine Regierung, die häufig abstimmen lässt, präsentiert sich als lupenrein demokratisch und kann den Verfassungsrahmen ein anderes Mal, sagen wir, *ausdehnen*. Viertens: Die Regierung kann nach einer gewonnenen Abstimmung die politischen Gegner als Verlierer darstellen und sie damit zusätzlich schwächen. Und fünftens: Dank Abstimmungen können unterlegene, politisch lästige Minderheiten als vom Volk zurechtgewiesene Störenfriede abgekanzelt werden.«

Tina wie Jack nickten beeindruckt, und Forell sagte: »Ich habe soeben beschlossen, zum Thema Gedanken-Chips eine Volksabstimmung abzuhalten.«

23.

Nachdem der Sektionschef für die Innere Sicherheit seinen e-Laptop geöffnet hatte, blinkte eine Mail im Dringend-Modus auf: *Sofortiges Vorziehen der Organisation von Hass.*

Als Jack Stunden später zu Bürobeginn seine Mails öffnete, war die oberste von Ronja: *lass es uns noch einmal versuchen. wer weiß, wie viel zeit uns noch bleibt.*

Als Mike Forell seine Mails durchsah, war die Erste, die ihm ins Auge stach, eine der Gräfin: *Ich habe wichtige Neuigkeiten. Bitte kommen Sie alleine in mein Büro, sobald Sie im Haus sind.*

Der Sektionschef schickte eine Lesebestätigung ohne weiteren Text.

Jack mailte an Ronja: *nein, bitte lass mich.*

Forell wollte eben *Ich komme* mailen, da stürzte Tina Fux ins Sekretariat nebenan.

»Kommt her! Schaut euch das an! Schnell!«

Was Forell, Jack, Ronja, Tina Fux und vermutlich Zigtausende in diesem Moment sahen, war ein kleiner Sporthelikopter, der ein Transparent hinterherzog: *DER STAAT UNTERDRÜCKT UNS. WEHRT EUCH! LB*

»Verdammte Scheiße«, zischte Forell.

»Jetzt haben wir ein Problem.« Tina schnippte nervös mit den Fingern.

Die Gräfin betrat den Raum, wählte per Headphone den Sektionschef für die Innere Sicherheit an, da zog der einsitzige Helikopter eine Schleife und die Rückseite des Transparents wurde sichtbar: *www.DieWahrheit.info.*

Alle stürzten zum e-Laptop Ronjas, der stand am nächsten. Tina gab die Webadresse ein.

Bürger, erkennt endlich: Die Regierung ist, wie auch die vorige, lediglich eine Marionette eines allmächtigen Wirtschaftskartells. Wir leben in einer diktatorisch geleiteten Scheindemokratie, einer Ökonokratur. Wehrt euch! Beginnt damit, wo ihr nur könnt, die Buchstaben unserer Bewegung, LB, zu hinterlassen. So werdet ihr sehen, ihr seid nicht alleine. Danach, und zwar sofort danach: Beginnt wieder zu leben. Seid wie

Plötzlich stürzte die Seite ab. *Diese Adresse existiert nicht* erschien am Bildschirm.

»Verbessern Sie die Reaktionszeit!«, schrie die Gräfin ins Headphone.

»Das können wir jetzt nicht mehr den Moslems in die Schuhe schieben.« Tina biss sich auf die Oberlippe.

»Verdammte Linke Brigaden!«, fluchte Forell.

»Was ist daran so schlimm?« Ronjas Stimme war leise und ruhig. »Seine Meinung zu sagen ist doch kein Verbrechen.«

»Pardon, Präsident«, die Gräfin war sichtlich um Haltung bemüht, »welch naive Kinder beschäftigen Sie in Ihrem engsten Kreis?«

»Ronja«, versuchte Jack es ihr zu erklären, »das ist ein verdeckter Aufruf zu Terroranschlägen, ein Aufruf zur Revolution. Gegen uns. Gegen unsere Regierung.«

»Aber, Jack, die Leute sagen doch nur ihre Meinung, was kann da schlimm daran sein?«

»Kindchen«, übernahm die Gräfin in scharfem Ton die Belehrung, »es ist ein Privileg, öffentlich seine Meinung kundtun zu dürfen. Ein solches Privileg lässt sich nur rechtfertigen, wenn es von Verantwortung getragen ist. Und sogar Sie werden wohl bemerkt haben, dass das eben kein verantwortungsvoller Text war, sondern Volksaufhetzung mittels Lügenpropaganda.«

»Ganz davon abgesehen«, meinte Jack ergänzen zu müssen, »dass derartige Propaganda gegen Paragraph 3 des Terrorschutzgesetzes verstößt: Politische Äußerungen über den privaten Kreis hinausgehend sind ausschließlich dem Präsidenten erlaubt, den Regierungs- und Kabinettsmitgliedern, dem Parlament, den Medien, den registrierten Bündnissen und ihren Teilorganisationen.«

»Korrekt«, bestätigte Juno, als ihr u-Phone surrte. »Ich habe verstanden. Leiten Sie das Notwendige umgehend ein.«

»Was ist passiert?«, fragte Forell.

Die Gräfin nahm das Headphone ab. »Vor wenigen Minuten, Präsident, wurde an zumindest fünf Plätzen der Stadt Giftgas freigesetzt, das die Netzhaut verätzt. Wir müssen von etwa hundertfünfzig Personen ausgehen, deren Sehkraft zerstört worden ist. Und, Präsident: An allen Anschlagsorten wurde das Zeichen der Linken Brigaden gefunden.«

Ronja sprang auf. »Das waren sicher nicht die LB!«

Plötzliche Stille im Raum. Alle Augen waren auf Ronja gerichtet.

»Nun, Kindchen«, begann die Gräfin, langsam und beinahe flüsternd, »woher genau wissen Sie denn das?«

Ronja wusste nichts zu sagen, blickte schließlich zu Boden.

»Präsident«, sagte Juno scharf und wandte sich mit einem vernichtenden Blick von Ronja ab, »darf ich Sie umgehend in den W-Raum bitten.«

Forell folgte der Gräfin, und Tina sowie Jack starrten noch immer Ronja an, als eine Explosion die Scheiben der Fensterfront erzittern ließ und den kaum hundert Meter entfernt kreisenden Minihelikopter in einen berstenden Feuerball verwandelte.

»Wurde auch Zeit«, sagte die Gräfin im Hinausgehen.

24.

Jack war nach der Aufregung infolge der Terroranschläge spät ins Bett gekommen. Er hatte erst ein, zwei Stunden Ruhe gefunden, als ihn lautes Krachen und Geschrei hochschrecken ließen. Irgendetwas musste im Haus geschehen sein, ein, zwei Stockwerke unter ihm. Das Display des u-Phones zeigte 04 Uhr 22. Schlaftrunken stolperte er zur Tür, linste durch den Spion. Absolutes Dunkel.

Er entsicherte die Tür, öffnete sie vorsichtig und hörte das panische Schreien eines Mannes, dessen Stimme er kannte. »Lasst mich, ihr Schweine, Scheiß-Securitate! Es lebe LB! Es lebe …«

Mit einem Mal brach die Stimme ab, wurde es gespenstisch ruhig. Gleich darauf erklang ein Wirrwarr an schweren Schritten, wie von Soldatenstiefeln. Toms Stimme muss das gewesen sein, überlegte Jack. Ja, die Stimme seines Nachbarn.

Jack spürte sein Herz schlagen, seinen Puls in den Ohren. Er drückte die Eingangstür zu, lief zum Fenster, beugte sich vor und sah gerade noch, wie ein schlaffer Körper von Spezial-Securities in Kampfanzügen in einen Military-Hummer verfrachtet wurde. Jacks Puls raste, sein Kopf schmerzte. Und seine Gedanken – nichts als wirres Flimmern. Zittrig seine Knie. Wenn er jetzt Panik zuließe, wenn er sich jetzt gehen ließe, bis zum Morgen Gedanken wälzte, wäre er tagsüber nicht einsatzfähig. Das durfte nicht sein. Jack griff in die

Lade mit den Arzneien. Klickte den Regler auf 3. Hielt sich die Sleepgun gegen die Schläfe, drückte ab.

Dunkles Nichts, keine Träume, keine Regung, weg.

Exakt drei Stunden später erwachte er und fand sich am Küchenboden liegend wieder. Er hatte es verabsäumt, sich vor dem Abdrücken ins Bett zu legen.

Auf dem Weg zur U-Bahn sah er vier Mal die Buchstaben LB. Zweimal auf handgeschriebenen Zetteln, die an ein Verkehrsschild und einen Laternenmasten geklebt waren, zweimal auf dem Asphalt, eilig hingekritzelt, mit Kreide vermutlich. Und noch öfter sah er feuchte Flecken auf dem Gehsteig sowie Stellen am Asphalt und an Häuserwänden, an denen wie mit einer primitiven Drahtbürste die Oberfläche abgebürstet schien.

Im Büro der Bündniszentrale fiel ihm als Erstes auf, dass Ronja nicht an ihrem Platz saß. Er lief die paar Schritte in Mike Forells Zimmer. Der Präsident saß mit ernstem Blick hinter seinem Schreibtisch, die Arme verschränkt.

»Sie haben sie abgeholt«, sagte er, ohne dass Jack fragen musste. »Noch in der Nacht haben sie sie verhaftet. Und weißt du was?« Sein Blick war für Jack nicht zu deuten, er hätte Vorwurf bedeuten können, Ärger, aber auch schlicht Resignation. Forell schüttelte den Kopf. »Sie hat schon ein Geständnis abgelegt. Diese kleine Göre, diese scheinheilige Schlampe hat uns doch all die Jahre ausspioniert. Unsere liebe, kleine Ronja war ein Spitzel der Linken Brigaden.«

»Darf ich?« Tina Fux stand hinter Jack in der Tür.

»Kommen Sie nur!« Forell ließ seine Hände auf die Tischplatte fallen. »Also, wie sieht's aus?«

»Unsere Leute haben bisher 4856 LB-Zeichen unkenntlich gemacht.«

»So viele!«

»Die Zahl alleine schreckt mich noch nicht.« Tina Fux trommelte mit den Fingern gegen ihre e-Map. »Was mich schreckt, ist, dass derart viele Menschen bereit sind, dieses Wagnis trotz Videoüberwachung einzugehen. Und vielleicht noch erstaunlicher ist, dass es so viele sind, obwohl absolut alle Medien seit gestern trommeln, dass die Giftgasanschläge von den Linken Brigaden verübt wurden, dass es die LB auf unsere demokratischen Freiheitsrechte abgesehen haben, auf unsere Gesundheit, unser aller Leben und dass es sich um gemeine, feige, brutale Terroristen handelt.«

»Es scheint«, Forell lachte leicht hysterisch, »dass wir den Rückhalt, den diese Terroristen in der Bevölkerung haben, doch ein bisschen unterschätzt haben.«

Wie gibt's das?, überlegte Jack. Er alleine kannte mit Ronja und seinem Nachbarn Tom persönlich zwei Mitglieder der Linken Brigaden. Wie viele müssten es dann insgesamt sein? Und wie konnte er selbst die Existenz der LB all die Jahre nicht bemerkt haben? Wie bloß hatten sich die LB all den anderen mitgeteilt, mit ihnen Kontakt aufgenommen?

»Was ist der aktuelle Stand bei den Verletzten?«, fragte Tina.

»Die Gräfin spricht bereits von zweihundertfünfzig.« Der Präsident atmete durch. »Unsere offiziellen und privaten Securities lesen aber nach wie vor Leute auf, die erblindet durch die Straßen irren oder sich einfach wie abwesend in ein Eck gesetzt haben, völlig orientierungslos und zu verschreckt, um sich auch nur einen Millimeter zu bewegen.« Mittlerweile trommelte auch er mit den Fingern. Dann schlug er mit der Faust auf den Tisch. »Verdammt, Leute! Was sollen wir tun? Was?«

Angespanntes Schweigen füllte den Raum, drang ein in die Köpfe von Tina, Forell und Jack, lähmte ihre Gedanken.

Tina begann auf und ab zu gehen, zog eine Zigarette hervor, Forell sah auf, schrie: »Rauchverbot, verdammt!«

Tina steckte die Packung weg, trommelte stattdessen erneut mit den Fingern gegen die e-Map. Jack kramte in seiner Sakkotasche, fischte eine Dose Feelgood-Pillen »Relax« heraus, warf sich zwei ein und fragte: »Wo ist eigentlich die Gräfin?«

»Hat sich entschuldigt«, murrte Forell und schluckte ebenfalls zwei Pillen. »Sie sagt, sie bereite alles vor. Ach ja, und du, Jack, sollst zu unserer Verräterin fahren, ist ihr letzter Wunsch.«

Ronja, erinnerte sich Jack, als handle es sich um eine lange nicht gesehene, entfernte Bekannte. Er überlegte, was zu fühlen nun korrekt sei, dachte nach, ob es peinlich sei, Unbehagen zu empfinden, beim Gedanken, sie treffen zu müssen. Er ging in sich (doch nicht eigens tief), ob er womöglich doch ein wenig in sie verliebt sein könnte; wog ab (ergebnislos), ob es ihn bewegte, dass sie zum Tod verurteilt war, oder gar erleichterte. Schlussendlich sann er darüber nach, ob es für ihn denn nicht kompromittierend sei, dass eine Terroristin als letzten Willen äußerte, ausgerechnet ihn zu sehen.

Als er in den kahlen Besucherraum trat, saß Ronja bereits hinter der Glaswand. Sie lächelte ihn so glücklich an, als würden sie sich zu einer netten Verabredung treffen. Jack setzte sich auf den am Betonboden fixierten Sessel und bemerkte, wie hübsch sie war. Zum ersten Mal sah er sie ungeschminkt.

»Wie schön, dass du gekommen bist, Jack. Ich weiß, dass das nicht einfach war für dich. Danke!«

Er versuchte ein Lächeln.

»Jack, ich weiß, es ist egoistisch von mir, dass ich dich hierhergebeten habe. Und bitte verzeih mir, aber ich habe mich entschlossen, noch egoistischer zu sein, dir noch mehr zuzumuten. Erlaube mir bitte, dir zu erzählen, warum du mich nicht liebst.«

Jack wollte aufspringen, einfach gehen, aber das gehörte sich nicht, merkte er. Nicht in dieser Situation. »Erzähle es – nur zu«, sagte er und tat, als wäre er völlig gelassen.

Ronja atmete erleichtert durch.

»Ich wollte dich retten«, begann sie. »Dich und mich, Jack. Und ich habe nicht bemerkt, dass ich dir damit Angst machte. Ich habe dich fürchten lassen, dass du noch einmal von vorne beginnen musst, alles neu denken. Risiken und Nachteile auf dich nehmen. Ich wollte dir meine unbequeme Wahrheit und mein forderndes Herz schenken und habe zu spät erkannt, dass ich dich damit noch verzweifelter gemacht hätte.«

Jack war heiß geworden. Diese Theatralik, dachte er, warum nur muss sie so dramatisch sein?

»Weißt du, Jack, ich als einfache Assistentin hatte es immer leichter, mich nicht zufriedenzugeben mit dem, was als gut und schlecht und als Wahrheit gilt. Du hattest es schwieriger, wolltest Karriere machen, ganz hoch hinauf, warst angewiesen auf Forell. Widerspruch ist da hinderlich. Das Teuflische aber ist: Je ofter du schweigst, je öfter du nickst, desto mehr verlierst du das Gefühl für dich, für deine Wahrheiten. Du opferst deine Meinung zugunsten der alltäglichen Bequemlichkeit mit jedem Mal leichtfertiger und nimmst irgendwann ganz selbstverständlich als dein Eigenes an, was von außen kommt. Glaub mir, ich weiß, wie das passiert. Auch ich war nahe dran. Oft habe ich Gespräche und Konferenzen mit angehört und mir gedacht, dass ich etwas sagen sollte. Es hat mir auf der Zunge gelegen, aber ich habe es hinuntergeschluckt, aus Angst, es könnte nicht passend sein, nur Kopfschütteln hervorrufen, meine Anerkennung verringern. Gefällig wollte ich sein und doch geachtet werden. Feige war ich, Jack. Und weißt du was: Ich glaube, den anderen ging es ähnlich. Deshalb lachten sie über Forells matte Scherze und widersprachen ihm nie, verkniffen sich ihren Kommentar und nickten stattdessen. So wurde seine Meinung in der Runde zur großen Richtigkeit, gestärkt und gefestigt von den Umstehenden, von denen doch viele eigentlich hätten widersprechen wollen. Und als keiner sich traute, den Mund aufzumachen, waren alle froh, nichts gesagt zu haben, dachten, dass sie ganz alleine geblieben wären mit ihren Einwänden, peinliche Außenseiter. Und dann, Jack«, sie rückte näher zur Glasscheibe, sprach nun noch leiser, »genau in der Phase, in der ich entschied, endlich etwas zu unternehmen, ausgerechnet da las ich von LB in …«

Plötzlich hörte Jack nichts mehr. Er sah, wie Ronja mit ernstem Blick die Lippen bewegte, doch sie blieb stumm, völlig stumm für ihn. Nachdem er eine fragende Geste gemacht hatte, sagte eine Stimme aus dem Lautsprecher: »Ende der Besuchszeit.« Ein Security öffnete die Tür, und als Jack wieder Richtung Ronja blickte, war die Scheibe völlig abgedunkelt und kein Laut zu hören.

Im matten Spiegel der schwarzen Glasfront sah Jack nur noch sich selbst.

25.

In einer der folgenden Nächte war kurz, ganz kurz nur eine Traurigkeit in Jack, so groß, dass er wünschte, weinen zu können. Sein Leben lag mit einem Mal vor ihm, unverdeckt. Schwarz auf weiß war es wohl schon lange zu erkennen gewesen, niedergeschrieben wie einst in Büchern. Nur hinzusehen hätte es bedurft, einfach hinzusehen.

Als er das erkannte, kurz, in einer traumlosen Nacht, wünschte Jack, weinen zu können, wünschte es ganz bitterlich. Er schloss die Augen und schlief ein.

26.

»Vertreter, wie schön, Sie zu sehen«, begrüßte Mike Forell seinen Gast bemüht höflich. »Wir beide treffen einander ja schon öfter als ich meine Minister oder meine Kollegen vom Kontinentalrat.«

»Nun«, der Vertreter machte eine gespielt höfische Verbeugung, »Prioritäten müssen sein.«

»Sie kommen in einer turbulenten Zeit.« Forell ließ sich in die Ledercouch fallen. »Diese Linken Brigaden machen uns doch ein wenig zu schaffen.«

Der Vertreter hatte zugewartet, ob Forell ihn bitten würde, Platz zu nehmen. Dann entschied er, sich trotz unterbliebener Einladung zu setzen. »Ach, Präsident«, leitete er erfahren seufzend ein und senkte seine Arme behutsam auf die Lehnen, »das sind doch keine Turbulenzen. Das sind lächerliche Kindereien; Eskapaden sind das, mit denen Sie, Präsident, und ihre geschätzten Mitarbeiter spielend zu Rande kommen werden. Dass nun bekannt ist, dass es eine inländische militante Opposition gibt, ist lästig, aber da Sie beabsichtigen, wie ich gehört habe, mit wirklich allen Mitteln gegen diese linken Terroristen vorzugehen, wird das Gesindel sicher bald beseitigt sein. Sie werden doch Verantwortung beweisen und konsequent durchgreifen, nicht wahr?«

Forell fühlte vom Vertreter eine natürliche Autorität und eine Erwartungshaltung ausgehen, von der er spürte, sie mehr und mehr erfüllen zu wollen, je länger er diesen eleganten Herren kannte. In letzter Zeit war ein ganz besonderes Vertrauensverhältnis zwischen ihnen entstanden, empfand Forell. Und er empfand auch, dass sie ihm guttat, die väterliche Freundschaft dieses souveränen, erfahrenen Mannes, der in den allerwichtigsten Kreisen verkehrte, über exzellente Kontakte verfügte und seine enormen finanziellen und wirtschaftlichen Möglichkeiten ihm, wenn schon nicht uneigennützig, so doch zu sehr fairen Konditionen zugutekommen ließ. Kurzum, Forell war hungrig nach der Sympathie dieses Menschen.

»Selbstverständlich werde ich konsequent durchgreifen«, antwortete er ernst. Der Vertreter sollte wissen, dass er in ihm einen ebenbürtigen, loyalen Partner hatte. Weil Mike Forell insgeheim aber wusste, doch der Schwächere zu sein, erlag er der Versuchung, seinem Gesprächspartner imponieren zu wollen: »Ich habe die Gräfin bereits angewiesen, Tabula rasa zu machen. Im Vertrauen gesagt, ich musste ihr und dem zuständigen Sektionschef Feuer unterm Hintern machen. Zuletzt waren die beiden für meinen Geschmack zu lasch vorgegangen, sonst hätte es derartige Anschläge der LB ja wohl erst gar nicht gegeben. Ich musste die Gräfin also etwas härter anfassen«, buhlte er bei seinem Gegenüber um Respekt, der ihm schließlich in Form eines knappen Lächelns gegönnt wurde.

»Ich habe einen Drei-Punkte-Plan beschlossen«, setzte er fort und hob zur Aufzählung den Daumen. Erstens würden die letzten Lücken in der Überwachung gänzlich geschlossen werden sowie sämtliche staatlichen und privaten Observationsdaten vernetzt. Demnächst werde er, zwinkerte der Präsident, denn er bereitete einen Scherz vor, von einem Verdächtigen dank fg-Satellitenbeobachtung, Kameranetz, Sicherheitsdateien und Radio-Frequenz-Identifikations-

Chips sogar Zusammensetzung, Konsistenz, Gewicht sowie Farbe des Stuhlgangs kennen. (Forell wählte anstatt Stuhlgang ein anderes Substantiv.) Zweitens, der präsidiale Zeigefinger gesellte sich zum Daumen, werde er die Anregung des Vertreters aufgreifen und nicht nur herkömmliche Gedanken-Scan-Chips implantieren lassen, sondern jene Weiterentwicklung, die im Gehirn der Menschen für moralische Bildung und für Anstand sorgen werde. Und drittens, kostete Forell den Moment der Überraschung aus, drittens sei er zu der Meinung gelangt, dass es zur Abschreckung sehr wohl angebracht sei, die Chips mit einem automatischen Sanktionierungsmechanismus bei terroristischen Absichten auszustatten. Diese drei Maßnahmen, schloss er, würden das Land zur absoluten Security-Zone machen, zum friedlichen Paradies, in dem die große Mehrheit der fleißigen und redlichen Menschen zufrieden und in Geborgenheit leben könnte und in dem destruktive, kriminelle und terroristische Individuen gnadenlos eliminiert würden.

Mike Forells Augen waren auf den Vertreter geheftet. Aber der ließ keinerlei Gefühlsregung erkennen, blickte in Forells Richtung, doch wie durch ihn hindurch. Sekunden vergingen, und Forell zweifelte schon am Sinn seiner Vorschläge, die ihm von der Gräfin nahegelegt worden waren, da öffnete der Vertreter endlich den Mund.

»Präsident«, betonte er langsam, »ich habe in meiner langjährigen beruflichen Tätigkeit, in meinem erfahrungsschweren Leben noch niemals einen Menschen mit derartiger Konsequenz und Größe kennengelernt.« Der Mann schien ernsthaft mit einer Rührung zu kämpfen. »Geschätzter Präsident«, sein Körper geriet in Bewegung, »lieber Mike Forell«, er stand tatsächlich auf, ging zu Forell, beugte sich zu ihm nieder, »ich beglückwünsche Sie aus ganzem, ganzem

Herzen.« Er umarmte ihn, umarmte ihn, wie ein stolzer Vater seinen Sohn nicht inniglicher hätte umarmen können.

Forell genoss es, badete im Glück. Als sich die beiden Männer aus ihrer Umarmung gelöst hatten, nicht ohne einander zuvor – verlegen, doch wunderbar bewegt – noch einige Male Rücken und Schulter zu tätscheln, strahlten Forells Augen, und weil das Lob und die Genugtuung noch nicht enden sollten, berichtete er überschwänglich und seiner Sache nun völlig gewiss: »Anfangs dachte ich, dass die Maßnahmen vielleicht zu radikal sind, aber ich habe schon das Ergebnis einer Blitzumfrage erhalten, wonach die Bevölkerung das umfassende Sicherheitspaket hundertprozentig unterstützt und geradezu begeistert ist.«

»Phantastisch!«, freute sich sein Gast.

»Unsere Expertin hat auch schon den Entwurf für einen Slogan ausgearbeitet. Und Sie werden staunen. Ich habe Anweisung gegeben, Ihre Wortkreation vom Staat als aufopfernde und sorgende Mutter, als *Caring Mom*, wie Sie formulierten, einfließen zu lassen. Der Slogan wird lauten: *Aktion Caring Mom – Schutz, Wärme und Geborgenheit in einer gefährlichen, gefühlskalten Zeit.*« Forell strahlte. »Na, was sagen Sie?«

»Hervorragend, einfach grandios!«, rief der Vertreter. Er nickte noch einige Male anerkennend, fand dann, es sei genug, tat, als würde er sich sammeln, und sagte: »Der Slogan trifft genau ins Schwarze. Und Ihre Maßnahmen sind nicht nur richtig und weise, sie kommen zudem gerade noch rechtzeitig.«

»Gerade noch rechtzeitig?«

»Lieber Mike, was ich Ihnen jetzt anvertraue, ist von derartiger Brisanz und multipler Konsequenz, dass es alles, was Sie und ich bisher miterlebten, in den Schatten stellt. Es ist ein Ereignis von ungeahnter Tragweite. Sobald es eintritt, nein, sobald es der Öffentlichkeit bekannt wird, werden Sie jede erdenkliche Kapazität im Staat dringend benötigen, insbesondere im Sicherheitsapparat. Deshalb ist es von höchster Bedeutung, das Land bis dahin absolut unter Kontrolle zu haben und jegliches Risiko präventiv zu eliminieren, insbesondere kriminelle Elemente, Terroristen und sonstige subversive Gruppen und Individuen.«

»In Ordnung«, reagierte der Präsident ernst. »Was steht uns bevor?«

»In spätestens einem Jahr, vermutlich schon früher«, der Vertreter legte konzentriert die Handflächen aneinander, »wird zumindest die Hälfte der USA völlig ausradiert sein, in Schutt und Asche gelegt.«

Forell schüttelte den Kopf. »Weshalb, um Himmels willen?«

»Es handelt sich um ein Ereignis von nahezu apokalyptischer Dimension: den bevorstehenden Ausbruch des Vulkans unter dem Yellowstone-Nationalpark.«

»Ein Vulkan? Und der ist so gefährlich?«

»Die Magmakammer des Vulkans liegt acht Kilometer unter dem Park. Sie ist etwa fünfzig Kilometer lang, zwanzig Kilometer breit und zehn Kilometer dick.«

»Ein ziemlicher Brocken.«

»Der Lavakessel wird explodieren. Er wird den Westen der USA völlig zerstören. Achthundert Grad heiße Lawinen aus Magma, geschmolzener Erdkruste und glühendem Gestein werden im Umfeld des Vulkans alles Leben auslöschen, der Vulkan wird Feuer speien, vermutlich fünfzig Kilometer hoch. Milliarden Tonnen Schwefeldioxid werden sich mit Wasser vermischen und so zu Schwefelsäure, die das Land ersticken wird. Zumindest bis tausend Kilometer entfernt, also unter anderem bis nach Los Angeles, wird ein Ascheregen niedergehen. Die Temperatur in den USA wird schlagartig um etwa zehn Grad sinken, das bedeutet eine kleine Eiszeit, und auch in Europa wird es um rund vier Grad abkühlen.« Der Vertreter lachte kurz. »Die mühsame Eindämmung der Klimaerwärmung hätten wir uns sparen können. Sei es drum. Die Amerikaner werden versuchen, mit Hilfe von zweiundzwanzig gigantischen Bohranlagen komprimiertes Gas und damit Druck aus der Magmakammer abzulassen, um die Dramatik der Eruption zu reduzieren. Bändigen werden sie den Vulkan damit jedoch nicht. Es könnte lediglich sein, dass die Menge an Aschepartikeln, die in die Atmosphäre gerät, reduziert wird und dadurch die Klimaabkühlung weniger drastisch ausfällt. An der Vernichtung der Amerikaner, da sind sich unsere Wissenschaftler einig, wird die Aktion allerdings nichts ändern. Schon skurril«, fuhr der Vertreter fort, nachdem er den Kopf einige Male hin und her gewiegt hatte: »Da haben sich die Amerikaner auf alle Eventualitäten vorbereitet, Sicherheitsmaßnahmen sonder Zahl getroffen für alles nur Erdenkliche; gegen den arabischen Terror, gegen eventuelle Invasionen Chinas oder Russlands, gegen Computer- und Internethacker, sogar gegen Angriffe Außerirdischer. Sorgsam haben sie sich in ihrer Festung eingebunkert, haben das Morgen vorbereitet und abgesichert, getrieben vom uramerikanischen Wunsch, alles selbst in der Hand und fest im Griff zu haben. Elektromagnetische Schutzschilde haben sie entworfen, intelligente Virenkiller in Umlauf gebracht, ausgeklügelte Frühwarnsysteme gegen Gefahren Dutzender Art entwickelt. Und was dann? Dann werden sie von einem simplen Vulkan eingeäschert. Ist das nicht ulkig?«

»Ulkig?«

»Gewiss, Präsident. Ulkig! In dem Sinn, dass die zweithöchsttechnisierte Nation von der wohl ältesten, archaischsten Mechanik dieser Erde eliminiert wird. Und damit meine ich nicht bloß den Vulkan, sondern den Umstand, dass sich Mutter Erde schon seit jeher von Ballast befreit, der ihr zu viel wird. Genau darum handelt es sich doch, um eine Befreiung, eine Bereinigung von überschüssigen Menschen. Seit Urzeiten ist es so: Wenn die Erde die Menschen nicht mehr zu tragen vermochte, gab es Epidemien, Seuchen, Hungersnöte, Überschwemmungen, Dürren oder Kriege. Es ist ein natürlicher Prozess. Die westliche Welt hat sich bisher nie daran gestoßen. Stets wurde es schulterzuckend hingenommen, wenn Hunderttausende oder gar Millionen dahingerafft und abgeschlachtet wurden. Die Menschen in den Industrie-, Dienstleistungs- und Konsumstaaten haben kurz mitleidig geseufzt, um dann ja doch mehr Zeit und Energie für die Wahl ihres Abendessens zu verwenden als für die Hilfe. Wieso, frage ich Sie, wieso sollte es nun auf einmal anders sein?«

Mike Forell wusste in der Eile nichts zu sagen, überlegte, ob die Ausführungen seines Gastes ernst gemeint waren oder als ironische Provokation gelten konnten. Eben hatte er sich für eine Antwort entschieden, da sagte der Vertreter: »Aber wo sind meine Manieren? Ich lasse mich gehen. Entschuldigen Sie, Präsident. Darf ich zur Sache selbst zurückkehren und Ihnen die vier Primärkonsequenzen des ... *Ereignisses* darlegen?«

»Bitte, natürlich, bitte.«

»Also, erstens: Die USA sind auf einen Schlag keine Finanz-, Wirtschafts- und Militärmacht mehr, sondern ein Dritte-Welt-Land. Zweitens: Andere werden versuchen, diese Situation auszunutzen, vornehmlich China, Indien,

Russland, die Vereinigten Islamischen Länder und auch Japan. Drittens: Infolgedessen ist zunehmende weltweite Instabilität gewiss und ein Weltkrieg nicht ausgeschlossen. Und schließlich viertens: Es droht eine Weltwirtschaftskrise, gegenüber der die letzte eine harmlose Kleinigkeit war.«

»Wollen Sie noch Tee?«, fragte Forell. Er griff wie abwesend zur Kanne.

»Meine Klienten haben bereits damit begonnen, alle wichtigen US-Headquarter und Konzerne in sichere Regionen nach Übersee zu übersiedeln. Oberste Prämisse dabei ist Geschwindigkeit sowie Geheimhaltung der Ursache. Die Öffentlichkeit darf keinesfalls zu früh erfahren, was bevorsteht. Börsen, Medien sowie alle informierten Wissenschaftler haben wir im Griff, und mit der US-Administration gibt es bereits einen Deal: Für sämtliche vom *Ereignis* besonders betroffenen Bundesstaaten werden schon kommende Woche Verschärfungen der Wirtschaftsgesetze sowie Steuererhöhungen beschlossen. So bekommen wir einen offiziellen Grund für die Umsiedlungen. Im Gegenzug haben meine Klienten zugesagt, alles daranzusetzen, die USA vor einer Invasion zu schützen. Und das, Präsident, ist der Grund meines Besuchs.«

»Aber, Vertreter, ich würde doch nie und nimmer die USA angreifen.«

»Gewiss nicht. Ebenso wenig freilich wie die übrigen Staaten des europäischen Kontinentalrats. Nicht so zuversichtlich sind meine Klienten, was China, Russland und insbesondere die Vereinigten Islamischen Länder anbelangt.«

»Ich versichere Ihnen«, Forell rutschte nach vorn, an den Rand der Couch, um Größe zu zeigen, »wir werden auch in schwierigen Zeiten zu unserem Militärbündnis mit den USA stehen und …«

»Moment, Moment.« Der Vertreter bremste Forell mit energisch nach vorn gestreckten Handflächen. »Das ist sehr edel von Ihnen, Präsident, wahrhaft. Allerdings möchte ich Ihnen das Gegenteil raten.«

Mike Forell wollte etwas sagen, doch sein Gast bewahrte ihn davor. »Wenn sich Europa zu den untergehenden USA bekennt, es militärisch schützt und politisch damit de facto für sich beansprucht, wird es in einen Krieg gegen den Rest der Welt gedrängt und damit ins Verderben. Verbündet sich Europa aber mit China und Russland, einigt es sich mit diesen Mächten, die USA aufzuteilen und als Kolonie zu nutzen, kann Krieg vermieden werden.«

Forell saß da wie erschlagen. »Aber wie stellen Sie sich das vor? Ich kann doch nicht unserem wichtigsten Bündnispartner von heute auf morgen kündigen.«

»Präsident, meine Klienten ziehen ihr gesamtes Kapital aus den USA ab, die Wirtschaft hat das Land bereits aufgegeben. Die Vereinigten Staaten werden nach dem *Ereignis* für Jahrzehnte im Koma liegen. In einem halben Jahr weiß das die ganze Welt, dann versinken die USA im Chaos, dann bricht alles zusammen. Sie hatten doch auch bisher kein Dritte-Welt-Land unter ihren engsten Verbündeten. Wenn ich richtig informiert bin, unterstützen Sie Entwicklungsländer nicht einmal sonderlich. Weshalb wollen sie plötzlich damit beginnen?«

Forell versank in seiner Couch.

»Außerdem ist es ohnehin längst Zeit für einen kontinentalen Bündniswechsel. Die USA befinden sich in einem offenen Krieg mit den Vereinigten Islamischen Ländern, haben aus Schwäche bereits engste Verbündete aufgegeben, zuletzt sogar Israel den Arabern überlassen. Merken Sie denn nicht, dass die USA ohnehin reif sind für den Untergang und dass das *Ereignis* ihnen nur noch den Gnadenschuss verpasst?«

Der Präsident blickte auf.

»Sehen Sie den Wegfall der USA doch nicht ausschließlich als Katastrophe, sondern auch als Chance«, redete der Vertreter auf ihn ein. »Denn exakt das ist es: eine historische Chance. Dank einer Vereinigung Europas mit China und Russland und ohne die religiös fanatisierten Amerikaner kann es zu einem Friedensschluss mit den Moslems kommen. Das wäre doch höchst an der Zeit. Der islamisch unterstützte Terror kostet Sie doch alles in allem sicherlich zehn Prozent Ihres jährlichen Staatsetats. Bedenken Sie, Präsident: Alleine der Wegfall dieser Kosten wird Ihnen neuen politischen Spielraum verschaffen, neue Möglichkeiten, neue Sympathien. Zudem wird insbesondere Europas Wirtschaft enorm vom Aufbau der USA profitieren. Hand in Hand mit der Wirtschaft wird wie automatisch auch die Politik profitieren, und innerhalb der Politik werden zuvorderst die großen, starken Männer profitieren. Innerhalb der Politik, Präsident, wird demnach ganz speziell und höchstpersönlich wer ganz außerordentlich profitieren?«

»Ich«, sagte Forell.

27.

Am Morgen nachdem Jack Blind von Mike Forell in das Staatsgeheimnis des bevorstehenden *Ereignisses* in den USA eingeweiht worden war, rannte er beinahe in den verrückten Alten, den er vor Wochen vergeblich mittels Gesichtsscan hatte ausfindig machen wollen.

Der Mann war noch heruntergekommener als zuletzt, noch verwahrloster. Weiße Bartstoppeln standen in seinem aschfahlen Gesicht. Das speckige Sakko hing zerfetzt an ihm wie an einem Gerippe. Und ein widerlicher Geruch entströmte seinem Körper. Jack hielt sich die Hand vor Nase und Mund.

»Selber schuld sind die Leute, selber schuld«, murmelte der Greis, keinerlei Notiz von Jack nehmend. »Selber schuld. Haben sich die Diktatur selbst ausgesucht, verfluchte geistige Proleten. Diktatur des geistigen Proletariats!«

»Entschuldigung.« Jack ging neben ihm her. »Entschuldigen Sie.« Er schwenkte die Arme, um sich bemerkbar zu machen.

Der Alte sah auf, blickte ihn aus Augen an, über denen ein weißer Schleier lag und die wohl deshalb wirkten, als seien sie weit entfernt.

»Entschuldigung«, wiederholte Jack. »Ich weiß nicht, ob Sie sich erinnern. Aber vor ein paar Wochen haben Sie von einem explodierenden Vulkan gesprochen.«

Der Weißhaarige nickte.

»Woher wussten Sie von dem Vulkan?«

Der Alte schüttelte belustigt den Kopf. »Na, aus einem Buch. In einem der alten Bücher habe ich es gelesen.«

Jack konnte es nicht glauben: »Das stand in einem Buch?«

»Kannst wohl nicht lesen, was, Kleiner?«, feixte der Greis.

»Und woher haben Sie das, was Sie eben vorhin gesagt haben? Das mit der Diktatur des geistigen Proletariats?«

Der Alte tippte mit dem Finger gegen seine Stirn. »Von da oben hab ich's, direkt aus meinem Hirn hab ich's rausgenommen. Direkt von da.«

»Sie wollen mir nicht sagen, woher Sie es haben, nicht wahr?«

»Doch, doch, Kleiner. Nur, du willst es nicht einsehen.« Der Weißhaarige kicherte. »Woher haben Sie das«, äffte er Jack nach, »woher, woher? Na woher wohl«, krächzte der Alte, »vom Hinschauen und Nachdenken hab ich's. Da brauchst du kein Studium dafür. Jeder Depp weiß das. Jeder Depp.« Er grinste. »Du nicht?«

Jack wusste nichts zu sagen. Das erheiterte den Weißhaarigen noch mehr. Lautstark lachte er, zeigte mit dem Finger, was Jack wegen der Passanten peinlich war. Dann wandte sich der Greis unvermittelt ab, und sein Lachen ging in das übliche Selbstgespräch über. Jack versuchte nicht, das Gemurmel zu verstehen. Rasch wechselte er auf die andere Straßenseite und schlug, um nur rasch davonzukommen, den entgegengesetzten Weg des Alten ein – womit er sich, gedankenverloren, Schritt für Schritt in die falsche Richtung bewegte.

An diesem Morgen kam Jack deshalb erstmals zu spät ins Büro. Er ärgerte sich über die Fehlzeit-Effizienzminuten, mit dem das automatische Kontrollsystem sein Zeit-Konto belasten würde. Nicht über die Strafzeit selbst ärgerte er sich, vielmehr über den Makel, den sie anzeigte, seinen Makel, unzuverlässig gewesen zu sein, beinahe ein bisschen unmoralisch, ja asozial.

Als er aus dem Aufzug trat, besah ihn die Gräfin mit kurzem, eisigem Blick und schritt grußlos an ihm vorbei. In Ronjas Zimmer saß bereits die Neue. »Guten Morgen, Herr Blind.« Doch auch das war kein Gruß, lediglich eine formelle Einleitung für die Aufforderung: »Präsident Forell wünscht Sie unverzüglich zu sehen.«

Jack bemühte sich, gelassen zu wirken, nickte, trat in Forells Büro.

»Hast du damit was zu tun?«, fuhr ihn sein Chef an. »Ja oder nein?«

Jack errötete. »Entschuldige, Mike. Es tut mir leid, dass ich zu spät bin. Es kommt nicht wieder vor.«

»Lenk nicht ab, darum geht's mir nicht. Steckst du mit drin, Jack, ja oder nein?«

»Wo drin – was denn?«

»Tu nicht so!«, schrie Forell. »Ich will von dir wissen, ob du Mitglied der Linken Brigaden bist!«

»Was! Ich?«

»Ja, du. Schließlich stehst du in Kontakt mit drei verhafteten LB-Mitgliedern. Zuerst dein Nachbar, mit dem du nachgewiesenermaßen immer wieder Kontakt hattest. Dann Ronja, mit der du, wie ich erfahren musste, sogar intim warst. Und gestern Nacht wurde sogar deine Schwester verhaftet. Sie ist kurz davor, zu gestehen, eine der wichtigsten Aktivistinnen der Terroristen zu sein. Und du!«, schrie Forell. »Bist du auch Mitglied der LB?«

»Nein«, brachte Jack hervor, dann war nur noch Rauschen in seinem Kopf, wirbelndes Chaos. Schwindelig und übel wurde ihm; in stickige Watte geschnürt war er. Gwendolyn eine Terroristin? Unmöglich, die kleine Gwendolyn, nein, meine kleine Schwester, Terroristin, hat schon gestanden.

»Nein«, sagte Jack nochmals, wie abwesend.

»Bist du auch ein Verräter?«, brüllte Forell.

Jack konzentrierte sich, er musste an sich denken, rasch einen klaren Kopf bekommen, musste das Chaos beiseiteschieben, rasch, rasch, rasch, weg mit dem Chaos, weg, weg. Weg mit Gwendolyn, weg, Ruhe jetzt.

»Ich bin kein Verräter, Mike, ganz sicher nicht.«

»Versprichst du es mir? Versprichst du es mir bei unserer Freundschaft?«

»Ja, Mike!« Jack war den Tränen nahe. »Ja, ich verspreche es dir.«

Forell besah seinen Mitarbeiter, fühlte seine Macht über ihn. Sie kam ihm vor wie eine Stärke, die ihn erhöhte, nicht nur über Jack, sondern allgemein erhöhte, als Menschen, als Autorität. So glätteten sich langsam seine Züge, wich die Aggression aus seinen Augen. Er nickte, als denke er nach, als wäge er, ganz Staatsmann, eine schwere Entscheidung ab. Dann sagte er endlich: »In Ordnung, Jack. Ich vertraue dir.« Er ging auf seinen Untergebenen zu, schloss ihn fest in die Arme, drückte ihn an sich, und dabei spurte er, wie sein Stabschef zitterte. »Schon gut, Kumpel, schon gut«, redete er auf ihn ein. »Schon gut, ist ja gut.«

Forell hatte bereits nachts von Gwendolyn Blinds Verhaftung erfahren, und zweiundzwanzig Minuten vor Jacks Eintreffen im Regierungsgebäude hatte er das Untersuchungs-File über seinen Stabschef auf den Screen bekommen. Aus dem File ging eindeutig hervor: Jack Blind war unschuldig, gehörte nicht der LB und auch sonst keiner Verbindung an, führte ein völlig ruhiges, beinahe zurückgezogenes Leben, das er praktisch ausschließlich seinem Job widmete. Er ernährte sich gesund, hielt sich mit seinem Hometrainer fit, hatte keine Leidenschaften, die er vor der Öffentlichkeit geheimzuhalten versuchte, und konsumierte, sobald er emotionale Schwächen oder Überreaktionen an sich feststellte, sorgsam die entsprechende Sorte Feelgood-Pillen. Gemäß seiner Akte war Jack (mit Ausnahme seiner zu geringen Konsumleistung zugunsten der Volkswirtschaft) ein Musterbeispiel eines anständigen, moralisch gefestigten Bürgers, von dem keinerlei Risiko ausging.

»Schon gut Kumpel, schon gut«, flüsterte Forell noch einmal und lockerte langsam seine Umarmung. »Ich vertraue dir ja.«

Jack rang um Luft. »Danke. Danke, Mike.«

28.

Seit Tagen hatten die Nordatlantikflüge stark zugenommen. Der Schatten eines mächtigen Nurflüglers glitt über den Gebäudekomplex, als im Präsidentenbüro sämtliche Monitore zu flimmern begannen.

»Schon wieder!«, rief Forell, deutete auf den Schirm, doch da war die Störung auch schon wieder vorbei.

»Kurzfristige Unterspannung«, stellte Tina Fux fest. »Kommt in letzter Zeit ständig vor.«

»Wussten Sie eigentlich«, Forell lehnte sich zurück, »dass alles, was wir auf unseren Terminals sehen, gar nicht von unseren Rechnern kommt? Keine einzige Anwendung, kein Programm, kein E-File? Nichts, absolut nichts liegt auf unseren Festplatten. Wird alles von einem outgesourcten Megaserver generiert. Was wir auf den Screens sehen, ist reine Oberfläche. Die Inhalte werden allesamt von außen abgerufen. Wenn diese Verbindung gekappt wird, ist alles tot.« Er schnitt eine Grimasse. »Spooky, nicht?«

Tina bemühte sich um einen interessierten Gesichtsausdruck. »Und wem gehört der ausgelagerte Server, der uns bedient?«

Forell zuckte mit den Schultern. »Irgendeinem dieser Konzerne. Maksoft, IM, Ap, Sims, ist ohnehin kein Unterschied.« Tina nickte.

»Meine Damen!«, rief Präsident Forell, nachdem die Gräfin eingetreten war. »Lassen Sie mich gleich zum Punkt kommen. Ich mache mir Sorgen, dass die Einführung der Moral-Chips nicht so reibungslos funktioniert, wie Sie mir das versprochen haben. Erst zwölf Prozent freiwillige Implantierungsanmeldungen. Was läuft da falsch?«

»Nichts läuft falsch.« Die Gräfin wischte mit einer energischen Bewegung über ihren Jackett-Ärmel, als gelte es Schmutz abzustreifen. »Wir dürfen mit der bisher erreichten Quote nicht unzufrieden sein. Die Menschen reagieren auf Neuerungen nun einmal reflexartig mit Skepsis. Sobald die Veränderung aber einige Zeit zurückliegt, kommt es ihnen vor, als sei es nie anders gewesen. Die Menschen gewöhnen sich an alles, sie werden sich auch mit den Implantaten abfinden.«

»Vorerst«, beharrte Forell, »muss ich mir vom liberalen Flügel aber anhören, dass wir zu sehr in die Privatsphäre eindringen und gläserne Menschen schaffen.«

»Die Liberalen! Wenn es nach denen ginge«, die Gräfin blickte abfällig, »hätten wir heute noch nicht einmal die Möglichkeit, Zellen von Laborföten zu transplantieren. Die Liberalen sind gegen jede Neuerung. Wenn es sie dann aber gibt, sind sie die Ersten, die sie nutzen. Und das Gerede vom gläsernen Menschen, Präsident, kenne ich schon aus einer Zeit, da gingen Sie, bei allem Respekt, noch in die Vorschule. Damals galt man bei manchen schon als gläserner Mensch, wenn man eine lächerliche Kundenrabattkarte besaß und der Handelskonzern über die Konsumgewohnheiten Bescheid wusste. Einfach lächerlich! Etwa zu jener Zeit begann die damalige Regierung übrigens damit, systematisch Risikogruppen zu überwachen. Und wissen Sie, welche Gruppe wir am potentiell gefährlichsten einstuften? Am meisten suspekt waren uns jene, die partout all das gemieden haben, was ihr Verhalten oder ihr Bewegungsmuster verraten hätte – Mobilephone, Kundenrabattkarte, Autobordcomputer, GPS und dergleichen. Diese Obervorsichtigen galten als die gefährlichste Gruppe. Sie wurden von unseren Leuten eigens unter die Lupe genommen. Nun ja«, bemerkte sie mit einem süffisanten Lächeln, »man tat sich damals schon nichts Gutes, wenn man innovationsfeindlich war.«

»Ihre politische Einstellung und Ihren feinen Humor in allen Ehren, Gräfin. Aber was tun wir konkret, um die freiwillige Annahme der Implantate zu beschleunigen? Sie wissen, ich will in spätestens einem halben Jahr eine lückenlose Systemabdeckung.«

»Da haben wir schon eine Lösung.« Die Gräfin blickte zu Tina Fux.

»Geschätzter Präsident Forell«, begann Tina. Ihre Zunge umspielte, wie in Vorfreude auf einen Leckerbissen, Ober- und Unterlippe. »Sie als charismatische Führungspersönlichkeit werden sich an die Spitze der Kampagne stellen. Sie werden den Menschen als Vorbild vorangehen. Sie höchstpersönlich werden es sein, der sich öffentlichkeitswirksam einen Chip implantieren lässt. Vor laufenden Kameras, mit Feature davor, Interview danach. Sie gehen mit gutem Beispiel voran. So sehen alle Bürger: Es ist eine Sache der Ehre, der Moral und der Verantwortung.«

Forell prüfte mit einem Blick, ob seine Medienchefin es ernst meinte, da ergänzte die Gräfin mit sachlichem Ausdruck, aber hochgezogener Augenbraue: »Und Sie dürfen nicht vergessen, immer zu lächeln. Während des Vorgangs nicht vergessen: immer lächeln.«

29.

Jack war nicht entscheidungsschwach. Bei beruflichen Problemstellungen handelte er rasch und kompetent. Nachdem er jedoch von der Verhaftung seiner Schwester erfahren hatte, wusste er nicht so recht, was für ihn nun zu tun sei. Forell hatte ihm die Entscheidung letztendlich leichtgemacht: »Ich nehme an, du willst gleich zu ihr fahren und beim Verhör dabei sein?«

Da hatte Jack nur noch »ja« sagen müssen.

Als Gwendolyn Blind von den Securities aus ihrem Bett gezerrt, halb nackt an die Mauer gestellt und schließlich abgeführt worden war, fühlte sie nicht Angst, sondern Wut. Wut über die Ungerechtigkeit, die immer schon da gewesen war und gegen die sie angekämpft hatte und von der sie nun gegen die Wand gepresst wurde, so dass ihr der Atem stockte. Wut auch gegen sich selbst, dass sie nicht stärker gewesen war, nicht klüger, dass es nicht gereicht hatte, sie nicht fähig gewesen war, gegen die Ungerechtigkeit zu siegen.

Während sie zusammengekauert in der engen, finsteren Zelle gesessen war, hatte sie sich vorgenommen, stark zu bleiben, sich nicht beugen zu lassen. Zugleich aber bemerkte sie den sehnlichen Wunsch, einfach wieder freizukommen, raus zu dürfen, und sei es um den Preis, dafür ihre Ideale zu verraten. Was hatten ihre Ideale denn jetzt noch für einen Wert, jetzt, da sie eingesperrt war und nichts mehr unternehmen konnte, sie umzusetzen? Bloß Eitelkeit wäre es doch, schiere Eitelkeit, bliebe sie weiter stur.

»Feigling«, schimpfte sie sich gleich darauf, »willst dich doch nur rausreden.« Sie ohrfeigte sich, ohrfeigte sich fest zwei Mal. Wenn du jetzt deine Ideale, deine Meinung wegwirfst, deinen Glauben, war dein Leben bisher nur Bluff, nur eitler Bluff. »Entscheide dich, Feigling.«

Jack wurde von einem auffallend schlanken Regierungsbeamten begleitet, einem akkurat gescheitelten jungen Mann in einem schwarzen Anzug. Beim Wagen angelangt, wurde Jack angewiesen, im hinteren, fensterlosen, nach vorne abgeschlossenen Fahrgastraum einzusteigen.

»Tut mir leid, Stabschef.« Der Beamte zog die Mundwinkel nach unten, Zeichen einer kleinen, gemeinen Freude. »Vorschrift ist Vorschrift. Ich darf *leider* für Sie keine Ausnahme machen. Sicherheitsvorkehrung.«

Nach vielleicht fünfzehn Minuten Fahrt bremste der Wagen energisch. Jack Blind glaubte am heftigen Quietschen der Reifen zu erkennen, dass sie in einer Tiefgarage einparkten. Er wollte aussteigen, doch die Tür war verriegelt. Der junge Beamte öffnete sie von außen. Das mit den Mundwinkeln kannte Jack nun schon.

Als sie von der Tiefgarage in den Aufzug traten, war Jack sicher, hier schon einmal gewesen zu sein. Und als der Regierungsbeamte das Stockwerk Y wählte, wusste er auch, zu welchem Anlass. Er befand sich in jenem Gebäude, in dem er damals, nach dem Terroranschlag in der U-Bahn, verhört worden war. Damals war es das Stockwerk X gewesen.

»Was bedeutet das Y?«

»Ach, das hat nicht viel zu bedeuten.« Der Beamte nahm ein Haar von seinem Anzugärmel, tat es in ein durchsichtiges

Plastikbehältnis. »Ist ganz einfach die letzte Station vor dem Ende.«

»Welchem Ende?«

»Dem Ende des Alphabets. Sie wissen schon, Stabschef: X, Y, Z.«

Nachdem sie durch einen langen, menschenleeren Gang geschritten waren, wurde Blind eine Tür geöffnet und ihm der Vortritt angewiesen. Er trat ein, starrte den Mann im Inneren an und wandte sich verwirrt wieder um.

»Ja, ich weiß«, sagte der Regierungsbeamte, der Jack eskortiert hatte, und rollte mit den Augen, »wir sehen einander etwas ähnlich.«

»Allerdings nur etwas, darauf legen wir Wert«, bemerkte der andere.

»Sehen Sie«, meinte Jacks Begleiter, schloss die Tür und strich sich übers Haar, »ich bin brünett, und mein Scheitel ist von links nach rechts gekämmt.«

»Und ich«, ergänzte der andere und tat eine ähnliche Bewegung, »bin blond, und *mein* Scheitel ist von rechts nach links gekämmt.«

Jack sah von einem Beamten zum anderen und wieder zurück.

»Bei genauerem Hinsehen sind wir also völlig unterschiedlich.«

»Allerdings. Völlig unterschiedlich.«

»Exakt. Darauf legen wir großen Wert.«

»Sehr großen.«

»Bitte sehr«, meinte plötzlich der brünette Rechtsgescheitelte und wies mit der Handbewegung eines überspreizten Concierges die Richtung an.

»Bitte sehr«, sprach leise auch der blonde Linksgescheitelte.

Jack stand in ihrer Mitte und blickte auf eine schwarze Glasfront, die abrupt transparent wurde, den Blick in den dahinterliegenden Raum freigab.

Eine junge Frau in orangefarbenem Overall saß in dem beinahe kahlen Zimmer. Ein Sensor-Cap war über ihre Schläfen und ihre Stirn gespannt. Abstoßend bleich war sie. Mit dunkel geränderten, eingefallenen Augen kauerte die Frau auf einem der beiden Metallsessel und schüttelte wie mechanisch den Kopf.

Jack betrachtete sie, starrte sie an und riss sich dann zusammen. Er bemühte sich, die beiden Beamten nicht merken zu lassen, dass er erst jetzt, nach peinlich langen Sekunden, seine Schwester erkannt hatte.

»Warum wurden ihr die Haare geschoren?«, fragte Jack möglichst sachlich.

»Sicherheitsgründe«, sagte der Rechtsgescheitelte links neben ihm.

»Reine Sicherheitsgründe«, flüsterte auch der Linksgescheitelte rechts neben ihm.

Der Raum, in dem Gwendolyn saß, glich jenem, in dem vor Monaten auch Jack verhört worden war: etwa fünf mal fünf Meter groß, in der Mitte ein am Boden vernieteter Tisch mit abgerundeten Kanten und einem integrierten Detektor darauf. Zwei Metallsessel, ebenfalls am Boden fixiert. Keine Fenster. Wände und Boden dunkelgrau gestrichen mit wasserabweisender Dispersion. Und an der Decke Kugelkameras, in jeder Ecke eine.

»Sie ist uneinsichtig und kindisch«, befand einer der Beamten.

»Wurde sie schon bewahrheitet?«, wollte der andere wissen.

»Ja, vor einigen Minuten.«

»Dann kann es ja nicht mehr lange dauern.«

»Der Detektor hat sieben Minuten bis zum Geständnis berechnet.«

Jack gab acht, sich seine Ahnungslosigkeit nicht anmerken zu lassen. Ausdruckslos blickte er durch die Scheibe in den Verhörraum.

»Ihre Schwester, nicht wahr?«, fragte der Rechtsgescheitelte.

»Ja.«

»Ein gutes Licht wirft das nicht auf Sie, Stabschef. Wäre ihre Schwester eine Muslimin, würden Sie mit ihr und Ihrer ganzen Familie abgeschoben oder … nun, Sie wissen schon, Stabschef.«

»Ja«, sagte Jack.

»Wenn ich mich richtig erinnere«, flüsterte der Linksgescheitelte, ohne seinen Blick von Jacks Schwester zu lösen, »waren Sie selbst ja auch schon einmal hier bei uns.«

»Es war eine reine Routinebefragung.« Jack wischte sich Schweißtröpfchen von der Oberlippe.

»Sie waren damals zur entscheidenden Zeit am Tatort, das wurde von Kameras und anhand ihrer P-Card-Kennung dokumentiert.«

»Was soll das!« Für einen Moment verlor Jack die Fassung. »Wollen Sie mich hier verhören? Sie vergessen, wer ich bin!« Kaum hatte er sich der Aufregung hingegeben, wurde ihm bewusst, dass es besser war, sich mit den Staatsbeamten erst gar nicht abzugeben, sie am besten zu ignorieren.

»Bei dem Terroranschlag damals war der Zünder in einer Dose Feelgood-Pillen versteckt gewesen«, fuhr der Beamte fort. »Jener Sorte Feelgood-Pillen, die Sie tags zuvor um 19.43 Uhr im Squiz-Markt im Distrikt 1170 gekauft haben.«

Jack wollte einwenden, dass sicher Dutzende Passanten zum fraglichen Zeitpunkt mit einer derartigen Dose Feelgood-Pillen in der U-Bahn-Station waren. Doch er verbot sich selbst den Mund.

»Und wenn Sie nun einwenden wollen«, raunte der andere, »dass doch sicherlich viele mit solch einer Dose unterwegs waren, dann darf ich Ihnen sagen: Ja, das stimmt. Aber die anderen neunzehn Verdächtigen sind an diesem Tag mit ihrer Dose runter in die U-Bahn und wieder rauf. Sie aber, Stabschef, haben den Tatort ohne Ihre Dose wieder verlassen.«

»Und woher, verdammt, wollen Sie das wissen?«, zischte Jack. Er sah kurz zur Seite und dann wieder durch die Glasscheibe zu seiner Schwester, die sich nicht rührte, nur unablässig den Kopf schüttelte.

»Woher wir das wissen?« Der Rechtsgescheitelte lachte. Und auch der Linksgescheitelte setzte in ruckartiges Lachen ein. Die Schultern der beiden zuckten vor Vergnügen.

»Also, woher wollt ihr das wissen, ihr Lackaffen!«, schrie Jack. »Na, woher?«

Die Beamten gaben keine Antwort, grinsten nur. Eine Mischung aus Überraschung über Jacks Unbedarftheit trotz seiner hohen Position und blankem Hohn stand in ihren Gesichtern.

»Haben Herr Stabschef«, begann der Linksgescheitelte und wippte im Stehen lässig auf und ab, »haben denn Herr Stabschef noch nie etwas davon gehört, dass die RFID-Chips, die in sämtlichen Produkten integriert sind, Funksignale aussenden? Und dass diese Funksignale an sämtlichen Checkpoints gespeichert werden? Also auch an den Ein- und Ausgängen sämtlicher U-Bahn-Stationen?«

»Und Ihr Döschen«, fuhr der Rechtsgescheitelte fort, »Ihr Döschen, Herr Stabschef, hat sich beim U-Bahn-Eingang ordentlich angemeldet. Als Sie die Station Rathaus verlassen haben, gab es aber keinen Pieps von sich. Nicht den kleinsten.«

»Anders als Ihr Haarfärbemittel im Übrigen.« Der Linksgescheitelte kicherte.

»O ja, anders als das.« Der Rechtsgescheitelte unterdrückte ein Lachen.

»Jetzt reicht es!«, schrie Jack, da erklang eine sachliche Männerstimme: »Gwendolyn Blind, ich mache Sie gemäß Paragraph 17 des Terror-Abwehrgesetzes noch einmal darauf aufmerksam, dass Sie jede meiner Fragen wahrheitsgemäß und direkt zu beantworten haben. Andernfalls, also sowohl bei Falschaussagen als auch bei Schweigen zur Vertuschung von Straftaten wird ein Schmerzimpuls in Ihren Körper geleitet. Ich mache weiter darauf aufmerksam, dass diese Verhörmethode in keiner Weise etwas mit Folter zu tun hat, da Sie sich eventuelle Schmerzen selbst zuführen und dieses Verhör somit konform geht mit der Europäischen Grundrechtscharta sowie der Menschenrechtskonvention der Vereinten Nationen.«

Gwendolyn versuchte, ihre Hände aus dem am Tisch befestigten Detektor zu ziehen, doch es gelang ihr nicht.

»Gwendolyn Blind, woher hatten Sie die Mittel zur Finanzierung des Sporthelikopters, Type Free-Sky Alpha, der am 17. November um 08 Uhr 13 mit einem die Staatssicherheit gefährdenden, Gewalt und Terror provozierenden Transparent den Luftraum der Stadt verletzte?«

Jacks Schwester zitterte.

»Die ist ja schon ordentlich fertig«, stellte einer der Beamten fest.

Der andere lachte kurz. »Sie hat Angst vor ihren eigenen Gedanken.«

»Wenn es die falschen sind, merken wir es ja gleich.«

Auf einmal schrie Gwendolyn gellend auf, ihr Gesicht verzog sich schmerzverzerrt.

»Es waren die falschen Gedanken«, bemerkte der Rechtsgescheitelte.

Jack atmete durch, versuchte Fassung zu bewahren.

»Gwendolyn Blind«, wiederholte die sachliche Männerstimme, »woher hatten Sie die Mittel zur Finanzierung des Sporthelikopters, Type Free-Sky Alpha, der am 17. November um 08 Uhr 13 mit einem die Staatssicherheit gefährdenden, Gewalt und Terror provozierenden Transparent den Luftraum der Stadt verletzte?«

Gwendolyn saß vornübergebeugt, ihre Hände im Detektor fixiert. »Ich habe es doch schon gesagt. Von den Senioren hab ich's. Die Senioren haben mir das Geld gegeben. Die Alten, die ich im Heim betreue. Sie wissen nicht, wofür ich ihr Geld verwendet habe. Sie glauben, es war für mich privat.«

»Sie hatten nicht die gesamte Summe von den Senioren. Woher hatten Sie den Rest, woher kam die verdeckte Überweisung von Fünfzigtausend?«

Jacks Herzfrequenz erhöhte sich schlagartig. Aus seinen Poren wurde schubweise Schweiß ausgeschüttet.

Gwendolyn standen Tränen in den Augen – zum ersten Mal seit Beginn des Verhörs, vor gut fünf Stunden. »Ich habe es von jemandem bekommen, der nichts dafür kann. Er weiß nicht, wofür ich die Fünfzigtausend verwendet habe. Er ist unschuldig.«

»Wer war es?«, fragte die sachliche Männerstimme.

Gwendolyn schüttelte den Kopf. Ein, zwei ihrer Tränen fielen auf ihre nach vorn gestreckten Arme. Dann fuhr der Schmerzimpuls in den Körper.

»Wer war es?«, fragte die sachliche Männerstimme erneut.

»Nein!«, jammerte sie. Ein verstärkter Impuls jagte durch ihre Arme.

»Er weiß von nichts, er ist unschuldig!« Ein abermals verstärkter Schmerz folgte, ließ sie aufheulen und sekundenlang zittern.

Jack wischte sich Schweiß von Stirn und Lippe.

»Wer war es?«, fragte die sachliche Männerstimme zum dritten Mal.

»Nein!«, brüllte Gwendolyn. »Nein!«, schrie sie nochmals. Schmerz folgte, graues Blei in Hals und Kopf. Gleich darauf musste sie sich übergeben.

Etwa eine Minute brauchte Gwendolyn, um sich wieder aufzurichten. Sie drehte den Kopf zur Seite, wischte mit der Schulter Erbrochenes von Mund und Kinn. »Nein«, flüsterte sie dann, bereitete sich, die Augen geschlossen, auf den nächsten Schub vor und sagte: »Nein, er kann nichts dafür.«

Ihr Anblick zerrte an Jacks Herz, seine schweißnassen Fäuste umklammerten die Daumen. Er starrte seine zitternde Schwester an und – blieb stumm. Er sagte nicht: »Ich war's«, oder: »Sie hatte das Geld von mir.« Als er sich dessen bewusst wurde, war er einen Moment lang überrascht. Überrascht, dass er fähig war, stark zu fühlen, doch nicht, im entscheidenden Moment schlicht anständig zu handeln.

»Wer war es?«, fragte die sachliche Männerstimme abermals.

Gwendolyn blieb stumm. Dann fuhr der Schmerzimpuls aus dem Detektor erneut in ihre Hände, ihre Arme, ihren Leib. Der Schmerz riss an ihr, ließ sie hochschrecken und ihren Körper gerüttelte Sekunden später in den metallenen Sessel zurückstürzen.

Die beiden Beamten beobachteten Jacks Reaktion. Und waren überrascht von seiner Härte. Da sagte die sachliche

Männerstimme aus dem Lautsprecher: »Ihr Bruder Jack Blind hat Ihnen die Summe verdeckt überwiesen, Frau Blind. Es war Ihr Bruder. Wir wissen es längst. Bedauerlich, dass Sie nicht mit uns kooperieren.«

Jack bewegte sich nicht. Er sah nicht nach rechts und nicht nach links. Bemühte sich, ruhig zu atmen. Tat nichts. Sah nur geradeaus, in die Richtung, in der seine Schwester kauerte.

Nach gut einer Minute begann Gwendolyn, ihren Körper in eine aufrechte Position zu bringen. Mühsam gelang es ihr. Mit geradem Rücken saß sie da. Ihre Tränen waren beinahe getrocknet. Schleim floss aus ihrer Nase.

»Ich mache folgende Aussage«, betonte sie, plötzlich mit fester Stimme, den Blick geradeaus. »Ich bin LB-Unterstützerin und heiße die entsprechende politische Aufklärung für unbedingt notwendig. Mein Bruder weiß davon nichts, er ist völlig unschuldig.« Nach kurzem Innehalten, mit weiterhin klarer Stimme fuhr sie fort: »LB hat niemals und zu keiner Zeit Anschläge verübt, bei denen Menschen ums Leben kamen oder ernsthaft geschädigt wurden. Von uns gab es keinen einzigen Bomben- oder Giftgasanschlag. Diese Terrorakte werden LB absichtlich und gegen besseres Wissen von der Regierung unterstellt, die in Wahrheit vermutlich selbst hinter den Anschlägen steckt, um damit ihre Law and Order-Politik sowie ihre diktatorischen Maßnahmen zu legitimieren.«

»Warum bekam sie keinen Schmerzimpuls?«, flüsterte der linksgescheitelte Beamte nach einer Weile.

»Sie muss tatsächlich an das glauben, was sie da sagt«, war die Antwort des anderen.

30.

Gut eine Woche war vergangen, als Jack den zweiten Anlauf unternahm; seine Schwester zum zweiten Mal besuchte. Je länger er auf sie einredete, desto mehr fühlte sie sich unverstanden. Sie wusste nicht anders zu reagieren als mit regungsloser Traurigkeit, stummer Wehmut. Gewiss, sie hätte versuchen können, ihn in ihre Welt zu geleiten, doch wie oft war das schon fehlgeschlagen, wie oft hatte sie erleben müssen, dass sich irgendetwas in ihm gegen den kleinsten Gedankenausflug in ein fremdes Land sträubte. Danach fragen und drängen, das tat er, doch immer, wenn sie seiner Forderung nachkam, wollte er es dann doch nicht so genau wissen, wechselte stattdessen das Thema, wohl aus Angst, in gefährliche, womöglich umstürzlerische Gedanken über sich selbst zu verfallen.

Mehrmals schon hatte sie sich vorgenommen, es dabei zu belassen, sich damit abzufinden, dass Jack nicht bereit war für ihre Welt. Weil er aber doch ihr Bruder war und sie sich Nähe wünschte, ein herzhaftes Miteinander, nicht nur ein herzliches Nebeneinander, unternahm sie doch stets aufs Neue den Versuch, ihn zu erreichen.

Als ihr Bruder sie an diesem trüben Morgen nach ergebnislosem Einreden fragte, was um Himmels willen mit ihr los sei, entschied sie, sich noch einmal zu öffnen und ihn sachte, ganz sachte einzuladen, sie zu verstehen. Und so konnte ihr Bruder beobachten, wie sich, unsäglich langsam zwar, aber endlich, ihre eingetrockneten Lippen lösten und sie ihre müden Augen öffnete.

»Beinahe wäre Schnee gefallen, hast du gesehen?«

Es war nicht der Satz, den Jack sich erhofft hatte. »Gwendolyn, du hast nur noch diese Woche. Dir ist doch klar, was passiert, wenn du dich nicht für das Implantat entscheidest?«

»Ich habe die Flocken sogar gesehen, sie waren schon sooo nahe.« Sie blickte nach oben, in die Richtung des vergitterten Fensters. Beinahe hätte sie in diesem Moment die Hand von der Lehne des Rollstuhls gehoben. »Die ersten Kristalle kamen im Morgengrauen«, sprach sie leise weiter, »doch als sie die Scheiben berührten, zerflossen sie. Und, Jack, wer sie nicht gesehen hat, wird glauben, es hat nie welche gegeben. Verstehst du?«

»Gwendolyn«, beharrte Jack, er berührte sie am Ärmel ihres hellgrünen Anstaltsoveralls, »bitte stimme der Implantation zu.«

Jack war es äußerst unangenehm gewesen, beim Präsidenten für seine Schwester vorsprechen zu müssen. Sein Ansehen war ohnehin schwer ramponiert, sein Einfluss auch ohne peinliches Bittgesuch dramatisch gesunken. Die letzten Besprechungen im innersten Zirkel des Kabinetts hatten ohne ihn stattgefunden. »Du brauchst etwas Ruhe«, hatte Mike Forell festgestellt und ihn gegen seinen Willen vorerst beurlaubt. Er war für den Präsidenten zu einem politischen Risiko geworden, das wusste Jack nur allzu gut. Völlig aus und vorbei freilich wäre es, wenn in der Öffentlichkeit bekannt würde, dass der Terrorflug – wenn auch ohne sein Wissen – vom Stabschef des Präsidenten finanziert worden war und dass dessen Schwester einer der führenden Terroristen der Linken Brigaden war. Für ihn, überlegte Jack, sprachen lediglich zwei Umstände: dass Forell selbst kein Interesse haben könne, seinen Stabschef und langjährigen politischen Mitarbeiter als Terroristen vorzuführen. Und die Vorbeben. Ja, die Vorbeben unter dem Yellowstone-Nationalpark waren der größte Trumpf. Sie waren früher und heftiger aufgetreten, als es die Wissenschaftler des Vertreters und seiner Auftraggeber berechnet hatten. Lange würde es sich nicht mehr verschweigen lassen, dass die USA dem Untergang geweiht waren. In einer derart heiklen politischen Situation, hatte Jack sich beruhigt, feuerte man keinen Stabschef.

Für das Gespräch mit Forell hatte er eine Relaxpille eingeworfen. In seiner Stimme war dennoch eine nervöse Spannung geblieben, als er es nach der ein oder anderen Gesprächsformel geschafft hatte zu fragen: »Denkst du, dass du meiner Schwester helfen kannst?«

Der Präsident hatte daraufhin mit dramatischem Gesicht Luft aus seinen geschlossenen Lippen gepresst – und nichts gesagt. Er verstand sein Handwerk.

»Es wäre mir wirklich sehr, sehr wichtig«, war Jack genötigt zu ergänzen.

Und hatte somit das Spielkapital erhöht.

Forell nickte, gedankenschwer.

»Mike, wir kennen uns so lange, und es ist schließlich meine Schwester. Ich kann doch nicht einfach zulassen, dass sie exekutiert wird.«

Das war der strategisch passende Moment für Forell gewesen, seinem Stabschef jenen Vorschlag zu erläutern, den er längst im Sinn gehabt hatte. »Du weißt«, begann er mit todernstem Gesicht, »was ich riskiere, wenn ich für deine Schwester eine Ausnahme mache und sie vor der Exekution bewahre. Ich verstoße damit gegen mein eigenes Dekret.«

Jack nickte.

»Die Öffentlichkeit sieht es nicht gerne, wenn ein Präsident die eigenen Regeln unterläuft. Und noch weniger gern sieht die Öffentlichkeit einen schwachen Präsidenten.«

Erneut nickte Jack.

»Aber aus alter Freundschaft, aus alter Freundschaft zu dir, Jack, werde ich es machen.« Dann unterbreitete Mike Forell jenes Angebot, zu dem die Gräfin ihm geraten hatte.

Gwendolyn, deren Verhaftung und Geständnis gegenüber der Öffentlichkeit bisher unkommuniziert geblieben war, würde die Todesstrafe erlassen, wenn sie sich einen der neuartigen Rekonvaleszenz-Moral-Chips für Kriminelle und Terroristen implantieren lasse. Der Chip würde ihre politische und gesellschaftliche Einstellung von Grund auf renovieren, zugunsten der Allgemeinheit und der Staatssicherheit. Zwei Wochen habe sie Zeit, sich zu entscheiden.

»Danke«, hatte Jack erleichtert durchgeatmet, als der Präsident seine Ausführungen beendet hatte, »vielen, vielen Dank, Mike. Ich weiß deine Großherzigkeit sehr zu schätzen, Mike!«

Gwendolyn war auf Anweisung des Präsidentenbüros vom Terror-Arrestzentrum in eine Security-gesicherte Abteilung der staatlichen psychiatrischen Anstalt verlegt worden. Der Gebäudekomplex aus dem vorvorigen Jahrhundert lag auf einer Anhöhe etwas außerhalb der Stadt.

Jack hatte Gwendolyn die Neuigkeit voller Enthusiasmus erzählt, hatte mit ihrer Freude gerechnet und damit, dass seine kleine Schwester dankbar zu ihm aufschauen und sein wahres, gutes Ich erkennen würde. »Sogar die lebenslange Haft bleibt dir erspart«, hatte er geschwärmt, »wenn nach der Implantation des Chips von den Fachleuten deine feste, unwandelbare moralische Genesung diagnostiziert werden kann. Ist das nicht phantastisch?«

Gwendolyn hatte ihren Bruder all die Zeit mit müden Augen angesehen. Keine Gefühlsregung war ihr anzumerken gewesen, und als Jack sie zu einer Antwort und also zu einer Entscheidung aufforderte, sagte sie: »Nein.« Sie werde sich keinen Chip implantieren lassen, der zwar ihren Körper am Leben lasse, aber ihr Wesen zerstöre, ihren Willen und ihre Art. Vor diese Alternative gestellt, würde sie es vorziehen, getötet zu werden. Exekution oder Implantation, sagte sie, wo sei da der Unterschied?

Jack war fassungslos gewesen, hatte argumentiert, dass ein durchaus ähnlicher Chip doch künftig allen implantiert werde, freilich, ihrer sei in seiner Wirkung direkter und intensiver, aber schließlich sei sie eine Terroristin, was sie denn erwarte? Außerdem gebe es gezählte 11874 menschliche Eigenschaften, und ihr sollten lediglich um die 100 davon genommen werden, das seien doch geradezu lächerlich wenige. Seine Schwester hatte eingewendet, dass sie doch überhaupt nichts verbrochen habe und nur der Staat und die maßgebenden Gesellschaftskreise ihre Taten kriminalisierten.

Jack musste den Kopf schütteln. Erklären konnte er sich ihre Haltung nur mit ihrem krankhaften Gemütszustand. Seit dem Verhör war sie wie ausgewechselt, weggetreten die meiste Zeit. Das war ein weiterer Grund für Jacks Missstimmung. Denn die Aufgabe, die der Präsident ihm anvertraut hatte, war ohne ihre Kooperation unmöglich zu erfüllen. Zum inoffiziellen Sonderermittler war Jack ernannt worden, die Hintermänner und die politische Führung der Terroristen sollte er enttarnen. Er durfte Forell nicht noch einmal enttäuschen, es war die letzte Chance, die er bekommen würde. Unter keinen Umständen also durfte Gwendolyn sterben, sie war seine wichtigste Informantin, seine Kronzeugin. Und freilich war sie auch seine Schwester, natürlich.

Als Jack aus Gwendolyns Isolierzimmer trat und die beiden Securities hinter sich ließ, spürte er Übelkeit in seinem Magen. Als er den hellgrün gestrichenen Gang mehr entlangtorkelte als ging, schwoll die Übelkeit an, und als er ins nebelige Draußen stolperte, meinte er, sich übergeben zu müssen. Doch das gehörte sich nicht, und die Securities am Hauseingang beobachteten ihn, also unterdrückte er die Regung und übergab sich nicht, sondern würgte heftig und schluckte. Kein Ende nehmen wollte das Hochschwappen vom Magen her, schrecklich weit kam ihm der Weg bis zum Ausgang des Parks vor, der die Anstalt umgab.

Endlich war er draußen auf der Straße. Jack Blind öffnete die Tür eines Taxis. Er konzentrierte sich, trotz Übelkeit für die Fahrgastkamera einen neutralen Gesichtsausdruck zuwege zu bringen, und stieg ein.

Der Fahrer war augenscheinlich Araber. Jack blickte auf dessen rechtes Handgelenk. Ja, der Mann trug das neu eingeführte, grell orangefarbene E-Band der Moslems.

»Wohin?«, fragte der Araber, sah in den Rückspiegel, durch das Schutzgitter, und Jack nannte seine Wohnadresse.

»Mein Name ist Mohammed«, sagte der Fahrer kurz darauf, ohne dass Jack ihn danach gefragt hatte. »Ich komme aus Alexandria.«

Jack überlegte, ob er dem Mann sagen sollte, dass er keinerlei Lust auf Konversation habe, doch es war ihm zu umständlich, zu anstrengend, also brummte er nur matt. Der Fahrer verstand es als vage Aufforderung. Nach dem Technikchemie-Studium sei er ausgewandert, dreißig Jahre sei das jetzt her. Damals habe er sofort einen Job bekommen, habe sehr viel Geld verdient, sei angesehen gewesen. Doch dann sei seine Mutter gestorben, und er wollte nach Hause fliegen, ihr die letzte Ehre zu erweisen. In der Firma habe man ihn wegen eines wichtigen Termins gebeten, nicht zu fliegen. Er bat um Verständnis, er müsse seine Mutter beerdigen. Und er flog. Infolgedessen bekam er zunehmend Probleme, immer schlechtere Aufträge, wurde gemieden, gemobbt, irgendwann kündigte er.

»Entweder«, sagte Mohammed aus Alexandria, »du bist ihr Roboter, oder du bist es nicht. Es geht langsam, und deshalb bemerken viele nicht, Roboter zu sein. Ich bin nur Taxifahrer, aber ich bin selbständig. Und frei.«

Na klar, dachte Jack, du und frei. Ein Taxifahrer bist du – noch dazu ein arabischer. Abends musst du wieder in den Kontrollbezirk, wirst gefilzt bei den Security-Checkpoints.

»Die meisten heutzutage sind Roboter«, variierte Mohammed sein Thema. »Sie tun alles für Geld und Ansehen. Opfern alles andere dafür. Zuallererst opfern sie ihre Ansichten, erst kleine, dann immer größere. Dafür dürfen sie immer weiter die Karriereleiter emporeseln. Um dabei rasch voranzukommen, bleiben sie niemals stehen, sehen sich nicht um, wo sie sind, bemerken nicht, was sie treiben.«

»Stimmt«, nuschelte Jack, um auch einmal etwas von sich zu geben.

»Am ärmsten sind die Mächtigen, sie gieren nach immer mehr Macht und immer mehr Geld, weil das alles ist, was ihnen geblieben ist an Glück. Kennen Sie auch solche Leute?«

Jack sah, wie der Mann in sein Gesicht blickte. Er hatte keine Lust, nachzudenken.

Mohammed beschleunigte auf einem geraden Straßenstück. »Das Glück, das man am leichtesten zu erreichen glaubt, das versucht man zu erreichen. Und wenn man einmal wegen Geld oder Macht glücklich wurde, dann versucht man das immer wieder und merkt nicht, wie sehr man sich dabei von den anderen Dingen entfernt.«

Der Wagen bog in Jacks Straße ein, als im Radio die Sendung eines dieser Gurus endete und die Nachrichten begannen: »Reaktorkatastrophe in Japan kostet vermutlich Hunderte Menschenleben. Leichte Erdbeben unter dem Yellowstone-Nationalpark harmlos, sagen Experten.«

Jack sah auf sein u-Phone. Wieso war keine Eilt-Meldung vom Nachrichten-Alarmsystem des Präsidentschaftsbüros eingegangen? Er rief das Menü auf und bemerkte, dass seine User-Rechte vom Administrator deaktiviert worden waren.

31.

Der Vertreter schien diesen Morgen in Hochform zu sein. Als ihn Forell auf sich zugehen sah, federnden Schritts, sonnengebräunt und wie aus einer tiefen, inneren Zufriedenheit heraus strahlend, war er einen Augenblick lang neidisch. Dieser an Jahren mehr als reife Mann wirkte derart sportlich und attraktiv, dass sich Forell wünschte, doch etwas abzubekommen von diesem Glanz, dieser Energie, ja der Erscheinung dieses Mannes, der mit funkelnd blauen Augen und zum Gruß gestreckter Hand förmlich auf ihn zuschwebte.

»Mein lieber Präsident«, begrüßte ihn der Vertreter und umfasste zur Bestätigung ihrer freundschaftlichen Verbundenheit seinen Oberarm. »Ich muss Ihnen schon wieder gratulieren und Ihnen erneut meinen Respekt zollen.«

»Wie komme ich zu der Ehre?«

»Ich habe gehört«, sein Gesicht nahm einen stolzen Ausdruck an, »dass Sie Ihrem Amt alle Würde erweisen und dem unsicheren Volk mit mutigem Beispiel vorangehen.«

»Ach, Sie meinen das Chip-Implantat.« Forell machte eine wegwerfende Handbewegung. Mit seinem Blick aber lud er den Gast ein, fortzufahren, noch ausgiebiger über ihn zu sprechen.

»O ja, in der Tat, das meine ich.« Er nickte anerkennend. »Haben Sie sich schon entschieden, Präsident, ob Sie sich das Wunderding über die Schläfe oder die Nasenhöhle einsetzen lassen?« Und ohne eine Antwort abzuwarten, setzte er hinzu: »Durch die Nasenhöhle ist die Chip-Injektion ja beinahe noch einfacher. Im Hinblick auf die Kamerawirkung und die Eleganz würde ich Ihnen jedoch die Schläfe empfehlen.«

Forell hatte sehr wohl zugehört, und die fachkundigen Ratschläge des Vertreters hatten ihn auch interessiert. Doch noch mehr beschäftigte den Präsidenten eine Frage, von der er sich wunderte, dass sie ihm erst jetzt in den Sinn gekommen war. »Sagen Sie«, begann er und nestelte in einer Falte seiner Anzughose, »Sie haben doch erzählt, dass die Moral-Chips bei den wichtigen Entscheidungsträgern der Wirtschaft schon lange eingesetzt werden?«

»Bei den allerwichtigsten Entscheidungsträgern«, sagte der Vertreter.

Forell zögerte – und stellte dann mit leiser Stimme seine Frage: »Haben auch Sie so einen Chip im Kopf?«

Der Vertreter lachte, lachte befreit und herzlich und faltete seine gebräunten, formschönen Hände über dem Designeranzug. »Präsident«, sagte er beinahe zärtlich, »natürlich bediene auch ich mich eines Moral-Chips. Denken Sie, ich könnte meinen Job andernfalls ausreichend professionell und charaktervoll ausüben? Wir sind schließlich alle keine Übermenschen.« Er lächelte noch fröhlicher. »Wo haben Sie eigentlich die Gräfin versteckt«, fragte er dann. »Mir scheint, Sie verwehren mir die bezaubernde Gesellschaft Ihrer Kabinettschefin.«

»Die Gnädigste«, Forell nannte sie tatsächlich – und nicht zum ersten Mal – die *Gnädigste*, »hat sehr viel zu tun. Sie lässt Ihnen die allerbesten Wünsche ausrichten und meinte, wir beide verstünden uns mittlerweile so ausgezeichnet, dass ihre Anwesenheit gar nicht mehr erforderlich sei.«

»Frauen wie die Gräfin«, seufzte der Vertreter daraufhin,

»ich meine Damen von Format, Präsident, werden für uns Männer stets undurchschaubar und deshalb magisch anziehend sein. Gleich, was sie sagen, gleich, welchen Blick sie uns schenken, hinter allem kann sich eine süße Raffinesse verborgen halten. Oder«, ergänzte er launig, »oder ein blutgetränkter Dolch.«

Forell krächzte ein kurzes Lachen. »Wollen wir mit unseren Tagesordnungspunkten beginnen?«, fragte er rasch.

»Gewiss«, antwortete der Vertreter.

Zuerst berichtete der Präsident über die angedachte Wahlrechtsreform. Er habe sich überlegt, begann Forell die Idee der Gräfin zu referieren, es sei doch elegant, künftig nicht mehr allen Stimmberechtigten die Mühe der Wahl aufzubürden, sondern nur noch jenen, die gegen die aktuelle Regierung seien. Den übrigen werde das Procedere der Registration und des E-Votings erspart werden, was ja sozusagen als Service am Bürger zu verstehen sei. »Außerdem«, fuhr Forell mit einem Zwinkern fort, »außerdem würde der aktuellen Regierung«, er wies mit beiden Zeigefingern auf seine Körpermitte, »würde dem amtierenden Präsidenten damit ein noch beständigeres, solideres Arbeiten möglich gemacht.«

»Sämtliche Nichtwähler würden demnach der Regierungsfraktion zugerechnet werden?«, erkundigte sich sein Gast.

»Selbstverständlich.« Forell bleckte die Zähne. »Wir vereinfachen doch lediglich, was in der Praxis seit jeher der Fall ist: Wer sich nicht zur Wahl einloggt, ist offenkundig zufrieden, wünscht keinerlei Veränderung, unterstützt also den amtierenden Präsidenten und seine Regierung.«

Der Vertreter spitzte nachsinnend den Mund. »Faszinierende Argumentation.«

»Denken Sie«, erkundigte sich Forell mit gespielter Gelassenheit, »die Öffentlichkeit schluckt das?«

Sein Gast wiegte den Kopf und atmete langsam ein und wieder aus.

Forell fixierte ihn, hing an seinen Lippen, die sich kräuselten, spannten, wölbten, um schließlich den Satz zu formen: »Ja, ich denke, es ist machbar, die Leute sind schon so weit.«

»Vielleicht sollten wir die Wahlkosteneinsparung an die Bürger ausbezahlen, als unterstützendes Argument sozusagen.«

»Heutzutage kann ein Politiker gar nicht zu populistisch sein«, befand sein Gegenüber, »dennoch würde ich abraten. Man sollte den Menschen generell nicht zu viel Gutes tun. Sie werden sonst undankbar.«

»Hm«, brummte Forell.

»Unzufriedenheit und Undankbarkeit sind zutiefst subjektive Lebenseinstellungen. Der Silbermedaillengewinner etwa ärgert sich, weil er Gold verpasst hat. Der Bronzemedaillengewinner aber freut sich, weil es nicht Blech geworden ist.«

Der Präsident nickte amüsiert.

Je länger er darüber nachdenke, brach der Vertreter nach einer Weile das Schweigen, desto klüger und notwendiger erscheine ihm die geplante Wahlrechtsreform des *geschätzten* Präsidenten. Und dessen Büro tue wohl gut daran, die Details rasch auszuarbeiten und umgehend vom Parlament bestätigen zu lassen. Schließlich werde die politisch, wirtschaftlich und militärisch heikle Phase infolge des *US-Ereignisses* rascher eintreten als ursprünglich angenommen. Da seien alle Maßnahmen, die Kontinuität und Ordnung unterstützten, höchst gefragt.

In diesem Zusammenhang, ergänzte er, nachdem er die Zustimmung Forells registriert hatte, könne er eine noch nie dagewesene, wahrhaft historisch zu nennende Hilfestellung der Wirtschaft anbieten.

Forells Pupillen weiteten sich.

Wenn es gewünscht sei, würden seine Klienten sich bereit erklären, die gesamte Werbung dieses Landes in den Dienst der Staatssicherheit zu stellen. Jede Sekunde Werbung, jede Sequenz, jeder Quadratzentimeter solle genutzt werden, die Bürger zu solidarischem, verantwortungsvollem sowie uneigennützigem Verhalten zu motivieren.

Forell hatte noch keine umfassende Vorstellung, was dies im Detail bedeutete. Die ernste Miene seines Gastes aber und der überaus wichtige Ton, den er angeschlagen hatte, ließen ihn beeindruckt nicken. Dann sagte er dankbar: »Ich bin überwältigt von Ihrer Hilfsbereitschaft.«

»In Krisenzeiten heißt es zusammenhalten. Noch dazu«, der Vertreter bemühte sich um ein einnehmendes Lächeln, »noch dazu unter Freunden.«

Forell wusste aus Verlegenheit nicht, wohin er blicken sollte.

Ein kleines Anliegen, ergänzte der Gast, wolle er sich getrauen, seinerseits vorzubringen.

Forells einladendes Lächeln ließ ihn fortfahren.

Um nach der Umwidmung sämtlicher Werbemöglichkeiten für Staats-, Sicherheits- und Solidaritätszwecke nicht mit einem Schlag ohne jede Marketingunterstützung für die eigenen Produkte und Dienstleistungen auskommen zu müssen (abgesehen von Branded Entertainment und Infomercials freilich), wünschten sich seine Klienten die Legalisierung submentaler Werbung. Präsident Forell habe sicherlich schon von dieser im Grunde simplen technischen Möglichkeit gehört, die es ermögliche, in Filmen oder Computerspielen Hochfrequenzinformation einzufächern, die für den Konsumenten unbemerkt bleibe, also überhaupt nicht störend wirke und dennoch dezent ihre Tiefenwirkung entfalte. Die

Genehmigung für diese Werbeform erbitte er ausschließlich für seine Klienten. Die übrigen Unternehmen, ohnehin eine verschwindende Minderheit, könnten durchaus ausgeschlossen werden, selbstverständlich völlig gesetzeskonform, etwa mittels Ausnahmen für sensible Produktgruppen.

»Ziemlich gerissen«, meinte Forell nach einigem Nachdenken. Er wisse jedoch nicht so recht, ob das politisch machbar sei.

»Nicht annähernd so gerissen wie Ihre Wahlrechtsreform«, half ihm der Vertreter bei der Meinungsfindung.

Nach anfänglich verhaltener, dann ausgiebiger Heiterkeit ob ihrer Vorhaben sowie dem nicht anders als kumpelhaft zu nennenden gegenseitigen Versichern von Gewitztheit und Größe wechselten die beiden Herren zum nächsten Tagesordnungspunkt. Der Vertreter erläuterte den aktuellen Stand der Evakuierungsvorbereitungen für Hard-, Soft- und Humanware aus den USA. Der Vulkan werde seinen Klienten zwar eine Menge Finanzmittel und Sonderabschreibungen kosten sowie enormen Umstrukturierungsaufwand verursachen. Im Großen und Ganzen aber, analysierte er gut gelaunt, werde die Katastrophe doch entscheidend und nachhaltig zur Stabilität beitragen.

»Zur Stabilität?« Forell glaubte an einen zu spät erkannten Scherz und lachte.

»Ja«, bestätigte der Vertreter sachlich, Stabilität heiße bei Prozessen ja bekanntlich nicht, dass nichts passiere, sondern dass das, was passiere, immer wieder passiere. Der Verlauf der Welt, die Geschichte schlechthin, sei so ein Prozess.

Forell nickte gedankenschwer und betrachtete die Krawatte seines Gegenübers.

»Dank der Vulkanapokalypse brauchen wir keinen Krieg«, assistierte der Vertreter. »Die Weltressourcen sind, wie Sie wissen, bis über die Schmerzgrenze verbraucht. Die Wirtschaft benötigte zumindest 700 Terawatt mehr Energie als aktuell lieferbar ist. In Wirklichkeit explodiert der Vulkan um Jahre zu spät. Gleich nach dem Peak-Oil hätten wir ihn nötig gehabt. Stellen Sie sich nur vor, Präsident, welch wunderbare Mengen Energie mit dem Verfall der USA frei werden.«

»Aber haben Sie denn keine betroffenen Klienten in den Staaten?«

»Doch, doch.« Deren entscheidender Vorteil allerdings sei ihr Wissensvorsprung. Jene Konkurrenten, welche seine Auftraggeber in Übersee noch hätten, könnten sich auf das *Ereignis* zu spät und daher unzureichend vorbereiten. Deshalb würden sie – der Gast bat darum, es analog zum Thema Vulkan bildhaft ausdrücken zu dürfen – wohl in Schutt und Asche versinken. »Ende mit der US-Konkurrenz für alle Zeiten«, resümierte er und erwähnte, dass selbstverständlich nicht alle Menschen in den USA ihrem Schicksal überlassen würden. »Die besten und wichtigsten Leute holen wir rechtzeitig heraus und bringen sie in Europa, China, Indien, Russland, Afrika in unseren Konzernen in Sicherheit. Summa summarum würden es einige Millionen sein. Die Umsiedelung habe bereits eingesetzt. Irgendwie, wurde der Vertreter ungewohnt euphorisch, füge sich wie durch Schicksalshand alles ganz wunderbar, schließlich leide Europa an einer negativen demographischen Entwicklung. Der Rückgang sei zwar nicht gänzlich wettzumachen, aber dafür lieferten seine Klienten den Europäern nur allerfeinste Ware, das Who is Who der amerikanischen Community, die besten Wissenschaftler, die fähigsten und tüchtigsten Manager.

»Präsident«, endete der Vertreter, »ich bringe Ihnen die vorbildlichsten und potentesten Steuerzahler, die Sie sich nur wünschen können, alle einzigartig, alle ohne jegliche Lebensführungsschuld.« Spontan kam ihm die Idee, Forell einen kleinen Gefallen tun zu können: »Sollten Sie, lieber Mike, irgendwelche Personalwünsche haben, nur zu, schicken Sie mir Ihre Liste, ich besorge Ihnen alles, was Sie brauchen.«

»Danke, das ist sehr liebenswürdig. Ich werde es mir überlegen.« Der Präsident lächelte. Kurz darauf stieß sein Verstand auf eine Unklarheit. »Aber was ist mit den Millionen anderen, all jenen, die nicht in Sicherheit gebracht werden?«

»Präsident«, sein Gast schüttelte unangenehm überrascht den Kopf, »Ihnen, einem Mann mit derartiger Weitsicht, muss ich doch nicht sagen, dass unsereiner die größeren Dimensionen im Auge behalten muss, das Gesamtheitliche.«

»Selbstverständlich.« Forell fühlte sich falsch verstanden. »Ich frage mich nur, ob Sie keine Massenpanik befürchten. Das brächte doch auch Ihre eigenen Leute in Gefahr.«

»Ach nein.« Der Vertreter entspannte sich wieder. »Es wird keine Massenpanik geben. Nichts, absolut nichts wird durch Menschenhand zerstört, was wir später noch brauchen könnten. Vulkaninferno hin oder her, alle werden ruhig sitzen bleiben.«

»Wieso sollten sie?«

Genüsslich lehnte sich sein Gast zurück, schlug ein Bein über das andere.

»Sie, Präsident, sind«, begann er, »bitte verstehen Sie mich nicht falsch, zu jung, um zu wissen, dass jene Technik, die zur Beruhigung der Massen eingesetzt werden wird, schon vor Jahrzehnten angewandt wurde. Allerdings nur bei Ratten. Und in technisch mühsamer Einzelpräparation. Die manierlichen Tierchen wurden mittels am Gehirn angebrachter Elektroden per Fernbedienung steuerbar. War schon damals recht spektakulär anzusehen.«

Die Technik sei dermaßen perfektioniert worden, erläuterte er, dass sich seine Klienten entschlossen hätten, den Stand der Entwicklung nicht weiter zu kommunizieren. Jedenfalls sei es mittlerweile möglich, »alle halbwegs intelligenten Organismen in voll funktionsfähige Neuro-Roboter zu verwandeln«.

»Organismen?«

»Ratten, Menschen, Pinguine, Schweine – was immer Sie wollen.«

Der Vertreter genoss für eine Weile die Überraschung im Gesicht des Präsidenten und fuhr dann fort. Im aktuellen Fall, beim *Ereignis* in den USA, werde man sich eine Weiterentwicklung der Brain-Entry-Technik zunutze machen. Es sei nun nicht mehr nötig, Nanoelektroden an den Gehirnen der zu steuernden Subjekte anzubringen. Die Fernsteuerung funktioniere bei simplen Aufgaben bereits ohne jeden körperlichen Kontakt, einfach per b-Funkwellen. So werde es beim Ausbruch des Megavulkans möglich sein, in ganzen Landstrichen, ja in ganzen Bundesstaaten sämtliche Einwohner per Knopfdruck absolut und garantiert ruhigzustellen. »Wir deaktivieren ganz einfach ihre für Motorik zuständigen Gehirnschnittstellen im Zentralnervensystem.«

»Da müssen Sie nur achtgeben«, fiel Forell ein und lachte kurz auf, denn seine Vorstellungskraft hatte ein kurioses Bild entworfen, »dass Sie Ihre eigenen Klienten rechtzeitig aus der Gegend heraus haben. Sonst sitzen am Ende auch die ferngesteuert im Ascheregen.«

Der Vertreter empfand die Bemerkung als geschmacklos. Höflich lächelte er.

Drei Tage später saß Mike Forell im TV-Studio. Sein Hemd saß perfekt locker, sein Teint ließ ihn kerngesund wirken, die neuen Spezial-Feelgood-Pillen entfalteten ihre Wirkung. Kurzum, der Präsident kam ausgesprochen gut rüber: entspannt, souverän und bester Stimmung. Die sorgfältig gecastete sowie instruierte Ärztin bat Forell noch um ein Autogramm. Dann schenkte sie ihm »als Andenken« einen Chip jener Bauart, den sie ihm gleich vor laufenden Kameras mit dem Schussapparat implantieren würde. Forell drehte und wendete das schmale, reiskorngroße, glänzende Ding zwischen Daumen und Zeigefinger. Er fand, es sah ganz harmlos aus.

32.

Jack quälte sich in Gwendolyns Isolierzimmer, die Schultern hochgezogen, wie zum Schutz vor kaltem Wind, vor wildem Regenschauer. Behutsam näherte er sich seiner Schwester, prüfte mit seinem Blick, ob sich ihr Zustand gebessert hatte, und flüsterte: »Guten Morgen, Gwendolyn.«

Sie saß überraschend aufrecht im Rollstuhl, die Arme auf den Lehnen. Ihr Gesicht war noch blass, doch der Blick war zielsicher auf ihn gerichtet. Jack hätte froh sein müssen über ihre deutlich bessere Verfassung, doch irgendwie fühlte er Verunsicherung. Und als Gwendolyn die Arme hob und sich damit zum ersten Mal seit der Einlieferung aus ihrer Regungslosigkeit befreite, zuckte Jack zusammen. Behutsam strich sie sich mit beiden Händen über ihren kahlen Schädel. Als sie den Mund öffnete, klar artikulierend sprach, verstand er kein einziges Wort.

»Rknnst d nch mmr ncht, dss wr n nr Dkttr lbn, nr Dikttr, d ns ds Lbn nmmt, ds ch? D ns nr vgtrn lsst, wnn wr ns npssn bs zr nknntlchkt?«

Jack war außer sich. In seinem Schädel fühlte er Panik dröhnen, Angst vibrieren in seiner Brust, Verzweiflung überall.

Verängstigt sah er in ihr Gesicht – und sie voller Sicherheit in das seine.

»W schwch d bst, mn grßr Brdr. Mn rmr, lbr Brdr.«

»Gwendolyn! Gwendolyn, was ist los mit dir?«

»Sei ganz ruhig«, sagte seine Schwester mit sanfter Stimme,

»du brauchst dich nicht ängstigen. Alles, was ich eben getan habe, war, meiner Ohnmacht Ausdruck zu geben. Nur noch in Mitlauten habe ich gesprochen, keine Selbstlaute mehr. Ganz wie in unserem Leben, in dem es kein Selbst mehr gibt, nur noch ein mit, ein Mitmachen, selbstlos.«

Jack stand zitternd vor ihr. »Was hast du vorhin zu mir gesagt? Was hat es geheißen?«

»Ich habe gesagt: Erkennst du noch immer nicht, dass wir in einer Diktatur leben, einer Diktatur, die uns das Leben nimmt, das Ich? Die uns nur vegetieren lässt, wenn wir uns anpassen bis zur Unkenntlichkeit?«

Jack atmete durch, steuerte dann auf Gwendolyns Bett zu. Gedanken drangen beängstigend auf ihn ein, fuhren in ihn. Szenarien, Möglichkeiten, Ideen im Stakkato, teils zeitgleich, über-, unter-, nebeneinander. Rasch setzte er sich. Wie schutzlos und klein, überkam es ihn. Nicht zulassen dürfte er das, ruhig Blut bewahren jetzt. Weg mit all diesen Gedanken, machen es doch nur schlimmer, unkontrollierbar. Er vergrub das Gesicht in den Händen. Ausgeliefert fühlte er sich. Wie in diesen schrecklichen Träumen, in denen er eine körperliche Anstrengung unternehmen will, eine Bewegung, die nicht und nicht gelingen will oder nur unsäglich zäh, erfolglos letztlich. Bleierne Füße, festgenagelt, gekreuzigt, hinab gefahren in die Hölle. Jener Art waren zuletzt seine Träume gewesen. Nicht einmal nachts, nicht einmal im Traum fand er mehr Glück und Ruhe.

Im Regierungsgebäude unterrichtete die Gräfin den Präsidenten, dass die USA angegriffen worden waren.

»Von wem?« Forell fuhr vom Schreibtisch auf.

»Wir wissen es noch nicht. Es handelt sich um einen Cyberkrieg.«

»Wie schlimm ist es?«

Gräfin Juno neigte den Kopf zur Seite. »Die strategisch wichtigen Bereiche des Landes sind gelähmt. Ziele der Online-Attacken waren Regierungsinstitutionen, Banken, Medien, Energieversorger, Militärbasen. Das klassische Repertoire. Die Terrorattacke wurde mittels Bot-Netz durchgeführt.«

»Womit?«

Gräfin Juno hob eine Augenbraue. »Präsident Forell, das habe ich Ihnen letztens bereits erläutert.«

»Ja«, stöhnte Forell. »Dann sagen Sie es mir eben noch einmal.«

»Bots, Präsident, sind Softwareprogramme, die weltweit Computer infizieren, ohne dass der Besitzer sich dessen bewusst wird. Einmal eingenistet, warten die eingeschleusten Viren auf das Signal der Bot-Mutter. Im aktuellen Fall unterstützten vor einer Stunde und elf Minuten etliche Millionen ahnungslose User die Attacke gegen die USA. Wenig später bereits war die Belastung der US-Server so groß, dass ein System nach dem anderen zusammenbrach.«

»Wie lange wird der Krieg dauern?«

»Unsere Experten rechnen mit wenigen Stunden. Es dürfte sich nicht um die klassische Variante handeln, also die Server-Bombardierung zur Vorbereitung einer militärischen Invasion, sondern um einen Testkrieg. Die Aggressoren wollen vermutlich nur eruieren, wie stark die Abwehrschilder sind.«

»Und wer steckt hinter dem Angriff?«

Juno räusperte sich. »Wie gesagt, wir sind noch nicht sicher. Anzunehmen ist, dass es jemand war, der vom bevorstehenden Ereignis in den USA bereits Kenntnis hat. Es könnten die Russen oder die Chinesen sein, ebenso aber auch die Moslems. Sicher ist bisher lediglich, dass über den gesamten Globus zig Millionen User in den Angriff eingebunden waren, ohne davon auch nur das Geringste mitzubekommen.«

Minutenlang saß Jack regungslos auf dem Bett seiner Schwester. Dann sah er auf. Gwendolyn hatte begonnen, im Zimmer auf und ab zu gehen. Aufrecht, mit erhobenem Kinn schritt sie den fünf Meter langen Raum hin und her.

»Gwendolyn, seit wann kannst du wieder gehen?«

Sie gab keine Antwort, flüsterte nur, ohne ihr Auf- und Abschreiten zu unterbrechen: »Draußen geht die Welt ihren Gang, als gäbe es nichts zu bemerken. Nur hier drinnen, ausgerechnet hier, in der Psychiatrie, spüren die Menschen, dass etwas nicht stimmt. Manchmal höre ich sie schreien, Jack. Durch die Wände bis in mein Zimmer höre ich sie. Sie brüllen und kreischen.«

Er schüttelte den Kopf. »Was willst du mir damit sagen, Gwendolyn?«

»Vielleicht«, sagte seine Schwester und wendete an der Wand, »vielleicht ist es ja diese kleine Welt hier drinnen, in der die letzten Reste Instinkt und Gespür eingesperrt sind. Vielleicht ist das hier die kleine Welt, in der die große ihre geheime Sehnsucht erhält.«

»Gwendolyn«, bat Jack, »komm doch bitte zur Vernunft. Bitte stimme der Implantation zu. Dann wird alles wieder gut. Ich verspreche es dir.«

Seine Schwester schritt an ihm vorbei. »Wir haben hier auch Menschen wie dich, Jack. Wusstest du das? Sie sind in der Abteilung für Alexithmie untergebracht. Weißt du, was das ist, Alexithmie?«

Ihr Bruder zuckte resignierend mit den Schultern.

»Es ist Gefühls-Analphabetismus. Menschen, die daran leiden, sind unfähig, in Gefühlen zu lesen; in fremden ebenso wie in ihren eigenen. Es sind Menschen wie du, Jack. Sicher ist in der Abteilung noch ein Platz frei für dich.«

Er schüttelte verärgert den Kopf, sah zu Boden.

»Und noch eine interessante Abteilung gibt es hier. Sie ist vollgestopft mit MCS-Patienten. Weißt du denn, was das ist?«

»Du wirst es mir gleich sagen.« Er atmete durch, ohne aufzusehen.

»Es sind Menschen, die an minimally conscious state leiden. Die Ärzte nennen es auch minimaler Bewusstseinszustand. Es ist eine Art Grauzone zwischen Koma und Wachzustand. Soll ich dir was sagen, Jack? Wenn die Ärzte es ernst meinten mit ihrem Job, müssten sie neunzig Prozent der Bevölkerung einweisen. Und wenn ich es mir so recht überlege, Bruderherz, wäre auch diese Abteilung bestens geeignet für dich. Du lebst doch auch nur zum Schein, tust, als sei alles ganz normal und in bester Ordnung, nur um deine bequeme Ruhe zu haben.«

»Und sogar wenn es so ist!«, schrie er plötzlich, »dann lebe ich immerhin angenehmer als du. Schau dich doch an! Du bist die Irre, du bist im Sanatorium, nicht ich! Und wenn du der verdammten Implantation nicht zustimmst, bist du in einer Woche tot! Tot!« Er starrte sie an, begriff sie nicht. Diesen Starrsinn. Diese Verrücktheit.

Gwendolyn zeigte keine Regung, ging weiter hin und her, auf und ab.

»Vermutlich hast du es wirklich angenehmer«, sagte sie ruhig. »Tatsächlich ist es furchtbar anstrengend, an der Wahrheit festzuhalten. Die Wahrheit – alle gaffen sie an, durchschauen sie dann wie eine blank geputzte Fensterscheibe, behaupten, dass nichts dran ist an ihr. Auch ich habe oft Zweifel, frage mich, wieso ich es mir so schwermache. *So* wichtig ist die Wahrheit womöglich gar nicht. Ich könnte es machen wie du und die anderen, mich blind stellen; so lange, bis ich es wirklich bin. Viele tun es, und keinem ist bewusst, womöglich einer Mehrheit anzugehören, die das Gegenteil dessen, was sie wünscht, zum Gesetz macht – durch braves, stummes Nicken. So erhält sich das System: indem es auch von jenen unterstützt wird, die dagegen sind. Und am Ende wird es sein wie immer: Kein Einziger wird wahrhaben wollen, je auch nur der kleinste Teil des Systems gewesen zu sein.«

Ihr Bruder hatte sich konzentriert, war ihren Gedanken gefolgt, und dabei war es geschehen, dass er es einen Moment lang für möglich gehalten hatte, dass sie recht hatte. Recht, mit allem, was sie sagte und tat. Der Gedanke ärgerte ihn zutiefst. Schnappte nun auch er über? Er durfte sich von ihr nicht verrückt machen lassen!

Jack faltete die Hände, schien seine Kräfte zu konzentrieren. »Gwendolyn«, begann er, »merkst du nicht, dass du dich immer tiefer in deine Hirngespinste hineinredest. Du verdrehst die Dinge so lange, dass am Ende aus unserem demokratischen Wohlfahrtsstaat eine Diktatur wird. Gwendolyn, wir haben Wahlen, wir haben Volksabstimmungen, wir haben freie Medien. Wir haben«, er lachte leise, »wir haben einen Präsidenten, der sich vor jeder klitzekleinen Meinungsumfrage fürchtet. Und du redest von einer Diktatur!«

Sie behielt ihren Schrittrhythmus bei. »Der Präsident, für den du arbeitest, ist auch nicht der Diktator. Er ist selbst Opfer, und Täter, so wie alle. Das ist ja das Teuflische. Wir leben in einer Diktatur ohne Diktator. Die Menschen selbst unterjochen einander. Niemand soll es besser haben als man selbst, niemand soll mehr Freiheiten haben, mehr Möglichkeiten. Im Zweifelsfall für die Einschränkung, sicher ist sicher. So sind die Menschen nicht nur unbemerkt zum Diktator anderer, sondern auch ihrer selbst geworden. Sieh dich doch nur um«, forderte sie, unterstützte ihre Aussage aber weder mit einer Geste noch mit einem auffordernden Blick, schritt nur weiter im Zimmer auf und ab. »All die Gesetze, all die Vorschriften, Gebote, Verbote, Schutzbestimmungen, Securityregeln, sie haben unser Land doch zu einem Kinderzimmer gemacht, mit uns als artige, unselbständige Menschlein darin. Vermutlich gibt es heute nur noch einen Ort, an dem sich wirklich frei sein lässt: hier, Jack, hier im Irrenhaus. Hier drinnen wird nämlich damit gerechnet, dass die Menschen unberechenbar und unangepasst sind und nicht gleichförmige Teilchen einer formbaren Masse.«

»Gwendolyn«, sagte Jack mit neuer, fester Stimme: »Von mir aus höre ich dir weiter zu. Wenn es sein muss auch tagelang. Aber sag mir bitte klipp und klar vorher eines: Ist dir überhaupt bewusst, dass du sterben wirst, wenn du nicht Vernunft annimmst und das Implantat akzeptierst?«

Sie hatte die Antwort augenblicklich parat. »Freiheit impliziert Risiken, Jack.«

»Freiheit!«, schrie er. »Du wirst sterben! Ist das deine Freiheit?«

Ihr Bruder atmete schwer durch, legte abermals sein Gesicht in die Hände. Ohnmächtig fühlte er sich, alle Kraft fühlte er aus sich laufen, wusste keine Lösung mehr, keinen Weg, um an sein Ziel zu kommen.

»Ich hätte Familie haben können«, sagte Gwendolyn, erstmals an diesem Vormittag mit zittriger Stimme, »ich hätte ein Kind haben können. Aber sie haben mir alles genommen.«

»Was heißt sie?«, schrie Jack. »Wer soll das sein, sie? Du selbst nimmst dir gerade alle Möglichkeiten! Akzeptiere das Implantat, nenn mir die Hintermänner der Linken Brigaden, integrier dich in die Gesellschaft als vollwertiges, zuverlässiges Mitglied, bekomme Kinder, sei glücklich! Du kannst alles haben! Alles, Gwendolyn!«

»Ich kann kein Kind gebären, wenn ich weiß, dass es von Beginn an eingesperrt sein wird und im besten Fall seinen Käfig nicht bemerkt.«

»Verdammt, Gwendolyn, du bist wirklich paranoid. Und hör endlich auf, wie verrückt auf und ab zu gehen. Bezweckst du irgendetwas damit? Was soll das, verflucht?«

»Siehst du das nicht, Bruderherz? Ich übe den aufrechten Gang.«

33.

Jack lenkte seinen Wagen mit konzentrierter Vorsicht vom Güterweg auf die frisch beschneite Wiese. Er hielt gebührend Abstand zum Gartenzaun und stellte den Motor ab. Eine Zeitlang noch blieb er sitzen, dann atmete er scharf durch die Zähne aus, nahm den Sturzhelm ab, schlug die Autotür zu und ging auf sein Elternhaus zu. Sein Vater war der letzte Trumpf in den Verhandlungen mit Gwendolyn. Er wird sie zur Vernunft bringen, ja, auf ihn wird sie hören, muss sie hören! Jack stapfte durch den Schnee, als läge er kniehoch.

Als er das Haus beinahe erreicht hatte, wurde die Tür geöffnet. Und als er seine Mutter sah, lächelnd, mit schwimmendem Blick, und seinen Vater, mit dem Arm um sie, wurde Jack bewusst, dass er ihnen von der bevorstehenden Hinrichtung ihrer Tochter berichten musste. Schnell und direkt wollte er es hinter sich bringen. Rasch genug, um seiner Mutter zuvorzukommen. Noch bevor sie ihn mit ihren liebevoll-fürsorglichen Fragen würde quälen können. Ob er auch glücklich sei, ob er nun endlich eine feste Freundin habe, ob er für ein Wunschkind bereit sei und verspreche, ihr als Enkeltochter einen blonden Liebling mit rehbraunen Augen zu schenken, und dass es bei den heutigen biotechnischen Möglichkeiten ja wirklich keine Ausreden mehr gebe.

»Hallo, Jack«, begrüßte ihn seine Mutter. »Du willst sicher zuallererst mit Vater sprechen. Ich lasse euch alleine.«

Eine eigentümliche Wärme war in der Küche, bemerkte Jack, irgendwie nach Kindheit fühlte sie sich an. Eine Wärme, die langsam durch Nase, Mund und Haut sickerte, angenehm, irgendwie wohlig. Komm zum Wesentlichen, verlier keine Zeit, rief er sich zur Ordnung. Sie setzten sich an den Küchentisch. Jack lehnte Bier und Holundersaft ab. Im alten Küchenherd knackten Holzscheite.

»Was hast du da?«, fragte Jacks Vater. Seine Hand zuckte, er hatte die kleine Narbe an der Schläfe seines Sohnes berühren wollen, unterdrückte das Zeichen seiner Liebe aber, umfasste stattdessen seinen eigenen Unterarm.

»Nichts.« Jack drehte sich zur Seite.

»Hast du dir auch schon so einen Chip implantieren lassen?« Er versuchte einen sachlichen Ton, der zu heiter geriet. Jack bemerkte es. »Ich kann nicht als Stabschef eine der bedeutendsten Sicherheits- und Sozialisierungsmaßnahmen in der Geschichte unseres Landes beschließen und mich selbst dann davor drücken.«

Sein Vater zog langsam Luft durch die Nase ein, sah auf die Tischplatte und dann mit einem Blick, den Jack nicht zu deuten wusste, in dessen Gesicht.

»Gwendolyn ist verhaftet worden«, stieß Jack hervor, seine aufkommende Unsicherheit zu beseitigen. »Sie ist eine Terroristin.«

Der Vater nickte, ganz so, als wüsste er es längst. Er strich eine Strähne seines grauen Haares aus der Stirn und sagte dann leise: »Unsinn.«

Jack konzentrierte sich. Er durfte nun nicht wütend werden, durfte nicht dem Impuls nachgeben, den Alten anzuschreien, ihm vorzuhalten, wie immer allwissend und souverän zu tun.

»Heutzutage«, der Vater legte beide Hände auf die Tischplatte, beugte sich leicht nach vorne, »wird ja schon Terrorist genannt, wer Flugzettel verteilt und politische Parolen an Fabrikwänden anbringt. Kritik an der Regierung wird als Staatsverrat ausgelegt, wer eine abweichende Meinung hat, gilt als unverantwortlich, unsolidarisch, als Gefahr für die Gesellschaft.«

Jack hatte dieses nonkonformistische, rechthaberische Getue des Alten satt. Gerne hätte er jetzt das gesagt, was er einmal von der Gräfin gehört hatte, dass nämlich all jene leicht reden haben, die nichts zu sagen haben. Aber Jack verkniff es sich. Stattdessen, das wusste er, verfügte er über einen Satz, der den Vater noch viel treffsicherer zurechtweisen und ihm seine Grenzen schmerzlich vor Augen führen würde. Jack lehnte sich zurück, verschränkte die Arme. »Gwendolyn, die du vermutlich mit deiner niedrigen Meinung über unseren Staat angesteckt hast, ist nicht nur eine Parolenschmiererin, sondern hat bereits gestanden, *führendes* Mitglied der *gefährlichsten Terror*organisation des Landes zu sein.«

Der Satz zeigte nicht die Wirkung, die ihm von Jack beigemessen worden war.

»Was genau hat sie gestanden?« Der Vater blickte seinen Sohn mit Augen an, die völlig frei waren von Aggression und Überraschung, die vielmehr ein Angebot bereitzuhalten schienen, eine freundliche Einladung, gleich einer Brücke in ein fremdes Land.

Nun durfte Jack nicht die Nerven verlieren. Es war ein Spiel. Allzu oft hatte er es in der Politischen Akademie trainiert. Sein Vater würde ihn nicht hereinlegen. Nein, so leicht würde er sich nicht aufs Glatteis führen lassen. Konsequenz war nun gefragt, schlichte Klarheit.

»Gwendolyn«, betonte er und konnte es dann doch nicht lassen, süffisant »deine Tochter« anzufügen, »hat gestanden, *aktives* und *führendes* Mitglied der *Linken Brigaden* zu sein.« Nun aber sollte der Triumph vollkommen sein, also ergänzte er: »Und wenn sie sich nicht binnen *vier* Tagen dazu entschließt, sich einen Spezial-Moral-Chip implantieren zu lassen, wird sie nach den geltenden Terrorgesetzen dieses Landes exekutiert.«

Diesmal zeigten seine Worte Wirkung. Der Alte atmete schwer, fuhr sich mit einer fahrigen Bewegung über sein faltiges Gesicht, massierte energisch seine Nasenwurzel und sagte dann, durchaus mit Verzweiflung in der Stimme: »Aber, Jack, das ist doch Wahnsinn. Sie kann gar nicht gestanden haben, Mitglied der Linken Brigaden zu sein. Diese Organisation gibt es nicht. Alles was es gibt, sind die Buchstaben LB. Weißt du denn wirklich immer noch nicht, was diese Buchstaben bedeuten, Jack?«

Mit dem letzten Satz, hatte Jack beobachten können, waren die Augen des Vaters noch verzweifelter geworden, doch es war die falsche Verzweiflung, denn diese schien auch ihn anzugehen, schien ihn selbst mit einzuschließen, ja womöglich war er selbst sogar die Ursache dafür. Er zuckte mit den Schultern und kam sich plötzlich schrecklich klein vor.

»Mein Sohn«, sagte der Alte traurig, und Jack ließ es wie benommen geschehen, dass der Vater nun doch zärtlich die frische Narbe an seiner Schläfe berührte. »LB, das ist keine Terrororganisation. Nur der Staat und seine Hintermänner behaupten das. LB sind meine Initialen. Léon Blind, Jack.«

34.

»Gratuliere«, sagte Mike Forell und löste seinen Blick von ihrem Dekolleté.

Tina Fux lächelte, schlug die Augen nieder. »Ein wenig schlechtes Gewissen habe ich allerdings schon.«

»Ach was.« Der Präsident machte eine Handbewegung. »Blind ist als Stabschef ohnehin untragbar geworden. Da kann ich gleich Ihnen den Job geben. Herzlich willkommen in der Präsidialsitzung«, fügte er feierlich hinzu. »Dass es als Stabschefin mit dem Rauchen nun endgültig vorbei ist und auch mit den anderen kleinen Extratouren, ist aber klar, oder?«

»Yes, Boss!« Tina Fux salutierte wie zum Spaß.

Mit der Zungenspitze befeuchtete Forell seine Lippen. »Sag Mike zu mir, Tina.«

Die Gräfin hüstelte.

»Liebste Gräfin!« Forell riss seinen Blick von Tina. »Was haben wir heute denn am Programm?« Er rief es viel zu laut, klatschte aufmunternd in die Hände, linste gleich darauf wieder zu seiner neuen Stabschefin, um ihr zuzuzwinkern, Zeichen seines lässigen Selbstverständnisses.

»Unsere Experten«, Juno blickte von ihrer e-Map auf, »empfehlen, dem Wunsch der Lebensmittelindustrie nachzukommen und die Errichtung der neuen Hochhausfarmen zusätzlich zur Steuerbefreiung mit Baukostenzuschüssen zu unterstützen.«

»Ist das wirklich nötig?«

»Das plinianische Ereignis in den USA wird neuesten Berechnungen zufolge auch unser Land mit einer dunklen Aschewolke beschatten. Die traditionelle Landwirtschaft könnte zum Erliegen kommen. Wenn Sie nicht wünschen, Präsident, dass das Volk hungert, die Revolution ausruft und Sie von Ihrem wohlverdienten Throne stößt«, die Gräfin imitierte zur Verblüffung der Anwesenden und mit ungewohnter Keckheit Forells narrenhaftes Augenzwinkern von vorhin, »dann sollten Sie, geschätzter Präsident, der Errichtung der klimaunabhängigen Hochhausfarmen Ihre Zustimmung erteilen.«

»Einverstanden. Na schön.« Forell stöhnte gelangweilt. »Wie viele dieser Dinger werden denn aus dem Boden gestampft?«

»In einem Turm wird Nahrung für 100000 Menschen generiert, wir brauchen also für jeden Distrikt etwa eine Farm. Aufgrund des Zeitdrucks wird die Versorgung nicht lückenlos sein können. Das tut allerdings nichts zur Sache. Wir werden über ausreichend Tablettennahrung verfügen. Insbesondere für die sozial unteren Klassen sollten Pillen in der Überbrückungszeit gut genug sein.«

Forell nickte, nicht unzufrieden.

»Das führt mich auch schon zum zweiten Tagesordnungspunkt«, sprach Juno weiter. »Aus einem gemeinsamen Arbeitspapier der Sozial-Innen-Ministerin, der Justizministerin und des Sektionschefs für die Innere Sicherheit geht hervor, dass wir dringenden Handlungsbedarf bei den GÜ haben.«

»Den was?«

»Den gefährlichen Überflüssigen«, half Tina Fux. »Du weißt schon, Mike«, probierte sie erstmals das Du-Wort, betonte eigens *Mike.* »All diese riskanten, vom staatssolidarischen und sozialverantwortlichen Verhalten abweichenden Leute.«

»Ja, ja, die Normabweichler«, reagierte Forell. »Aber die halten wir doch ohnehin unter Sonderbeobachtung.«

»Das schon«, ergriff die Gräfin wieder das Wort. »Allerdings erhöht sich das GÜ-Sicherheitsrisiko in einer Krisensituation, wie wir sie infolge des Ereignisses erleben werden, in unvertretbarem Ausmaß. Es ist unsere politische Verantwortung, das Land von dieser Gefahr zu befreien. Darüber hinaus ist erstens die aktuelle Observation der GÜ äußerst kostspielig, werden zweitens, wie zuvor erläutert, demnächst die Nahrungsmittel knapp, und brauchen wir drittens nach dem US-Ereignis Zehntausende, wenn nicht Hunderttausende …«, sie überlegte kurz, »… Aschearbeiter.«

Forell rieb mit der Hand an seinem Kinn. »Sie wollen die gefährlichen Überflüssigen zu Nahrungspillen schluckenden, e-gesicherten Staatsdienern machen, die die Straßen schrubben?«

»Kompliment, Präsident. Exzellent formuliert.«

Forell wiegte den Kopf. »Ob wir das im Parlament so rasch durchbringen?«

»Ein Dekret, Präsident, wird's in der anstehenden Ausnahmesituation auch tun.«

35.

In Jacks Kopf war nur noch Rauschen, wie wattegedämpft. »LB sind deine Initialen.« Er lachte wie hysterisch. »Die Brigaden sind also von dir gegründet? Oder was?«

»Jack.« Sein Vater schüttelte den Kopf. »Ich hab's dir doch schon gesagt: Die Brigaden sind eine Erfindung der Regierung.«

»Du scheinst zu vergessen, dass ich in der Regierung bin! Ich bin Stabschef des Präsidenten!«

»Jack, mein Sohn, zieh doch zumindest einmal in Erwägung, dass sie auch dich getäuscht haben. Ich kann dir versichern, es gibt keine Linken Brigaden. Alles, was es gibt, sind diese beiden Buchstaben, LB.«

»Aber das …«

Der Vater hob die Hände. »Lass es mich doch erst einmal erklären.« Dann sprach er mit besonders ruhiger Stimme: »Vor einigen Jahren, Jack, als ich bei T-Electix vorzeitig in den Ruhestand gegangen bin, begann ich, meine politischen Ansichten nicht mehr für mich zu behalten. Stattdessen habe ich sie mittels Inkognito-Router ins Netz gestellt. Gezeichnet habe ich jedes Mal mit meinen Initialen, mit LB. Eines Tages geschah es dann: Ich loggte mich ein und sah ein politisches Statement, ähnlich den meinen, im Netz. Es war mit LB gezeichnet. Ab da ging es rasend schnell. Täglich schienen mehr Gleichgesinnte dazuzustoßen. Sie stellten kritische Analysen, Berichte, Statistiken, Anmerkungen zum politischen, wirtschaftlichen und gesellschaftlichen Leben unseres Landes ins Netz. Die Statements waren von ungleicher Qualität, und sie unterschieden sich erheblich im Stil. Doch jedes einzelne war gezeichnet mit den Buchstaben LB. So war es, Jack, so hat es begonnen. Meine Initialen sind, ohne dass ich es beabsichtigt gehabt hätte, zu einem Symbol geworden, für den Wunsch nach Freiheit, für eigenständiges Denken und selbstverantwortliches Handeln. Aber nie wurde im Namen von LB Gewalt gegen Menschen oder gar Terror ausgeübt. LB, Jack, das sind nicht die Linken Brigaden und auch keine anderen Terroristen. LB, das ist dein eigener Vater und andere freiheitsliebende Menschen. Merkst du denn nicht, Sie haben euch gegen ein Phantom kämpfen lassen und die Anschläge vermutlich selbst ausgeführt.«

»So ein Schwachsinn!«, schrie Jack. »Weshalb hätten sie das tun sollen?« Er war sicher, auf diese einfache Frage würde er keine auch nur halbwegs vernünftige Antwort bekommen. Mit hartem Gesicht und verschränkten Armen saß er da.

»Angst«, sagte sein Vater, »schaltet den Verstand aus, Jack. Angst akzeptiert radikale Maßnahmen gegen vermeintliche Risiken ebenso wie gegen Mitmenschen, von denen angeblich Risiko ausgeht. Angst akzeptiert auch persönliche Einschränkungen. Angst führt zum Wunsch nach staatlicher Ordnung, nach Kontrolle, nach Prävention, nach konsequenter Sicherheit und nach strengen Reglements. Angst, Jack, macht die Menschen obrigkeitshörig, demütig, klein und biegsam. Zu all dem führt Angst. Und damit die Menschen ihre Angst nicht vergessen, verstärkt die Regierung laufend die Sicherheitsmaßnahmen. Das hält die Angst wach, das Bewusstsein, dass ständig etwas passieren kann, die Überzeugung, dass man sich besser unter die schützende Hand des Staates begibt, die politische Führung arbeiten lässt, sie unterstützt. Wenn es sein muss, mit Opfern. Unser größtes Opfer, das wir Stück für Stück preisgegeben haben, war die Freiheit.«

»Was redest du da?« Sein Sohn schüttelte fassungslos den Kopf. »Wir haben doch alle Möglichkeiten! Wer zwingt uns zu etwas? Uns geht's doch nicht schlecht!«

Léon Blinds Hand zitterte, als er sich über Stirn und Gesicht fuhr. »Offenbar erkennen du und viele andere nicht einmal mehr, wie weit wir es haben kommen lassen. Längst haben sich die Menschen an Dinge gewöhnt, die früher völlig unakzeptabel gewesen wären. Selbst zugestimmt hat die Masse ihrer Entmündigung. Alles hat sie wie eine Nebensächlichkeit hingenommen. Selbst intelligente Menschen empfanden den schleichenden Entzug von Freiheit und Selbstbestimmung lediglich als eine Schrecklichkeit von vielen.«

Während der Ausführungen des Vaters hatte Jack wie resignierend seine Stirn in die Hände gelegt. Dann sah er auf, stützte die Unterarme auf die Tischplatte und sprach zu seinem Vater wie zu einem Debilen: »Okay, ganz langsam. Machen wir es uns nicht zu kompliziert. Sei doch so nett und nenne mir nur ein Beispiel, ein einziges konkretes Beispiel, was denn so schlimm ist und in welchem Bereich wir uns so unglaublich dämlich entmündigen ließen.«

Léon Blind nickte, strich sein noch immer volles graues Haar nach hinten. »Lass mich dir drei Beispiele nennen, vielleicht ist es so besser nachvollziehbar.«

Jack nickte, ganz langsam, wie zur Beruhigung eines aggressiven Irren.

Und sein Vater begann: »In meiner Jugend hätte sich niemand träumen lassen, einmal nicht mehr völlig frei entscheiden zu können, wann, wo oder gar ob er eine Zigarette raucht, ein Glas Wein trinkt, einen Braten isst oder zuckerhaltige Limonade trinkt. Heute darf in Restaurants keinerlei Alkohol mehr ausgeschenkt werden, Rauchen ist längst verboten, und beim Einkauf von fetter oder zuckerhaltiger Nahrung gibt der E-Einkaufswagen ein Warnsignal ab und informiert sowohl deine Krankenkasse als auch deinen Arbeitgeber. Ja, ich weiß: Für dich ist das alles völlig normal, moralisch korrekt und selbstverständlich. Doch damals hätten die Leute den Kopf geschüttelt. Zweites Beispiel: Früher hätte es sich niemand gefallen lassen, von den Sensoren im Auto, am Arbeitsplatz und anderswo, vor der eigenen Aggression, Müdigkeit oder Abgelenktheit gewarnt zu werden, um anschließend dem Zwang zu unterliegen, Gegenmaßnahmen zu treffen, etwa in Form der heute üblichen Feelgood-Pillen. Dass andernfalls automatisch kostspielige Strafpunkte auf das persönliche E-File-Register gebucht würden, hätte als völlig abstruse Spinnerei gegolten. Heute«, Léon Blind machte eine müde Handbewegung, »ist das alles völlig selbstverständlich.

Und hier mein letztes Beispiel: Noch vor wenigen Jahren hätten wohl die meisten darauf gewettet, dass sie nie«, Jacks Vater wies mit dem Zeigefinger auf den Kopf seines Sohnes, »dass sie nie einen Chip im Zentralnervensystem haben werden, der ihre Gedanken kontrolliert und Auffälligkeiten an einen staatlichen Server meldet.«

Jack schien nachzudenken. Dann veränderte sich mit einem Mal sein Gesichtsausdruck, und er entgegnete widerspenstig, beinahe wütend: »Wir leben aber heute nun einmal nicht mehr wie vor fünfzig oder hundert Jahren! Die Welt dreht sich weiter, Vater! Was hast du nur für ein Weltbild? Wie zu Urgroßvaters Zeiten!«

»Das mit den Gedanken-Chips«, führte Léon Blind weiter

aus, »das mit der aktuellen Implantierungspolitik der Regierung ist der letzte Mosaikstein. Es ist die Vervollständigung unserer Entmündigung. Alles, vermutlich alles lief von Anfang an darauf hinaus. Denn auf irgendetwas läuft es immer hinaus, Jack. Und die Leute, die es Zug um Zug vorantreiben, wissen meist gar nicht, Handlanger einer fremden Idee zu sein.«

Jack schüttelte den Kopf, nicht mehr herablassend oder wütend wie zuvor, sondern schlicht perplex. Er hatte zwar eine ungefähre Ahnung, was sein Vater ausdrücken wollte, aber all das klang für ihn wie hochnotpeinliche Verschwörungstheorien.

»Freiheit, Jack, ist nichts Selbstverständliches. Sie muss Tag für Tag neu behauptet, nötigenfalls erkämpft werden. Wer sich nach der großen Freiheit sehnt, sollte nicht täglich eine kleine opfern. Wir aber haben schon vor langer Zeit damit begonnen, unsere Freiheit freiwillig aufzugeben, sie zu verschenken, zu verkaufen. Für angebliche Sicherheit, angeblichen Wohlstand, angeblichen Luxus, angebliche Notwendigkeiten.«

»Und du meinst, Schuld an alldem trägt die Regierung, der Staat?«

»Ach was! Die Menschen selbst sind schuld, dass wir es so weit haben kommen lassen. Die Regierung ist doch längst selbst nur noch Werkzeug. Dein Chef, Präsident Forell, ist, wie vermutlich alle seine ausländischen Amtskollegen, nur eine Marionette. Die Puppenspieler sind andere.« Kurz sah er zur Seite, um einen neuen Gedanken zu formulieren. »Früher, Jack, da haben die größten Magnaten einen Teil ihres Reichtums in wohltätige Stiftungen gesteckt. Heute kaufen sie sich stattdessen Regierungen. Die Menschen indes trotten brav zur Wahl, im Glauben, mitzuentscheiden. In Wirklichkeit haben sie lediglich gewählt, wer die neuen Diener des Geldes werden.«

»Wie kommst du eigentlich auf so einen Schwachsinn? Liest du das in irgendwelchen verrückten Internetforen?«

»Jack, das Grundproblem, an dem unsere Gesellschaft zugrunde geht, kann jeder durch logisches Denken relativ einfach durchschauen. Darf ich es dir erklären?«

Jack seufzte.

»Pass auf, es ist ganz simpel: Aufgrund der Zinsen-Dynamik verarmen immer mehr Bevölkerungsschichten. Das Realwachstum dümpelt dahin, das Einkommen der Geldbesitzer aber steigt immerfort. Parallel dazu frisst die Staatsverschuldung – und zwar in beinahe allen relevanten Ländern dieser Erde – immer mehr vom Budget auf. Das lässt abermals die großen Geldbesitzer, die Kreditgeber profitieren und trifft abermals die Bürger. Denn um die Zinsen und Zinseszinsen für die geliehenen Budgetmittel begleichen zu können, muss ihnen immer mehr abverlangt werden, sei es in Form höherer Steuern oder neuer Kürzungen. Soweit logisch?«

Jack verdrehte die Augen. »Und was hat das mit deinen Wahnvorstellungen von einer gekauften Regierung zu tun?«

»Da der staatliche Schuldenstand alleine aufgrund der Zinsen und Zinseszinsen permanent wächst, wenn nicht, was unwahrscheinlich ist, über längere Zeit enorme Budgetüberschüsse erwirtschaftet werden, verliert die Politik laufend an Handlungsspielraum. So ist sie in steigendem Maß auf die Unterstützung und das Wohlwollen der Geldbesitzer angewiesen. Was wiederum dazu führt, dass die Regierungen immer mehr Macht und Einfluss an diese Gruppen verlieren. Ich schätze, dass es nach den Fusionswellen und Megacrashes der letzten Jahrzehnte weltweit nicht viel mehr als fünf, sechs dieser Gruppen gibt. Ihnen gehören neben den übriggebliebenen Bank- und Kreditinstituten die weltweit mächtigsten Konzern-Zusammenschlüsse. Wenn du es durchdenkst, dann müssen es diese Megagruppen sein, die sich die Regierungen gekauft haben, mitsamt der Law-and-Order-Politik, mitsamt der Sicherheits- und Präventivpolitik, mitsamt der Entmündigung der Menschen, die nur noch als Konsumenten und Kreditnehmer von Nutzen sind.« Er lachte kurz auf. »Kennst du das alte Sprichwort *Geld regiert die Welt*? Nein? Nun, es war früher sehr geläufig. Aber ich dachte nie, dass es derart direkt und wortwörtlich zu nehmen ist.« Kopfschüttelnd und wie selbst verblüfft wiederholte er: »Exakt so ist es: Geld regiert die Welt.«

»Und seit wann«, fragte Jack voll Hohn, »glaubst du an diese schrulligen Märchen?«

Sein Vater tat, als gelte es, auf eine sachliche Frage Antwort zu geben. »Obwohl die Zusammenhänge einsichtig sind, habe auch ich sie lange, viel zu lange nicht bemerkt.« Er blickte seinem Sohn ebenso eindringlich wie herzlich in die Augen. »Jack, ich weiß, du hältst nicht viel von dem, was ich dir gesagt habe. Aber ich wünsche dir, dass du nicht deine Seele verkaufst und am Ende weder weißt, wofür, noch an wen.«

Jack schüttelte den Kopf. Wie sein Vater so dasaß, tat er ihm fast leid. Alt war er geworden, alt und reichlich wunderlich. Für einen Moment spürte Jack so etwas wie Liebe für ihn. »Hilfst du mir mit Gwendolyn?«, fragte er. »Kommst du mit in die Stadt und hilfst mir, sie von der Implantation zu überzeugen?«

Die Augen des Vaters wurden mit einem Mal noch trauriger, er wirkte noch matter als zuvor. »Du wirst es nicht verstehen, Jack. Aber würde ich ihr zur Implantierung dieses

Chips raten, der von ihrer Persönlichkeit und dem, was sie ausmacht, nicht allzu viel übriglässt, käme das einer Aufforderung zum Selbstmord gleich.«

Als Jack wenige Minuten später das Haus seiner Eltern mit den Worten verließ, »Du bist ebenso verrückt wie deine Tochter!«, blickte der Vater seinem Sohn lange hinterher. Dann schloss Léon Blind die Eingangstür und wandte sich seiner Frau zu. »Pack die wichtigsten Sachen zusammen, sie werden uns bald holen kommen.«

»Glaubst du wirklich, unser eigener Sohn verrät uns?«

Ihr Mann verzog den Mund. »Er wird nichts dafür können. Sie werden ganz einfach in seinen Kopf schauen und die Wahrheit herausnehmen. Pack das Wichtigste zusammen.«

Nachdem Jack die kurvige Straße durch den Wald hinter sich gebracht hatte und sein Auto wieder vom Safety-Traffic-System erfasst worden war, begann er damit, seine Gedanken zu ordnen.

Sobald er in der Stadt angekommen sein würde, müsste er zuallererst die Sache mit seinem Vater melden, die verrückte Geschichte mit dessen Initialen LB. Nachdem der Alte glaubhaft versichert hatte, nichts mit Gewalt, geschweige mit Terror zu tun zu haben, würde er ja nicht allzu viele Probleme bekommen. Im schlimmsten Fall, zählte Jack für sich auf, müsste er sich wegen des illegalen Inkognito-Routers, wegen gefährlicher Aufhetzung, Störung der öffentlichen Ruhe und Gefährdung der Landesstabilität verantworten. Keine Kleinigkeiten, aber überschaubar, irgendwie. Außerdem, was soll's – der Alte hatte seine Taten schließlich selbst zu verantworten. Und um die Tatbestandsmeldung bei der Security-Zentrale und bei seinem Chef würde Jack nun einmal nicht herumkommen, das war schließlich seine moralische Pflicht als Staatsbürger.

Sein Wagen rollte beinahe lautlos im Strom des dichten Verkehrs. Aber wer, verdammt, überlegte er, wer hatte die Anschläge verübt, wenn es die Linken Brigaden tatsächlich nicht geben sollte? Die Regierung nicht, das stand für ihn außer Frage. Merkwürdig war, dass die Behörden (und auch sie selbst im Kabinett des Präsidenten) von LB und den Linken Brigaden stets in einem Atemzug gesprochen hatten. Kein Zweifel, für alle waren LB und die Linken Brigaden ein und dasselbe. Aber es ist doch unmöglich, schob Jack einen Gedanken beiseite, ja, bei der enormen Professionalität des Sicherheitsdienstes schlicht undenkbar, dass sein alter, Strickpullover tragender Vater und seine vermutlich ähnlich skurrilen Gesinnungsfreunde für die gefährlichsten Terroristen des Landes gehalten wurden. Er musste sich unbedingt das Verhörprotokoll und das Geständnis von Gwendolyn kommen lassen, um festzustellen, ob sie tatsächlich stets von LB geredet hatte und niemals von den Linken Brigaden. Wäre dem so, ergäben sich ja völlig neue Möglichkeiten. Dann gelänge es ihm womöglich, Gwendolyn sowohl vor der Exekution als auch vor der Implantation zu bewahren. Kurz gab sich Jack Blind dieser heldenhaften Vorstellung hin. Und Mike, überlegte er weiter, könnte ihm in diesem Fall auch schwer vorwerfen, aus Gwendolyn nicht die Hintermänner der Linken Brigaden herausgequetscht zu haben. Schließlich gab es die ja gar nicht.

Jack stellte sich schon in Aussicht, dass alles irgendwie zu einem guten Ende für alle führen werde, als ihm mit einem Mal neue Zweifel kamen. Und er merkte und musste sich eingestehen, dass er die Puzzlestücke mit roher Gewalt zusammengefügt hatte und sie bei strenger Betrachtung nie und nimmer ein stimmiges Bild ergaben – was ihn zu seiner bisher spektakulärsten Idee verführte: Und was, wenn doch etwas an der abenteuerlichen Verschwörungstheorie seines Vaters dran war? Nein, natürlich, es war Unsinn! Aber nur theoretisch, nur einmal angenommen. Ja, einfach so. Rein theoretisch. Ja, rang er sich durch, rein theoretisch konnte er die Möglichkeit kurz durchspielen. Nur der ordnenden Vollständigkeit halber, entschuldigte sich Jack vor sich selbst, dem Staat im Gedankenspiel eine Verschwörung samt fingierten Terroranschlägen zu unterstellen, und kam zum Schluss, dass er in diesem Fall, vom moralischen Standpunkt aus gesehen, wohl angehalten wäre, selbst zum Freiheitsaktivisten zu werden.

»Zum Terrorist, der keiner ist«, belustigte sich Jack in leicht hysterischem Ton. »Wie mein Papa und mein Schwesterchen.« Er lachte lauthals über die Vorstellung. »Dann wären wir eine kleine, feine Terroristenfamilie. Bumm! Bumm! Bumm!«, schrie er plötzlich drauflos, spontan und hemmungslos wie sonst nur in seinen Träumen. »Bumm! Bumm! Bumm!«, wiederholte er, sich in die Wildheit eines Terroristen hineinversetzend, und erschrak ein wenig, als er bemerkte, als Anschlagsziel den Regierungssitz vor Augen gehabt zu haben. Das Büro des Präsidenten hatte er in die Luft gejagt, krachend, donnernd, funkensprühend, mitsamt seinem Chef darin, mitsamt Mike Forell. »Bumm! Bumm! Bumm!«, rief er nochmals, »Krawumm! Krawumm!«

Plötzlich ertönte ein Signalton, und das Security-System des Autos ermahnte ihn zu mehr Konzentration im Straßenverkehr.

Erst nach zwei, drei Kilometern Fahrt auf der schnurgeraden Strecke merkte Jack, dass er die Kontrolle über das Fahrzeug verloren hatte. Der Autopilot hatte das Steuer übernommen. Jack fand es etwas übertrieben vom Sicherheitssystem, ihm wegen des kurzen, zugegeben gedankenlosen Ausbruchs die Verantwortung über den Wagen zu entziehen, sah seinen Leichtsinn gleich darauf aber als riskantes Fehlverhalten ein und sagte deutlich, damit es die Stimmerkennung des Systems garantiert verarbeiten konnte: »Entschuldigung. Ich bin wieder konzentriert. Ich bitte um die Übernahme des Steuers. Jetzt.«

Nichts geschah.

Jack tippte mit dem Finger gegen das abgedunkelte Display. »Hm«, brummte er – und wiederholte: »Entschuldigung. Ich bin wieder konzentriert. Ich bitte um die Übernahme des Steuers.«

Das Display blieb unbeleuchtet. Trotzig, ja etwas beleidigt verschränkte Jack die Arme vor der Brust. Der Wagen wechselte auf die schnellere Spur.

Jack wusste, dass er sich nicht aufregen durfte, andernfalls würde es das Sensorsystem registrieren und ihm das Steuer erst recht nicht zurückgeben. Er schloss die Augen, atmete tief und ruhig ein und aus. Mit weiterhin geschlossenen Augen schlenkerte er zur Auflockerung mit den Armen, schlug sich dann energisch ein, zwei Mal gegen die Brust. Nun war er so weit, ja, ganz sicher. Ruhig und sachte griff er ans Steuer, versuchte noch nicht daran zu drehen, legte lediglich ganz sanft seine Hände darauf und umschloss es. Noch einmal atmete er durch, lächelte und probierte eine dezente Drehung des Lenkrades. Es rührte sich nicht, reagierte nicht, ließ sich auch nicht bewegen, als Jack es zwar weiterhin sanft, aber doch mit mehr Kraftaufwand versuchte. Nichts. Er atmete durch. Sein Puls sollte nicht unnötigerweise steigen.

Nach ein, zwei Minuten selbst auferlegter Entspannungspause entschied er sich, es mit dem Bremspedal zu versuchen.

Natürlich! Wieso nur war er nicht schon zuvor darauf gekommen? Es hätte der erste Gedanke sein müssen. Das Bremspedal ließ sich als einziges Instrument auch dann noch vom Fahrer bedienen, wenn der Autopilot aktiviert war. Vorsichtig schob er seine Fußsohle dagegen.

Keine Reaktion. Der Wagen glitt sicher, aber mit unverminderter Geschwindigkeit durch die Tunnelröhre. Unvermittelt gab Jack einem Impuls nach: Ruckartig und mit vollem Körpereinsatz stemmte er sich gegen das Bremspedal, schrie dabei ein ohrenbetäubendes »Aaaaaaaa!«.

Das Pedal bewegte sich nicht.

Jack sah sich im Cockpit um. Keine einzige Anzeige war aktiv, der Wagen schien, von innen besehen, völlig deaktiviert. Auch das Display des Kommunikators war tot. Jack griff nach seinem u-Phone, zog es aus der Brusttasche und sah: Es war ebenfalls ausgeschaltet – und ließ sich auch nicht einschalten. Auch nicht mit dem äußersten möglichen Druck seines gekrümmten Zeigefingers auf die Soft-Touch-Taste. Auch nicht durch heftigstes Schütteln und Rütteln. Nicht durch das besinnungslose Schlagen an die nach wie vor toten Armaturen des Wagens und auch nicht durch Reibungsversuche mit beiden Händen.

»Rede wenigstens du mit mir!«, brüllte Jack noch einmal aus Leibeskräften. Doch die sonst angenehm weiche Frauenstimme des Bordcomputers blieb stumm.

Als der Wagen eine der nördlichen Einfahrtsstraßen in die Stadt nahm und an einer Kreuzung halten musste, zerrte Jack an der Tür. Er hatte es schon erwartet: Sie ließ sich nicht öffnen. Er donnerte seine Fäuste gegen die Scheiben, erschreckte damit den Fahrer in dem Fahrzeug neben ihm, der sich reflexartig abwandte und, wie Jack erkennen konnte, sofort und vorschriftskonform den Alarmknopf im Cockpit betätigte, um die nächstpostierte mobile Security-Einheit zu alarmieren.

Jack versuchte zu erkennen, wohin sein Wagen ihn brachte. Doch bald hatte er die Orientierung verloren. Kein Wunder, er war es nicht gewohnt, sich abseits der üblichen Strecke zu bewegen. Als das Auto ein paar enge Kurven um unscheinbare Lagerhallen nahm und dann mit viel zu hohem Tempo in eine Tiefgarage einfuhr, wurde die Ahnung, die ihn die letzten Minuten gequält hatte, zur Gewissheit.

Nur eine Etage tief fuhr das Auto, parkte sich vorbildlich sicher ein. Der Motor erstarb, die Türen entriegelten. Doch Jack blieb sitzen.

Im Rückspiegel sah er einen auffallend schlanken, jungen Mann in schwarzem Anzug näher kommen. Wie beim letzten Mal war er aufs ordentlichste gescheitelt. Doch da Jack ihn im Rückspiegel betrachtete, getraute er sich in der Eile nicht zu sagen, ob es nun der rechts- oder der linksgescheitelte Beamte war. Jack versuchte, die Irritation abzuschütteln. Wichtiger war jetzt, sich einzuprägen, was er gleich sagen würde. Wir kennen uns ja schon, würde er in möglichst gelassenem, möglichst souveränem Ton erklären. Es muss sich um ein Missverständnis handeln. Sie kennen mich ja, ich bin Jack Blind, der Stabschef des Präsidenten.

Die Fahrertür wurde von außen geöffnet.

»Herr Blind, Sie sind verhaftet«, sagte der Regierungsbeamte. Es war der Linksgescheitelte.

36.

»Das ist ja unglaublich!« Mike Forell blätterte am Screen das Beweismaterial durch, Jacks decodiertes Gedankenprotokoll. »Bumm, bumm, bumm«, formten Forells Lippen. »Ungeheuerlich! Ausgerechnet mich wollte er umbringen, der ich so viel für ihn getan habe. So ein undankbarer Scheißkerl!«

Die Gräfin strich eine Falte ihres Jackettärmels glatt. »Wollen Sie auch das Video mit seinem Geständnis sehen?«

»Nein. Das reicht mir fürs Erste.« Forell ließ sich in seinem Lehnsessel zurückkippen.

»Sehen Sie auch den positiven Aspekt der Angelegenheit«, riet Juno. »Von Glück, wenn nicht gar von einer Fügung des Schicksals zu unseren Gunsten dürfen wir sprechen, dass wir Blind noch zur rechten Zeit implantiert haben.« Ein kurzes Flackern, das über ihre Augen ging, verriet einen neuen Gedanken. Anstatt ihn in Worte zu fassen, wiederholte sie: »Wahrhaft ein Glück.« Dann meinte sie: »Blind und seine Sippe hätten uns womöglich noch gefährlich werden können.«

»Und Sie sagen, Gnädigste«, erkundigte sich der Präsident matt, »sein Vater war einer der Anführer, der Gründer einer terroristischen Zelle?«

»Das ist der aktuelle Stand der Ermittlungen. Der Mann streitet zwar alles ab, aber die Beweislast ist drückend.«

Forell saß hinter seinem Schreibtisch, wippte mit starrem Blick vor und zurück, und weil das für die nächste Minute alles war, was er tat, fragte Juno schließlich: »Wenn ich sonst nichts mehr für Sie tun kann, Präsident, empfehle ich mich, wie bereits avisiert, für zwei Tage.«

»Ja.« Forell war wie abwesend. »Ja, natürlich. Ich wünsche einen schönen Urlaub, Gnädigste. Und passen Sie gut auf sich auf.«

Die Gräfin nickte. »Zu liebenswürdig.« Im Gehen fügte sie hinzu: »Ach ja, das hätte ich beinahe vergessen. Blind wünscht sich, vor dem Antritt seines Präventivarrests ein letztes Mal seine Schwester sehen zu dürfen. Sie wissen ja, morgen läuft ihre Frist ab.«

»Er plant ein Attentat auf mich, und ich soll ihm Wünsche erfüllen?«

Juno legte den Kopf zur Seite. »Präsident, genau das unterscheidet Sie von Verbrechern und Terroristen wie ihm. *Sie* sind kein Unmensch. Außerdem ist heute Silvester. Und das neue Jahr beginnt man am besten mit einer guten Tat.«

37.

Es war der Tag, an dem Gwendolyn Blind wegen aktiver Mitgliedschaft in einer staatsfeindlichen Terrororganisation exekutiert werden sollte. Ebenso war es der Tag, für den im Wetterbericht, erstmals seit langem, Schneefall prognostiziert worden war, der Tag, an dem erneut harmlose Beben unter dem Yellowstone-Nationalpark gemeldet wurden, der Tag, an dem der Vertreter dennoch bester Laune war und Präsident Forell völlig überraschte, indem er als Ursache dafür seine anstehende Hochzeit nannte.

»Es gibt noch mehr zwischen Himmel und Erde als Arbeit, Arbeit, Arbeit.« Er lachte. Und zu spät sei es nie, sein Glück zu finden. Seine Zukünftige und er hätten sich deshalb trotz ihres zugegeben reifen Alters entschieden, ein Kind zu klonen.

»Gratuliere!«, rief Forell, denn er wusste, dass sich das so gehörte. »Wissen Sie schon, welche Augenfarbe Sie wählen werden und welche besonderen positiven Eigenschaften?«

»Meerblaue Augen soll mein Sohn haben«, sagte der Vertreter, »und die ein oder andere vorteilhafte Veranlagung.« Alles andere sei nicht so wichtig, werde sich ohnehin bei der richtigen Erziehung ergeben und dank eines entsprechenden gesellschaftlichen Umgangs.

Zudem war es der Tag vor Neujahr. Es war der Tag, den viele Menschen mit einer guten Tat krönen wollten, auch einer der leitenden Ärzte in der staatlichen psychiatrischen Klinik. Er hatte Gwendolyn von Beginn an medizinisch betreut, und an diesem Morgen fasste er sich ein Herz und verabreichte seiner Patientin – niemand würde es erfahren – ein zwar wirkungsvolles, aber im Grunde harmloses Medikament. Lediglich ein befreundeter Kollege bekam es mit. Er lächelte ein kumpelhaftes Lächeln und sagte: »Wäre ja wirklich schade um sie gewesen.« Der leitende Arzt antwortete: »Das Mädchen wusste ja nicht, was sie tut.« Das allerdings stimme für alle Menschen, meinte der andere lachend, schließlich seien nur zwei Prozent der menschlichen Nervenprozesse bewusst. Womit wieder einmal bewiesen sei, erhielt er als Erwiderung, dass Gott die Menschen besser kenne als die Menschen sich selbst. »Und wir«, schloss der andere den heiteren Dialog, »kennen unsere programmierten Patienten besser als *uns* selbst.«

Zu guter Letzt war es auch der Tag, an dem Jack Blind von zwei Regierungsbeamten zu seiner Schwester geleitet wurde. Als er am späten Nachmittag – draußen war es bereits dunkel – ihr Zimmer betrat, fand er sie am Bettrand sitzend vor. Sie lächelte, als sie ihn registrierte. Vielleicht hatte sie auch schon zuvor gelächelt. In ihrem Rücken wirbelten dicke Schneeflocken, die vom Wind gegen das Fenster getrieben wurden und die im gleißend grellen Fassadenlicht wie künstlich aussahen.

Als Jack sie so ruhig und so fröhlich sah, beschloss er, ihr nichts von seiner und der Verhaftung ihrer Eltern zu sagen. Er ging näher, und da lächelte sie noch intensiver, klopfte auffordernd mit der flachen Hand auf das Leintuch neben sich.

Nachdem er sich gesetzt hatte, war ihre Fröhlichkeit kaum noch auszuhalten. »Ich habe dir etwas zu sagen, das dich sehr, sehr freuen wird, Bruderherz.«

»Hm«, erwiderte Jack. Er versuchte ein Lächeln, hob erwartungsvoll das Kinn.

Und so erzählte ihm seine kleine Schwester, wie dumm sie doch gewesen sei, welch Unsinn sie sich zusammengereimt habe und dass doch in Wirklichkeit alles so einfach sei und niemand – »Niemand! Niemand! Niemand!«, rief sie beherzt – sich quälen müsse. Erst jetzt, sagte Gwendolyn und sah ihrem Bruder dankbar in die Augen, erst jetzt erkenne sie, wie gut er es immer mit ihr gemeint habe. Und freilich wehre sie sich nicht mehr gegen die lächerliche kleine Implantation. Lauthals lachte sie, schüttelte den Kopf, sagte noch einmal: »Nein, wie dumm ich doch war!«

Und weil sie dann nichts mehr tat, als selig zu lächeln und ihn mit großen Augen anzuhimmeln, fragte Jack, ob sie eigentlich wisse, dass heute Silvester sei.

»Wie fein!«, rief sie überrascht. »Prosit Neujahr, Bruderherz!« Und umarmte ihn.

»Prosit Neujahr«, sagte Jack.

Dann trat Stille ein, und Jack wusste abermals nicht, was er sagen sollte. Er biss sich auf die Unterlippe, atmete schwer, hatte plötzlich Probleme beim Schlucken und fragte schließlich: »Hast du einen Neujahrswunsch, Gwendolyn?«

Seine Schwester kniff vergnügt die Augen zusammen, spitzte nachdenklich die Lippen. »Eigentlich«, sagte sie nach einer kleinen Weile und lächelte befreit, »bin ich wunschlos glücklich. Einfach wunnnnschlos glücklich! Und du, Jack? Was wünschst du dir von der Zukunft?«

Thomas Sautner
Der Glücksmacher
Roman
246 Seiten. Broschur
ISBN 978-3-7466-3022-9
Auch als E-Book lieferbar

Die Erfindung des Glücks

Eigentlich ist Sebastian Dimsch ja Angestellter in einer Versicherung. In Wahrheit aber kümmert er sich nur noch darum, wie das Glück gefunden werden kann. Immer mehr riskiert er damit seinen Job. Zu offensichtlich ist, dass er nichts tut, als Weisheiten von Buddha, Platon, Konfuzius und anderen großen Gelehrten zu sammeln. Da entsteht eines Tages die Idee, ihn eine Glücksversicherung entwerfen zu lassen – eine freilich wahnwitzige und an sich unmögliche Aufgabe. Doch Dimsch verblüfft seine Vorgesetzten. Und sich selbst.

Ein Roman wie eine amüsante philosophische Weltumsegelung.